王朝活劇
歌の声

連作 後白河法皇 上

高野 澄
Takano Kiyoshi

人文書館

連作　後白河法皇〈上〉
王朝活劇　歌の声　目次

装画・装本　高山ケンタ
「45回転」
油彩・カンヴァスボード
二四〇×一六一ミリ、二〇〇二年

編集　道川龍太郎
多賀谷典子

プロローグ

平安時代の京都と昭和時代の東京のあいだを往ったり来たりする物語です。

昭和時代の東京でグンブが威張っている、これが後白河法皇のお気に召さない。

そこで、平安時代の流行歌の今様《いまよう》歌を東京で流行させ、ひとのこころを平安にすればグンブは威張れなくなるはずだと、まあ、このようにお考えになったんですね。

声のいい女の子を拉致して平安京に集め、今様の本場の美濃の青墓《あおはか》の唄い手たち——これを青墓傀儡《くぐつ》というんですが——のレッスンをうけさせ、東京に送り返す作戦をたてた。

ここまではいいが、さて、その先は、となると、ゴッタゴッタ、テンデンバラバラのくりかえし。

昭和十一（一九三六）年二月二十六日の恐怖の大事件が結末となる。

一ノ章　ひとさらい

（1）

「双葉山《ふたばやま》、勝ったんだろうね……？」

アヤが四方《しかた》修二にききたいのは双葉山の勝ち負けなんかじゃない。

ききたいことがききにくいから、ききたくないことを、わざとつよく、きく。

「負けちゃったの？」

ガラス戸ごしに、修二は表の通りを見ている。アヤのいうのが耳にはいったのはたしかだが、とおりすぎてしまったのも、たしか。

「おくれ。あてもの、いっかい！」

「はいよ。ヨシエちゃん、あてもの」

土間におりて、ヨシエの相手になる。

「ヨシエちゃん、まず、おまじない」

「ど・れ・に・し・よ・う・か・な・だ・い・こ・く・さ・ま・の・い・う・と・お・り……チチンプイのプイ……これ！」

ヨシエの指はあてもの箱の小窓のうえでぐるぐるまよい、「これ！」で止まった小窓をやぶり、銀色のくさりをひきあげる。

「くさりだア」

「くさり、ネックレス。お嫁にゆくときにつかえるよ、よかったじゃないか」

ヨシエは「ふーん」とうなずき、銀色のくさりを指でまわして、かえっていく。

「ヨシエちゃんて、どこの子?」

「佐官屋さんの、二番目」

「佐官屋の……いい声だな」

アヤのからだの芯が、ぴくーんとふるえる。

いい声だ、なんて――このひと、やっぱり、おかしいんだ。

おもいきってきいてしまおうかしら――ねえ、おまえさん、ほんとうにあんたはお相撲を観にいっているんだろうね。お相撲を聴きにゆくなんて、ばかなこと、やっちゃいないよね?

でも、いったんきいてしまったら、アヤの暮らしのなにもかも、この駄菓子屋の店も、夫の修二も、ひとりむすめのハナエも、みんないっぺんに崩れてなくなってしまうような気がして、きけやしない。

ねえ、おまえさん――アヤが口をあけた途端にがらがらっと音がして、なにもかもいっぺんに崩れてしまうんじゃないか。

ききたいのに、きけやしない。きいたら、おしまいだ。

（2）

四方修二とアヤのひとりむすめ、ハナエ、十歳。ハナエのあと、子供はうまれなかった。

ハナエに手がかからなくなったところでアヤは駄菓子屋をひらくことにした。

「やりたい、っていうならおれはかまわない。ひとつだけ……」

修二は、すこしでも儲かったら派手につかってしまう、と条件をつけた。

「おれのかせぎじゃやっていけないから女房に駄菓子を売らせている——世間にそうおもわれるのも恰好のわるいはなしだから」

「ひとさまにみせるために派手にやるっていうのは、なんだかあたし、おてんとさまにすまない気がするんだけど……」

「一本ですむ鼻緒を二本買うとか、ハナエに、ちょっと見栄えのする着物を買ってやるぐらい、おてんとさまがどうのこうのというものじゃないさ。それに、な……」と声をおとし、

「小銭をかせいでいるのにつかわない、さては貯めこんでいるなとおもわれたら泥棒にねらわれるよ。泥棒はふせげないことはないが、世間のやっかみ、こいつはおそろしい。だから派手につかって、のこったら貯めればいい、というわけさ」

アヤはおかしくなった。派手につかって、のこりを貯めて——そんなに儲かるはずがない。

「ハハ……このへんのおかみさんと子供が相手じゃ、そんなに儲かるわけもないがね」

表通りに売り家が出たのを買い、おなじ町内でひっこしして、ちりがみ、石鹸、洗い粉に駄菓子をならべた。店は「ハナエちゃんの店」と呼ばれた。

アヤは少々不満、内心では「アヤさんの店」と呼んでくれるとおもっていたからだ。むすめの名前で呼ばれるのがいやだというんじゃない。いやどころか、うれしい。それでも、店にすわっているのは自分なのに、なぜ「ハナエちゃんの店」なんだろうかとおもうことはある。

儲かるというほどには儲からないが、仕入れの安い駄菓子と雑貨だから売れただけ儲けのような気がして、「ちょっと貯まったから、あれ、買ってもいいだろうね？」

「あれといわれても、あれだけじゃ、わからないのであります！」と修二は、すねる。

チコンキである。東京でチクオンキというと田舎ものにみられるから、チコンキと、気取ってなまる。修二はチコンキで歌謡曲を聴くのが好き、ひまさえあればレコードをかけている。

ひとりのころに買った国産のチコンキはゼンマイ交換も何度か、ピックアップもあれこれと取り替えた。舶来の新品を買ってもいいじゃないかという雰囲気にはなっている。

「やすいものじゃあ、ないからなあ」

「やすくないどころか、たかい買い物さ。だけど、この家じゃあ、チコンキが二台あったって贅沢でも無駄でもないね。なにしろ……」

うらの縁側に視線をまわして、「あれ、だからね」

レコードのケースが二十箱ばかり、ケースにはいりきらないレコードが数十枚、積まれている。おもみで床がぬけそうになったことがあって、修二がレンガで補強した。

「新品買うとして、ふるいのは、どうするかな。売っても二束三文だ」

「だめッ、おまえさん。売るなんて、とんでもない！」

アヤの剣幕に、修二はたじろぐ。

新品は修二の専用、ふるいのは店に出す、アヤの計画。

あがりかまちにチコンキをおいて、客がきたらレコードを鳴らしてよろこんでもらう。赤坂小梅の「♪ほんとにそうなら」なんか、景気づけにはもってこいだ。

駄菓子屋に景気づけはおかしいが、「また出たんだね、ミス・コロンビアの新盤！」なんていいながらとびこんでくる客があれば、うれしいじゃないか。

ひとにはなせば、「そりゃ、ぜいたく」と、わらいとばされるだろうが、ちかごろアヤは、さびしくって仕方がない。ハナエはどんどんおおきくなっちゃって、手がかからない。

てもちぶさたで、手を出せば、

「いいんだよ、ハナエがひとりでやるの！」

店でチコンキ鳴らせば子供が集まり、子供の母親がやってくる。

レコードかけてやって、お茶をだし、たまには菓子もふるまう、店はにぎわう。


アヤの思惑は半分あたり、半分はずれた。

チコンキを店に出してから客はふえ、アヤが店にいる時間はながくなり、売上もふえたが、無料のお茶や菓子があるから売上がふえるわけではない。それはソロバンに入れてあるからかまわないが、アヤのさびしさはいやされない。

ふるいチコンキと、「このほかは絶対に駄目」の条件つきで修二が店の専用にしてくれた三十枚ばかりのレコードは子供たちの専用になっちゃった。ゼンマイまきも針の交換も子供たちがやる、アヤの出る幕がない。針をみがくのも子供が競争でやってしまう。

母親はおしゃべりに夢中。脱脂綿を買いにきて、すわりこんでしまう女。子供をむかえにきて、子供はおいかえして自分はすわりこんでしまう女。

「アヤさんのおかげ。歌はきける、はなしはできる、天国さ」

お世辞じゃないのはわかるんだが、いわれるたびに、からだの芯からひんやりとさむくなるのは、なぜなんだろう?

（3）

その男がやってきたのは師走のかかり、天気のいい昼ちかくだった。

あたふたととびこんできて、

「お悔やみのカネをつつむ、なんというのかな、あれ、ありませんか?」

「組になったのはおいてないんですが、半紙でつつんで黒白の紐をかければいかがでしょうか。紐は別にお買いいただきますが……」

「それで結構。あわてたもので、肝腎なものをわすれちゃって。わずらっていたのも知らずにいたところへ、いきなり葬式の知らせですよ」

アヤが気をきかせて硯箱を出してやると、男は、

「おおだすかり、おおだすかり」

つぶやきながら紙包みに上書きした。

たぶん、あの家だ、きのう錦糸町《きんしちょう》にいったかえり、葬式の支度をしていた家をみた。

「ご愁傷さまなことで……でも、こんなにいいお天気で」

「ほとけがね、そりゃあもう、いいひとでしたから」

もごもごいって出てゆき、それっきりになるはずが、

「先日は、どうもお世話に……」

「まあ、もう初七日ですか、はやいこと」

こういう男は油断がならない。お世話になった、なんていうが、半紙と紐を売っただけで「お世話」とは、おおげさすぎるじゃないか。

「いやあ、じつは、ですな……」

油断するな、ねらいはカネか？

「先日おみかけしたのですが、チコンキが二台、あんなにたくさんのレコード、よほどお好きなんですな。旦那さん、それとも、おかみさん？」

チコンキやレコードが、どこをどう通ってカネにつながるのか？

いやいや、それだから油断がならないんだぞ。

「うちのひとが、まえから好きなものでね。わたしだってきらいなわけもないから、こうして店において、お客さんにも聴いてもらって……」

「サービスというわけ。いや、ご立派」

「あのー、今日はなにを……?」

「えっ、ああそうですな、その花林糖《かりんとう》を」

「花林糖、はい、まいどありがとうございまーす」

ガラスの箱の蓋をあけ、アルミ杓子《しゃくし》のながいのをつっこんで、茶色の花林糖をざらざらと紙の袋に入れたら、

「あ、もっと、たくさん」

「たくさん……これくらい?」

ざらざらッ、ざらざらッ。

「もっと、たくさん。そこにあるのを、ぜんぶ!」

「ぜんぶ、ですね。はい、まいど!」

こんなにたくさんの花林糖、いちどにはいる袋はない。子供のおやつだから、いちどに山盛り一合がせいぜいだ。

何度にもわければいいが、そんなことをしていると、不安の時間がいつまでもおわらない。ガラスの箱をさかさまにして、いっぺんにぶちまけ、「はい、まいど」で送り出したい気分なのである。

「あ、風呂敷があります」

男がとりだした大風呂敷。ちらばっていたレコードをかたづけ、風呂敷をひろげる。

アヤはもう、目をつぶりたい気持ちで花林糖をぶちまけたが、大風呂敷のうえではちんまりの小山

にしかならない。

「まだ、はいりますな。それじゃあ、その、ねじりん棒と黒玉《くろだま》もいっしょに」

あれもこれもと、大風呂敷いっぱいにつめさせ、アヤが汗をかきかき計算した代金をはらうと、

「今日はいい買い物をしましたよ。いずれまたお邪魔して、旦那さんとレコードの話、したいものですな。好きなんですよ、わたしも。素人としちゃあ自慢できるぐらいに集めていますが、いやいや、ここの旦那さんとくらべりゃ、どうにもなりゃあしない」

男が出てゆくと、店がガラーンとなった。空き巣ねらいにやられたといえば、おまわりさんも信用してくれそうな気配。

おない年、いちばんの仲良しのテイコが顔色かえてすっ飛んできて、

「空き巣ねらいじゃなかったんだね。大風呂敷かついだ男が出てゆくのをみたから、てっきり、あたしゃ……」

「うちのひとと、おなじでね、レコードが大好きなんだとさ」

「あのひとが、ねエ。そんなに変わったひとにはみえないのに……」

――あのひとは、きっとまた来る。

ぼんやり気分のなかに確信の一本線が通っている。

(4)
男は、省線電車で両国から隅田川をわたって市電にのりかえ、音羽の護国寺まえでおりた。

音羽は坂の街、あがって、さがって、またあがる。

坂から坂へ、ぬけ穴みたいな小道もあって、あとをつけるにはもってこい。男は坂をさがって、あがって、またさがって横丁にぬけ、表札のない家にはいった。

杉の板塀にコールタールをぬりたくったのは悪趣味だが、世間さまに文句はいいませんからこっちのことは放っておいてください、といっているような雰囲気の板塀。

男の帯には鍵の束がぶらさがっている。男も、鍵の束も、あやしげな雰囲気だが、塀のくぐり戸と玄関はこの鍵でひらいたから違法容疑がかかるわけではなさそうだ。

ひとり住まい、のようだ。

ソフト帽子をぬぎ、マントをはずして壁にかけ、大風呂敷の荷——風呂敷包みというにはおおきすぎる——をひきずって奥の座敷へ。

机は紫檀《したん》か黒檀《こくたん》のまがいもの、そうみえるのはこの男のなんとはないあやしげなところからの連想、もしも本物の紫檀、黒檀なら、机にもうしわけない。

すわりこみ、片手を机のしたにつっこんで毛布をひきだし、膝にかけた。火鉢もない、ストーブもない。東京の師走の夜の寒気を毛布一枚ですごすつもりか。

両手で頬づえをつく。じーっとしている。

暗くなった。ひょいっと立ちあがり、スイッチをひねって電灯をつけ、またすわって頬づえ、じーっとしている。

明かりをつけたんだから、眠るつもりじゃない。かんがえこんでいる、といっていいのかどうか。

ひとがかんがえごとをするのに、あぐらと頬づえが不可欠なわけでもあるまいから、断言はできない。

夜半までそうしていて、立ちあがった。さあ、いよいよ行動にうつるぞとおもわれたが、なんということはない。台所へいき、大薬罐《おおやかん》に湯をわかし、急須といっしょに座敷にもってきた、それだけ。番茶をいれ、おおぶりの湯吞にふうふうと息をふきつけ、のんでいる。やはり、かんがえこんでいるらしい。二杯目をつぐとき、ちゃーんと目でみていながら、こぼした。

雑巾《ぞうきん》をとりに台所へいったが、足つきがたよりない。つかれているはずはない。とすると、やはり、かんがえこんでいる、こういう結論になる。

「……、——、……」

つぶやき、ためいきをついた。さあ、ためいきをつくぞと、自分で自分にいいきかせてついた、手間のかかるためいき。ためいきのおわりが、またつぶやきにつづいて、

「マサヒトさま……」

この男の、なんとはないあやしげな雰囲気はマサヒトという人物に関係があるらしい、そういうふうに見当をつけていいわけだ。マサヒトという名はありふれているが、この男の口からきくと、なにやらうさんくさい。

きょろきょろ、みまわしている。よほど大事なもの？　いや、そうじゃない、例の大風呂敷。ずるずるとひきよせ、包みをひらき、まずは花林糖から食いだした。番茶をのんでは花林糖ボリボリ、黒玉ペチャペチャで番茶ガブガブのくりかえしのうちに朝になった。

おおあくびを三度、横になり、やがて寝息をたてる。花林糖の食い過ぎが気にかかるが、アヤが「なにをさしあげましょう」ときいたら即座に「花林糖！」と指名したのをみれば、よほど花林糖が好きなんだ。花林糖の大食いは趣味かとも思われ、趣味ならば腹をこわすこともあるまい。

それはそれでいいが、かれはこれを三日三晩つづけた。あやしげ、というくらいでは追っつかない、奇っ怪というべきだ。三日三晩にわたって男の所業を観察したところ——とはいっても番茶ガブガブに花林糖ボリボリ、ときたま「マサヒトさま」のくりかえしだから骨のおれない観察だが——さらに奇っ怪なことが判明した。

チコンキである、レコードである。この家のどこにもチコンキはない、一枚のレコードもない。「好きなんですよ、わたしも。素人としては自慢できるぐらいには集めています」

駄菓子屋「ハナエちゃんの店」で言明したのだ。

あれは、いったい、どうなった？　うそを言ってもなんにもならない場面なのに。

（5）

男は、ふかい疑惑のなか。知ってか知らずか、四日目の朝、さっぱりした顔で目をさました。

いち、に、さーんと調子をつけ、箪笥のまえまであるき、下から二番目の引出しに手をかけ、——あれッ、なんだッ、この箪笥は？

いちばん下と二番目の引出しの前板が、いっしょにパカーンとはずれた。奥には小型の金庫。鍵をさしこみ、ダイアルをまわして合わせ、また鍵をまわし、うすい鉄板の扉をあけた。鉄板の奥に桐の扉がある。

三段の引出しの真ん中をひいて、横にながい紙の包みをひっぱりだした。畳紙《たとう》の包みである、よほど大事なものにちがいない。

包みを机のうえにのせ、わずかに頭をさげ、てのひらをこするのは敬意をしめすのと花林糖の汚れをおとすのと、両方を一度にやっているのだ。

印刷した紙がかさなっている。ネズミ色の鳥が飛んでいるような、でなければネズミのひっこしのような、にぎやかな図柄が印刷してある。よくみると、鳥とみえたのはカラス、赤いのは朱印、とするとこれは、なんとまあ、熊野牛王《くまのごおう》の起請誓紙《きしょうせいし》じゃないか！

明朗なる二十世紀、かぐわしき昭和の聖代の首都の東京に熊野牛王の起請誓紙とはおくゆかしさと荘厳がきわまってはずかしい気分になりそうだが、ご本人はしごく真面目な顔でたちあがって箪笥の上から硯箱をおろし、厳粛な様子で墨をすり、書きはじめた。

「雅仁さま……」

マサヒトは「雅仁」と書くんだな、率直な、いい感じの手である。

花林糖ボリボリも番茶ガブガブも、みんな雅仁さまに関係があるらしい。紀州熊野の起請誓紙はおおげさだが、「雅仁」なら、なるほど、熊野牛王にふさわしい古風な名ではある。

大判の起請誓紙三枚、夜明けまでかかって筆をはしらせた。大判といってもたったの三枚、それが夜明けまでかかったのは書くよりも頬づえつきの時間のほうがながいからだ。とはいっても、この男の頬づえは「やれやれ、うんざり」とか「だめだ、俺には書けない！」といった絶望・疲労・倦怠の気配はまったくなく、まさにいま、おおきな仕事をやりつつある自覚にあふれ、しかし興奮におしながされることのない、意気たからかな頬づえなのである。

いやしかし、興奮だけは、なかなか高かった。どれくらいの興奮かというと、アンコダマをぱくっと口に放りこんでしまったのに自分では気がつかない、それくらいの興奮。

(6)

さて、とつぜんあらわれたアンコダマ、それはなんだ?

アンコダマは駄菓子のひとつ、「ハナエちゃんの店」の花林糖の瓶のとなりに横長のガラスぶたの箱があって、これにはいっていたのがアンコダマ。

菓子好きにも種類があって、花林糖型とアンコダマ型にわかれるらしい。

男は花林糖は好きだがアンコダマは嫌いのようだ。花林糖をどっさり注文したのに、すぐ横のガラス箱のアンコダマには目もくれなかったのが、男のアンコダマ嫌いを証明している。

しかし、駄菓子屋「ハナエちゃんの店」では、男の好き嫌いの基準とは関係なしに事態が展開した。一刻もはやく男を追い出したいばっかりに、アヤは額にうっすらと汗をうかべて花林糖を風呂敷につめていた。

その、かいがいしい姿が男の色気を刺激したものだから、男は興奮のあまり、「そ、そ、そのアンコダマも入れてください!」おのれのアンコダマ嫌いもわすれ、さけんでしまった。

アンコダマを知らぬひとのためにちょっと説明しておくと、漉餡《こしあん》に甘味をつけたのをピンポン球よりすこしちいさくまるめ、濃い葛湯《くずゆ》をかけて型くずれをふせぎ、かつ腐敗防止とする。葛湯とはいっても、じつはジャガイモ澱粉の片栗粉《かたくりこ》の湯だが、とにかくそれをアンコのタマにかけたのが冷えると、胴のふといテルテル坊主の形になり、すわり具合もよろしい。

駄菓子にはカサカサした舌ざわりのものがおおいが、このアンコダマはツルリとした感触で、かすかながらも高級和菓子のおもむきがある。

「そうだ、このアンコダマのことも……」

筆をとり、

——ここで雅仁さまにもうしあげておくべきことがら、といいますのは、駄菓子屋「ハナエちゃんの店」の品、あるいは格について、であります。不肖藤原資徳《すけのり》、邪心をさり、ひたすら謙虚に観察いたしましたすえにもうしあげるのでございますが、「ハナエちゃんの店」は納言でもうさば大納言、将でもうさば大将、僧でもうさば大師に相当するともうしてよろしいかと愚考いたします。理由いかにといえば、この店がつねにアンコダマを用意して客の要望にこたえておることをもうしあげれば充分かとぞんじます。そもそもアンコダマともうしますのは——

もうしますのは、のあとに「グェーッ」ときた。嫌いなアンコダマをおもわずしらず飲みこんだのが苦汁となって醗酵して、胃の腑をつきあげたにちがいない。アンコダマのことを書けば「グェーッ」と絶縁できないと判断したらしく、起請誓紙をあたらしいのに換えて書きなおしをする。

三日三晩して、男の名が「資徳——スケノリ」だとわかった。

用紙は熊野の起請誓紙、発信者が藤原資徳、宛て先が「雅仁さま」とくると、『平家物語』や『大鏡』

かなんかを読まされているような気分だ。

夜明けに書きおわった。しっかりと封をして、机にのせ、居ずまいをただして、うやうやしく一礼。封書を懐に入れ、横になったのは、まずは大仕事をはたした安堵感をあじわいつつ、ねむりたかったのだろう。それが、ねむれない。目が冴えた、というやつである。大風呂敷をうらめしそうにみているのは、嫌いなアンコダマが気にかかって眠りを邪魔されたからだ。

それッ、と掛け声をかけておきあがり、風呂敷包みに手をつっこんでアンコダマの紙袋をひき出した。うらみかさなるアンコダマを捨てるらしい。ほかに手はない、まず賢明な策。

素足に下駄をひっかけ、がらりと戸をあけて出れば師走のひるちかく、しずかな街も、ざわめいている。

音羽から小日向、小日向から小石川にぬけたころには疲労で眠気さえ感じてきた。

このまま音羽にかえればばったり、ぐっすりとねむれるはずだが、アンコダマを捨てずにかえるわけにはいかない。だがしかし、困りはてた様子。ひろい東京に、アンコダマを捨てるにふさわしい場所がない。

うちしおれ、うろつくともなくうろつく資徳のうしろで、ギ、ギイッ!

虚をつかれ、たちすくんだら、郵便局の前だ。局員というよりは小僧、丁稚というのがふさわしい少年がドアをむりやりにこじあけ、ひるまえの掃除にかかるところ。

ユウビンキョク——ああ、そうだ!

「おい、きみ！」

いきなり腕をつかまれた少年、

「なにをするんですか！　掃除をして……」

少年をひきずって中にはいり、格子の奥におしこんだ。

ふところから封書をとりだし、

「平安時代まで、特急の書留！」

「あのお、ええと……」

「ぐずぐずするなよ、こっちは腹がへってるんだ！」

「書留はよろしいんですが、特急は鉄道のほうへ行っていただかないと……」

「ほい、しまった。特急は鉄道、速達は郵便局さ。わかってるんだよ、ちょっとまちがっただけさ。平安時代まで、速達の書留、たのむ！」

ついでに油紙と麻の紐を実費でわけてもらい、アンコダマを小包にして、これも平安時代まで速達の書留でおくってもらった。二品とも宛て名は「雅仁さま」である。

アンコダマが無事に平安時代の雅仁さままでとどくか、どうか、とどいたにしても、はたしてアンコダマが雅仁さまのお口に合うかどうか、そこまでは男はかんがえていないらしい。かんがえても、どうにかなるわけでもない。

（７）

「うらの、角から二軒目の空き家、売れたらしいよ」

「売れたかね」

佐藤千夜子《ちやこ》の「♪紅屋《べにや》の娘」のレコードをふきながら、修二がアヤにいう。

「雨情《うじよう》の詞もいい、中山晋平《しんぺい》の曲もわるくはない。わるくはないが、これは千夜子の手柄だよ。『へ紅屋の娘のいうことにゃ、サノ、いうことにゃ』の『サノ』をいかに唄うか、こいつは千夜子がきめる、雨情にも晋平にも手は出せない」

「うらの空き家が、さ……」

「売れたかね。せまい家じゃない、高かったろうに……借り手がきまっただけ、売れたんじゃないかもしれないな」


ところが、空き家の借り手が挨拶にやってきたから、おどろいた。挨拶にきたのが花林糖の男だから、もっとおどろいた。

「年があらたまってから、ともおもいましたがね、なに、どうせ独り身、そんなもったいをつけても仕方はないと……」

石鹸に歯ブラシ、手拭い二本、それに近所への挨拶用にと、半紙五束を買ってくれた。

「それでね、あんた、そのひとはさ、レコードをみて、『また、ふえたんじゃありませんか』なんていうんだよ」

こういうわけで藤原資徳は、修二とアヤのあいだでは「レコードのひと」と呼ばれる。「ひろい東京、レコード好きはゴマンといるさ。なーに、ただ集めて鳴らしてるばかり」

（8）

年がかわって両国の初場所、四方修二は朝と昼の二回の弁当をもって国技館につめっきりになる。本場所十一日のあいだは、仕事は夜勤にしてもらう。工業学校を出て腕はたしかな時計工だから、こんな自由もきいてもらえる。

修二の腕と学歴なら職長になっていても不思議じゃないが、それがいまだに副長どまりなのは相撲好きのせい、といえないこともない。

アヤも相撲は嫌いじゃない。

いっしょになったころは芝の増上寺下に住んでいて、不都合はなにもなかった。「両国にやすい家がある、買う」と修二がひとりできめ、さっさとひっこしてきてから、修二の相撲好きがなみたいていではないのを知った。

アヤが相撲を好きになったのは両国にきてからだ。

「あたりまえだ。両国に住んでいて相撲がきらいだなんていえば、バチがあたる」

大分県から出てきた――大分とはなんのゆかりもないが――穐吉《あきよし》という力士がひょんなことから好きになり、昭和七年二月に穐吉あらため双葉山がアヤの贔屓力士。

修二には贔屓の力士がいない。

「東京の、それも両国に住んでいて、だれのかれのとさわぐのは田舎ものさ」

相撲の全体が贔屓のつもりらしい。

アヤの贔屓の双葉山は昭和七年の十月場所は全休で、昭和八年の初場所は西の四枚目。

三日目の朝、

「今日は瓊ノ海《たまうみ》だよ。あたしのぶんまで、声かけてやっておくれよッ」

アヤにおくられて国技館の木戸をくぐる修二、そのうしろすがたを柱のかげから見張る資徳。

きのうも、おとといも、資徳は修二を観察していた。

便所や、桟敷席のうしろや、土俵の反対側から、じーっと修二を観察していた。

そして今日は、うちあげでごったがえす出口のところで、

「おや、これはたしか、ハナエちゃんのお店の……」

知らぬ顔ともいえないから、

「ご贔屓に」

「ははあ、やっぱりそうだった。朝からずーっと、ですかな。わたしは終わりの五番にやっとまにあったようなわけで。千葉のほうの仕事がながびきましてな、みてください、この荷物、あずけるひまもなし」

背中の大風呂敷をゆすってみせる。

千葉のほうの仕事はともかく、終わりの五番しかみられなかったというのはうそなんだが、修二にはわからない。

家にもどり、レコードのひとに会った、そこまでいっしょにかえったよとアヤにはなしたら、

「贔屓はだれ、っていっていました、そのひと？」

「さあ、だれともいっちゃいなかったようだが」

「荷物もったまんまで終わりの五番にとびこむっていうんだから、よっぽどの贔屓があるんだよ」

新聞の星取表を手に、あれかこれかと、アヤはひとしきりはしゃいだ。


つぎの朝、洗い粉を買いにきた客が腰をおちつけた。茶をいれ、レコードをかけてやると、

「あれ、おツルさんじゃないか。そんなに急いでも仕方はないよ、ちょっとお茶でものんでいきなよ……なーんてね、自分の家でもないのにさ」

「ちょっとばかし、お邪魔しようかな。あたしもずうずうしいけど、あんたも相当なもんだね！」

「そうだ、アヤさん。あたしゃ、椿油、きらしてたんだ」

客が客をよぶ大繁盛。

「あれッ、いまのは、あのひと……じゃなかったかしら？」

「だれさ、あのひと、っていうのは？」

「ほら、暮れにひっこしてきた……うらの空き家に」

アヤのおもったとおり、藤原資徳が店のまえをとおりすぎていった。

女の客がひきあげ、しずかになったのを見すましたように資徳がはいってきて、

「きのう、国技館でこちらの旦那さんにお会いしましたよ」

大箱のマッチを買い、

「それから、これは奥さん、あの……」

いいにくいことをいいますが、という予告のつもりだろうか、わざと、どぎまぎするふうになった。オクサン、なんていわれるおぼえはない、おぼえがないから気持ちがわるい。

「はじめはただ、気のせい、勘ちがいというやつだとおもっていたんです。しかし、どうも、そうじゃない、いや、こちらの旦那さんのことなんですがね」

修二が何をしたというの？

うちの修二はなんの取り柄もないのが取り柄、毒にも薬にもならないひとなんだよ！

「うかがっていましたから、相撲がお好きなことはわかります。しかし、きのうは、じっさいわたし、おどろきましたよ。観てはいるけど観えてはいない、というんでしょうな」

「観てはいるけど……それ、お相撲のことですか？」

「相撲のこと、そのとおり、ご覧になっていない、じーっと目をつむって……」

「目をつむって……それじゃ、お相撲が観えないじゃありませんか！」

「でしょう。だから、観てはいるけど観えてはいないんじゃないかと」

「だって、うちのひとは場所になると工場のほうを夜勤にしてもらって、朝から二回ぶんのお弁当もって……」

「相撲を観にゆくのじゃない、相撲を聴きにゆくんですな」

「相撲を聴きに……？」

「さよう、相撲を聴きに。旦那さんはね……いいですか奥さん、呼出しの声、行司の声……そんなものを聴きに国技館にでかけているんですよ。目をつむり、耳をすまして相撲を聴いているんです、勝ち負けなんか気にはならないんですな」

うちのひとは相撲を聴きにゆく――これは、どういうこと？

わけがわからない、気味がわるい。

霧のむこうに修二が遠ざかってゆくような――ねえ、あんた、あたしを観ていて！

「ええと、マッチはおいくらでしたか。なあに、ちょっとばかし変わっているっていうひとは、すくなくないんだそうですよ」

（9）

四方修二がかえってきた。

「どうだった？　今日は外ケ浜だけど」

こわい気持ちをおしのけるように、アヤはたずねてみる。

「どうだった……ああ、うちのかみさんの贔屓の双葉山か。勝ったよ、いや、ええと、勝った……んじゃなかったかな」

「はりあいがないねえ。双葉山、勝ったぞオぐらいはいってほしいもんだよ」

ああ、と修二は納得顔。

「わあわあの大騒ぎでね、行司の軍配なんか観えないのさ」

「人気が出てきたもんだ、双葉山も」

アヤは自分のほうからはなしをそらそうとした。こうしないと、息苦しくってたまらないとおもったから。

やっぱりこのひとは、相撲を観ていない。行司の軍配が観えないから勝負がわからないなんて！

レコードのひとは、修二のことを「ちょっとばかし変わっている」といった。

ちょっと、のところでとまってくれればいいが、もっと悪く変わる前触れかもしれない。

そうなったら、どうしよう？


ゆうべはそれでおわって、今日も修二はうれしそうな顔で国技館に出ていった。

「ちょいとオ、なにをぼんやりしてんのさ。年増女が背中まるめてぼんやりなんて……あやしいぞ、あやしいぞ！」

「やだね、テイコさん。そんなんじゃ、ないの」

「おや、そんなんじゃなければ、なんなのさ？」

いえやしない。いえば、わらわれるだけ。わらわれれば、みじめな気持ちになるだけ。

チコンキのゼンマイを、テイコは自分で巻き、羽衣歌子の「♪女給の歌」をかける。

〽しのべ　しのべと
　雨が　ふるウー
テイコが鼻唄で合わせる。

「ハナエちゃん、藤原さんと、すっかり仲良しになっちゃったね」

「ハナエ……あら、いやだ。学校からかえってきたのは知ってるけど、いつのまにか、どっかへ行っちゃった」

「だから、藤原さんといっしょだよ、駅の土手で」

「ちょっと、あんたッ。その藤原さんて、だれのこと！」

「だれって……暮れにひっこしてきた……」

「ハナエ！」

アヤはとびだした。

——ハナエ、逃げるんだよ、走るんだよッ、そのひとは、悪いひとなんだから！

両国駅のすみからすみまで探しまわった。

テイコもあおい顔をひきつらせて、てつだってくれた。

「ハナエ！」

「ハナエちゃーん！」

国技館にいる修二を呼びに、ひとが走った。

息をきらせて、修二はやってきた。

「ハナエが、さらわれたんだよ！」

「ハナエをさらって、どうしようっていうんだ。子供がほしけりゃカネよこせ、なんていってきたって、カネなんかありゃしない」

「そんなのんきなこと……ハナエがさらわれたんだよ！」

「だから、おれは……」

テイコが駅長室にかけこみ、駅長室から交番に報告がとどいた。


あの男、藤原資徳の借り家はもぬけのから。

家主のいうには、資徳が家の明け渡しを告げたのは昨夜、家賃は半年分が前払い済み。家主はハナエのことより、カネばらいのいい客をにがしたのに気をとられている。

巡査がつきそい、店にかえった。もしかすると、ハナエが先にかえっていて、

「おかあちゃんも、おとうちゃんも、どこに行ってたのさア！」

鼻さきを腹にこすりつけ、むしゃぶりついてくる感触を期待していたが、ハナエの姿は見えない。見えるはずがない。ハナエは藤原資徳にさらわれたんだ。


とつぜん、テイコの叫び。

「アヤさん、あれ！」

テイコのふるえる指がチコンキをさしている。指先がぶるぶるふるえて、チコンキをさしている。「♪女給の歌」のレコードのうえに折った紙がのせてある。ピックアップでおさえてあるのは風にとばされない用心だろう。

「おかしな模様だな。なにか、まじないのような」

巡査は熊野牛王の起請誓紙を知らないようだ、無理はない。のびやかな字で、こういったことが書いてある。

——当方の勝手な事情で、娘さんをお預かりする。おさがわせしてもうしわけないが、ご両親や娘さんに悪意あってのことではないから、心配なさらずにいただきたい。金銭をほしいわけでもない。娘さんの安全はいうまでもなく、食事や衣料、教養の面でも充分以上のものを提供する用意がある。何故このようなことをするのか、娘さんがどこに住み、なにをするのかについては申しあげるわけにはゆかぬ。したがって、娘さんの行方をさがすのは断念していただかねばならぬ。無駄であるばかりか、危険でさえあるからだ。娘さんの暮らしについては、娘さん自身から、しばしばお知らせすることになる。また、当方に悪意なきあかしとして、別送のものを受け取っていただく。あくまでもあかしであり、娘さんの身を買った代金などではないのを理解ねがいたい。

署名も宛て名もない。

「カネかなにか、おくってくるらしいな」

「そんな、あんた、おカネなんか！」

四方修二とアヤのひとりむすめのハナエはいなくなってしまった。

五千円の為替が書留速達でおくられてきた。

双葉山は白星をかさねているが、修二もアヤも相撲どころではない。

二ノ章　法皇雅仁は今様歌を政治の具とする

（1）

四方ハナエをつれ、藤原資徳《すけのり》は中仙道を京にむかう。

昭和の東京を出て、武蔵の熊谷あたりで室町時代、上州で過去の時代への遡及は急速になり、はやくも美濃で平安時代になった。あるく、というよりはピョンピョンと飛んですすむハナエの横顔を、資徳は不安な気持ちでのぞきこむ。

——気がつきはしないか？　あたりの光景や、ひとの様子がはげしく変わるのを、奇妙に思わないのか？

資徳には法皇雅仁と自分とを、まるで同一人物のように考える癖があり、途方もないことだから、われながら気づいて狼狽するときがすくなくない。

傲慢——だからではない。

正式な身分や役職は隠して、無職の小金持ち中年男として昭和時代の東京へ潜入せよ——これが親王の密命だ。

だから公用の名刺はつくらずに東京に姿をあらわしたが、もしも資徳が公用の名刺をつくるとすると、肩書はどうなるか？

資徳の役職は「北面武士」、「ホクメンノブシ」とも「キタオモテノブシ」とも読む。名詞には「北面武士　藤原資徳」と印刷すればいいわけだが、そう単純にはいかぬ事情がある。

第七十二代の白河天皇――雅仁法皇の祖父――が退位して院政をはじめた。

高級公家に権力行使を阻まれて二進《にっち》も三進《さっち》もいかなくなった天皇と皇室を抱えて、上皇が独裁政権を運営する。上皇を「院」ともいうから新しい政治体制は院政と呼ばれる。

高級公家はひきつづいて幼い天皇の旧来からの重職に任命されるが、院政政権期の天皇には雛人形のお内裏さまそのもの、なんの利権もぶらさがっていないから、次第に無力となり、政権の外に追い出される、これが狙い。

上皇政府の院には権力執行の新しい官僚が任命される、その典型が北面武士だ。

資徳はその北面武士に任命されたからこそ、誇りと自信にあふれている。

そもそも武士という言葉は宮廷では軽蔑語の典型であった。

武士は「モノノフ」と読む。

「モノ」とは武具武器、道具の総称であって、ヒトそのものではない。武器武具の役割をはたすヒト――役夫・車夫・農夫・駅夫・人夫――それが「モノノフ」だ。たまたまヒトの格好をしているモノ、それが「モノノフ」の語源なのだ。

ところが、院政の主の上皇の政庁には「院の北面」の役職が新設され、官僚が任命された。「北面武士」である。

「武士」という用語がそれまでどおりの軽蔑しか意味しないならば資徳の誇りはありえないはずだが、それがそうではない。

「天子南面」という言い方がある。天子は南を向いて政務を執行すべきであるという意味の、精神的な目標が示されている。

天子が南を向いて政務を執行する、これならば政治安定のしるしだが、南ではなく東西・北を向いている、つまり右往左往するのは政治の乱れのしるしとして忌み嫌う。

「天子南面」となると、お仕えする臣下は天子の前にひれ伏し、天子のお顔を見上げる「北面」の姿勢で命令をうかがい、モノを申し上げる、信頼と尊敬、二重の精神の糸がからみあって強力このうえない臣従関係ができあがる。

院政以前にも臣下には「北面」の気持ちが、天子には「南面」の気持ちがもとめられたが、あくまでも「その気持ちで」にとどまっていた。

それが院政では「北面武士」という正式な名称の役職が設定されて、「武士――モノノフ」という名にまとわりつく卑賤感情は消えて晴れがましい名と実を獲得したのである。

公家の当主ではなく、弟の身分、いわば余計者として生涯をおわるはずの藤原資徳がはりきり、こころの底から雅仁法皇の臣下としてはたらく理由がここにある。

「藤原のおじちゃん、あしたの朝、ハナエはどんな着物を着るの?」

「着物……? 洋服はもう着ないほうがいいだろうね。ハナエちゃんとおなじ年頃の女の子は、だーれも洋服なんか着ていない」

「洋服……なーに、それ?」

慎重を期したつもりが、裏目に出た。

昭和の東京を出るときに洋服を着ていたのに、昭和から平安へと遡及するにつれてつぎつぎと古い時代の少女の衣装に変わった、そのことをハナエはもうすっかりわすれている。

ハナエがわすれているのを、資徳は知らなかった。

「女の子の着物のことは、おじちゃんもよくは知らないんだ。あしたの朝、宿のひとにきいてみて、あたらしい着物を買うよ」

フーンとハナエはうなずき、足元に目をやって、

「足が痛いのよ。血豆ができちゃった」

「ワラゾーリだからね、ハナエちゃんは慣れていない」

「ハナエががまんすればすむこと、がまんする」

資徳は自信と不安と、半分ずつの気持ちになる。ハナエのひとがらは上出来、それが資徳の自信だが、肝腎の声の筋のほうは、いったいどんなものか?

父の修二の声の筋はとっくりと観察した、母のアヤの声も人並みよりは上だ。

あの父親の子だから……。

ハナエの声は上質である――資徳は判定していた。

幸先よしとはまさにこれなりと資徳は喜び、ハナエを同伴、はずむ心地で中仙道の旅にのぼったが、美濃の青墓《あおはか》がちかづいたあたりでハナエが何気ないふうで発した言葉には驚嘆をおさえられなかった。

「あたしね」

「フンフン」

「自分が唄うのは好きなんだけど……」

「けど……？」

幸運を察した直後の不安の予感、これには背筋が冷える。

しかし、なぜ「けど」なのだ、どこに不満があるのか？

資徳の視線に、そのさきを言ってくれないかと催促する資徳の気分を察したのか、ハナエが、「あたしの唄うのを聴いてくれるひとが、パアーッと嬉しそうに楽しそうに変わる、その顔をみるのがもっと好きなの」

虚を衝かれるとは、まさに、これ。

昭和の東京で声の筋のよい少女をさがし、拉致して参れ――資徳が雅仁法皇からうけた命令はこれだが、資徳の頭には文字どおり「声の筋のよい少女」だけしかのこらず、いま、さっき、ハナエが口に出した「嬉しそうに楽しそうに変わる、その顔」までは追想がおよばなかった。

法皇さまはそこまで含めて、わたしに御用をお命じなさったのだろうか？

そうだとすれば、法皇さまの発明、度量の深さをあらためてわが胸におさめなくてはならんな。

はずむ足どりで青墓《あおはか》の宿にむかうハナエの背に、資徳は無言の謝辞をかける。
——ハナエはワレが目をつけたよりも何倍も賢い少女だとわかった。口には出さぬが、ハナエよ、出会った幸運に感謝しておるぞ！

美濃路もおわって近江、近江をすぎればいよいよ京だ。
近江と京の境の逢坂関を無事に通るためにも、ここらあたりでハナエに、自分と資徳とは何の目的があって京にゆくのか、知ってもらわなければならない。
それにしても、どうやってきっかけをつくればいいのか？
〽フィムフィム、フム
フムフム、フィ……
ハナエが鼻唄を唄う、その姿から資徳は一計を案じた。
〽たんたなりやの　波ぞ立つ
資徳は小声で唄ってみた。〽小磯の浜にこそ、ではじまる今様歌のおわりの一節だ。
どうするか……ハナエの横顔をうかがったが、表情にかわりはない。もういちど、
〽たんたなりやの　波ぞ立つ
それでもハナエはかわらず〽フィムフィム、フムとやっていたが、それが途中から変わった。
〽たんたたんた、たんたなりや
たんたたんた　たんななりや

きたぞッ、この機会をのがしてはならんと、

「ハナエちゃん、〽たんたなりや、の歌がじょうずだね！」

「ええ、なーに。ハナエが、なんか唄ったの？」

「唄ったじゃないか、〽たんたなりや、って……」

「ふーん。これが歌だったのか。おじさんも知ってるんだね？」

「たくさんは知らないが、〽たんたなりや、は知ってるよ。いちばんはじめはね、〽小磯の浜にこそ、っていうんだ」

〽小磯の浜にこそ
紫檀赤木《したんあかぎ》は寄らずして　ながれこで
胡竹《こちく》の竹のみ　ふかれきて
たんたなりやの　波ぞ立つ

「おじちゃん、うまいね」

「京にゆけば、もっとうまいひとがたくさんいるよ」

「キョウ……？」

ハナエの目にピカッとひかったものを感じ、資徳は背筋がさむくなる。

「キョウ」から「トウキョウ」を思いだすのではあるまいか、「トウキョウ」を思いだせば「ドウブツエン」「アドバルーン」と連想はひろがり、「オオズモウ」「フタバヤマ」そして父や母の顔と声に記憶につながり——ああ、これですべてがだめになる！

「なかでも、サワっていう女のひとがいちばんうまいんだとさ」

「サワ……サワさん？」

「ハナエちゃんより七つか八つ、年上らしいよ」

これが、うまくいった。

七つ八つ年上のサワという女……これがハナエの競争心をかきたてた。

「あたしも、ハナエも、そのサワさんみたいに、うまく唄いたい！」

「サワさんみたいに、うまく唄いたいのか。それなら風邪をひかずに、はやく着かなければ……」

（2）

逢坂関では検問がきびしい。源氏の総大将の源義朝は平清盛とあらそって惨敗を喫し、中仙道を東に逃げた。美濃では源氏の勢力が強いから、義朝は美濃で勢力をもりかえして、ふたたび入京をはかるかもしれない。そこで逢坂関の検問がきびしくなった。


藤原資徳は平氏でも源氏でもない。資徳の背後の雅仁さまは平氏や源氏の対立などは超越して、はるかに高く、聖なる権威の存在だが、それだけにかえって、逢坂関でこの名は出しにくい。雅仁さまの名は出さず、穏便第一で関所を通りたい。

ハナエとふたりで関守《せきもり》のまえに立つ。関守のうしろに、資徳は視線をはしらせる。

仲間のものがふたり、関の小役人に化けて出迎えているはずだ。資徳は仲間の名も顔も知らない。

先方は資徳の名は知っているはずだが、顔は知らない。

「その子供は、どうした？」

「はあ……？　どうしたといわれましても、本所さまのお召しによって、東国から我が子をつれて……」

「本所は、何という？」

「ホウジュウジさま」

「ホウジュウジ……というと？」

べつの関守が「それは、院の御所のことではないかな」と口添《くちぞ》えする調子でいう。これが仲間のひとりなのだろうか。ならば、知らん顔をしたほうがいい。

「インとはきいておりませぬ、ホウジュウジとだけ」

「ホウジュウジという寺はない、きいておらん！」

ハナエがうしろから資徳の袖をひく、顔には不安の色がうかんでいる。

「本所のお召しとはいうが、そのようなおさない子、京で、何のはたらきができようか、あやしい。さては、その子が……！」

とめるひまもないうちに、関守のひとりがハナエの手をひっつかんで関屋の奥につれてゆこうとした。

小役人が数人、寄ってたかって、たがいにささやくのが聞こえる。

——クロウ、クロウ、ウシワカ、ウシワカ——源義朝の子の牛若丸こと九郎ではないかとの容疑をハナエにかけているのだ。

「この子は男ではない！」

ハナエをつれさろうとした小役人はハナエの手を放し、資徳につかみかかってきた。捕まえようとした感触でハナエが女であると知り、ならば資徳こそ義朝ではあるまいかと、途方もない嫌疑をかけたらしい。


「義朝の顔は知っておる。そのほうが義朝でないとは判明したが、源氏ではない証拠はない、証拠を出せ！」

「証拠ともうされましても……」

「東国から来たともうしたの。ならばその東国の主から名札をわたされておろう、それが証拠になる」

名札がないからこそ関所でおびえている。資徳は関屋のうしろの小屋にほうりこまれた。

いつまで留置されているのか、出迎えの仲間はどうしているのやら、なにもわからないまま、覚悟をきめた資徳は腕をくんで眠りの姿勢になった。

仲間が来ているのは確信している、その仲間がどうやって自分とハナエをすくいだしてくれるのか、おもしろいとさえおもっているから、恐怖はない。

しかし、ハナエはそうはいかない。ハナエには仲間のことを知らせていない、知らせてもわからないはずだとかんがえたから。

——ハナエ！

さけぼうとして、やめた。ここで下手にうごけば、ハナエを危険にさらすおそれがある。

天運、それを信じるしかない。

（3）

資徳は眠ってしまったから気がつかなかったが、
〽**たんたなりや――たんたなりや――波ぞ立つ**
ひとりぼっちで関屋の外におかれたハナエは、さびしさをまぎらそうという意識もないままに
〽たんたなりやと、唄うともなく唄っていた。
ハナエの歌に応えるかのように、
〽**たんたなりやの　波ぞ立つ**
「ああッ、おじちゃん。藤原のおじちゃん！」
ハナエは歌声のほうに顔をむけたが、すぐに失望して、腰をおろした。
歌声は、資徳がつれてゆかれたのとは別の方角からきこえてくる。あの歌声は藤原のおじちゃんではない。
さびしさが恐怖に変わって、ハナエはもうねむれない。
〽**小磯の――小磯の――ながれこで――胡竹の――胡竹の――**
小声の応えがあった。
〽**小磯の浜にこそ**

紫檀赤木は寄らずして　ながれこで
胡竹の竹のみ　ふかれきて
たんたなりやの波ぞ立つ

だれだろう、おじちゃんじゃない？

ハナエの肩をそーっとたたく男がいた。

「いっしょにきたひとは、何という名？」

正直にこたえて、いいんだろうか？

「あんたの味方だよ」

信じていいようだが、なにかひとつ、味方の証拠の言葉をいってくれればいいのに！

その気持ちを何と表現したらいいのか、わからぬまま、ハナエはただジイーッと男を見つめる。じれったい時間がすぎて、ハナエがつぶやいた。

「おじちゃんがサワ……さん？」

「サワ……？　そうだッ、サワだよ、サワさんだよ。男だからサワさんじゃないが、おんなじことだ！」


資徳は監禁からすくいだされ、ハナエと仲間ふたり、あわせて四人が月下の逢坂関で対面した。

「青墓傀儡《あおはかくぐつ》の多々丸《たたまる》です」

「多々丸さん……藤原資徳です」

「登利丸《とりまる》」

「登利丸さん……資徳です」

「あたし、ハナエ！」

（4）

逢坂関を京にくだった四宮《しのみや》の河原で夜があけた。

かしらの名は栗王丸《くりおうまる》。

「おお、かしらだ！」

多々丸が藤原資徳に紹介すると、栗王丸は息せききってはなしはじめた。

「やはり雅仁さま、冗談や遊びでおっしゃったのではない！」

恐怖の一夜の記憶もないらしいハナエは、河原で小石をあつめてあそんでいる。それを横目でながめながら、資徳はしみじみとした口調。

「栗王丸よ、雅仁さまの深慮遠謀のすべてを知っているのはおまえひとりだけらしい。ここで、そのすべてを説明してくれぬか」

「さよう、ですな。藤原さまはお腹立ちでもありましょうが、こうなったについては順序というものが……」

「わしに遠慮はいらぬ。雅仁さまにはそれなりの計略があって、おまえには計略のすべてをおはなしになった。わたしが後になったからとて、気にはせぬ」

資徳のていねいな挨拶で栗王丸は気楽になったようだ。声をおとして、

「われなどには破天荒としかおもえないのだが、雅仁さまは……」

——雅仁さまはひさしい以前から今様歌《いまようう た》に執着なされ、あまたの今様歌をあつめられたばかりか、自分でも唄い、声をきたえてこられた。のどをやぶり、血をはくこと四度五度のすさまじさ。今様を好むといえば、だれかれなくお屋敷におよびになり、ともに楽しまれる。

われら傀儡《くぐつ》にとって、今様歌はなくてはならぬ芸のひとつ。その縁で、われらは雅仁さまのおまねきにあずかり、ついに乙前《おとまえ》さまが京に定住し、雅仁さまの今様の師になった。

雅仁さまの今様執着は暇にまかせてのことであろう、いずれは飽きられるにちがいないとおもわれたが、なかなか、そうではない。ご自分でも意外ななりゆきで、まずは一天万乗《いってんばんじょう》の位、つぎに治天《ちてん》の君《きみ》、つまり政治をおこなう法皇さまにおなりになってからは、まえにも増したはげしさで今様に執着なさった。

ある春の夜、それはわれらが京で今様を唄い、傀儡まわしをやっておったときだが、雅仁さまのお呼びで、われひとりが御所にまねかれた。

「今様の歌を東国にひろめ、人心をおさめたい。それについて、ぜひともおまえどものちからを借りたい」と、いきなり、おっしゃる。わけもわからぬことながら、われとしては「おおせのとおり、いかようにも」とお答えするほかはないではないか。

「すべては、これと相談せよ」、それだけいわれて雅仁さまはおさがりになった。あとに残られたのが藤原忠季《ふじわらただすえ》さまといい、いまここにおられる資徳さまの叔父にあたるお方。

登利丸と多々丸は顔をみあわせる。

「今様など、ただの歌ですよ。ひろめる、なんていってもホトケの道とはわけがちがう。そのように大げさにあつかうべきものともおもえませぬが」

「われが破天荒というのも、そこなんだが」と栗王丸。

今様とは文字どおり「現代風」の意味だが、この場面では「現代風の歌謡」の意味でつかわれている。それまでの歌謡の主流といえば、たとえば催馬楽《さいばら》がある。催馬楽の名義の由来についてはさまざまの解釈があるが、諸国からの貢ぎ物を都にはこぶ馬を駆り立てる内容の歌詞が主となっていたからだ、といった解釈がわかりやすい。歌詞は和風、メロディーは唐風の組み合わせで、もっぱら宮中の奏楽の一種になっていたようだ。

催馬楽には公的音楽の性格が濃厚、そういってさしつかえないが、それにたいして、平安時代のなかごろ、民間からおこって貴族のあいだに熱狂的に歓迎されたあたらしい歌謡が今様―今様歌である。今様を歓迎、支持したのが貴族だ。だから宮廷でも唄われたが、「八―五」や「七―五」の音階を主とする四行詞で唄いあげたのはもっぱら庶民の人生、日々の感情であった。

今様を得意の芸として稼ぐ集団があらわれ、そのなかで「名人」の名を得たもののひとりが法皇雅《まさ》仁《ひと》から「我が師」としてむかえられた美濃の青墓傀儡《あおはかくぐつ》の乙前《おとまえ》という女性であった。

乙前といえば美濃の青墓傀儡のリーダー、別格の存在といっていいが、乙前の集団だけが青墓傀儡ではないし、傀儡集団が青墓だけに存在していたのでもない。三河の傀儡もなかなか有名であった。

民間の芸能、芸術集団が苦しい財政状況をかかえて奮闘する光景は、いまもむかしも変わりはない。朝廷の支援組織として認定され、補助金をうけて活動するチャンスを掴もうとする傀儡集団の様子が想像される。

結果からして乙前の集団が法皇雅仁の援助をうけたわけだが、なぜ乙前が、とかんがえてゆくと、乙前の技能のレベルが他を圧倒してユニークだったからだと推測できる。

いいかえれば、芸能家として法皇雅仁を惹きつけた魅力だ。

だが、乙前の才能と鍛錬とが雅仁の面前に示されたとしても、雅仁のほうに「これは!」と驚愕とともに即座に看取するセンス、能力、それがなければ、ふたりの出会いが歴史のクライマックスにはならなかった。

センス、そして能力は乙前と法皇と、両者に同時に備わっていた。

ふたりに共通のセンスと能力、それを一口にいえば「破格」である。乙前の破格、それは『梁塵秘抄』で紹介される数々の歌のなかでカミを讃える今様歌とホトケを讃える今様歌とのあいだに差がなく、ほとんど同列の尊敬がささげられていることに示されている。

アマテラスノカミ→巫女→乙前の変遷を考慮するならば、乙前と雅仁法皇が編纂した『梁塵秘抄』にはカミを尊敬し、ホトケは敬遠、嫌悪する今様歌が優先的に採用されて然るべきなのに、それがない。つぎに紹介する歌などは、まことにストレートなホトケ礼賛の歌詞だ。

仏は常に在《いま》せども　現《うつつ》ならぬぞ　あはれなる
人の音せぬ暁に　仄《ほの》かに夢に見えたまふ

法皇はどうかというと、本来の仏教にはやわらかく背をむけ、カミ信仰とホトケ信仰の混合体としての熊野権現《くまのごんげん》を信奉する現実重視であった。

比叡山は別として、伊勢神宮にも高野山にも脚をはこぶことはなかったのに、六十六年の生涯のうち、熊野三山へは二十九度も参詣した。

乙前の破格と法皇の破格とが出会って、かさなりあい、ついに決行されようとしている快挙、それこそが、九百五十年ばかりも遥かなる先の関東の東京へ歌の密使を派遣する大冒険なのだ。


平安時代の京都で活躍していた傀儡《くぐつ》という芸能集団の実態を、昭和の東京から想像するのは困難かもしれない。

それは女性の芸能家の集団であり、時をさかのぼって創始者をたずねるなら、アマテラスノカミにたどりつく。

ヒトの生命を宿し、産み、育てるという、男には不可能なちからと意志、それは神とヒトとをつなぐ基本の、そのまた基本だという意識にささえられてこそ、神のワザを実現するのは女性だとかんがえられていた。

長い時間のあと、大陸から仏教がはいってきて、それまで神とヒトとをつないできたアマテラスノカミの仕事の大量の部分を男性の僧侶がうばいとった。

だが、すべてが仏教にうばわれたのではなく、神のワザとヒトをつないできた太い線はのこり、アマテラスノカミの小型版、つまり巫女さんの仕事として、朝廷の所在地はもとより、地方の政府（領主の役所）や神社の行事にもひきつがれ、さまざまのタイプの芸能のかたちでのこされ、それぞれ独特のスタイルで成長してきた。

巫女さんの仕事、その目的はなにかというと、人生讃歌である。

巫女さんが鈴を振ってチャカチャカとリズムをきざむのは、ヒトの心臓の脈拍だ。苦しんでいる、悩みが消えない、悪い方向に誘われてしまいそうだ——そういうヒトの脈拍は乱れているから、鈴を振り、チャカチャカと正しいリズムをきざんで、

——さあ、こういうふうに正しい脈拍にもどれば苦しみは消えますよ。

教えてくれる、それが巫女さんの仕事、さまざまのタイプの芸能の基礎である。

朝廷にも音楽の役所はあった。昭和の時代では宮内庁楽部が政府の儀式で雅楽と洋楽の演奏を担当していた。

だが、政府機関での演奏のチャンスはすくなく、もともと女性がはたらくチャンス、ポストは乏しい。地方、とくに旅行者で賑わう宿場が女性芸能家の登場をさそうかたちとなり、中仙道の宿の青墓に傀儡と雑芸の集団が定着した。

今様を得意とする芸能集団は男女の混成だが、声の質というものとの関係からして、女性が優位、登利丸が今様に積極的になれないのはそのあたりにも原因があるようだ。

今様を東国にひろめるなんて、いうほうは遊び半分だろうが、いわれる身になってみれば、どこから手をつければいいのか、雲をつかむようなはなしとはこれか、といいたい。

それを、かしらの栗王丸は、「おおせのとおり」と、うけたまわってきたという。

「雅仁さまは……これはわれのかんがえだが……やはり今様をホトケの道とおなじようにおもわれているらしいぞ」

「今様がホトケの道、ですか」

「ひろめる、とおっしゃるからには、そういうことではなかろうかと見当をつけたまでのことなんだが」

多々丸は栗王丸と登利丸の問答をだまってきいていたが、

「歌を唄っているあいだは悪事はできぬ、とでもいうのかな。われにはおもいもよらぬことだが、天子ともなると、そんなことにまで気をつかわねばならんのか」

栗王丸がつづける。

それはそれとして、あとにのこった忠季さまとわれは計画をうちあわせた。東国には、われらのような今様唄いや傀儡まわしはおらぬらしい。そこで手っとり早いのは、われらがみんなそろって東国にゆくことではないかと忠季さまはいわれたが、われは、きっぱりとお断りもうしあげた。「東国には、にぎわう宿駅がすくないときいております。それならば市もすくなかろうから、われらの暮らしが立ちませぬ」と。

「それよりは、東国のもののうちから声の筋の良いものをえらんで、それに今様をおしえる、そのほうがよろしいのではありませぬか、急がばまわれ、とはこのことでございますよ」と。

忠季さまも同意なされ、東国へ、声の良い筋の者をさがしにゆかれたのが藤原資徳さま、そのほかの方々。

法皇雅仁は登利丸と多々丸に「東京から来る資徳を高崎で迎えて女の子をうけとれ。高崎から東へ、昭和時代の東京へ行ってはならん」と厳命していて、ふたりともそこに不満を感じている、「法皇さまはワレラを信用なさっておらん」と。

法皇がふたりを信用していないのは、ある意味では真実だ。

法皇は東国、とくに昭和時代の東京の人心というものをもっと深く、広く知りたい、知らねばならんとみずからに命じている。

人心を知るには歌を知るのが手早くて、しかも有効な手段とわかっているが、如何にすれば東京の人心を詳しく、正確に知られるのかについて、確信がない。

東京で流行している歌をしらべることが人心理解の早道とわかってはいるが、それには人員が不足している。

能力でいうなら、乙前やサワを東京におくりこむのが最適だが、それでは京都における今様歌の蒐集、修訂という最大の業務に支障が生じる。だからといって、乙前やサワに匹敵する女の歌い手、研究者はほかにはいない。

男たちでは女の代理はつとまらない。

歌うちからの素質、声の良さというもののレベルが違うのだ。

はっきりいえば、登利丸や多々丸ではダメということ。

次善の策として練りだしたのが現在ただいま進行している「声の筋の良い少女拉致《らち》訓練《くんれん》作戦」なの

だ。声の良い少女を拉致して平安京にひきこみ、今様歌を徹底的に仕込んでから東京へおくりかえして唄わせ、流行《はや》らせる。

東京の人心がすこしずつ温和になるから、どういう歌が人心温和に効き目があるか、ないかの相違がわかり、新作の今様歌をつくって東京で流行らせる――こういう作戦だ。

手間と時間ばかりかかって緊急の役には立たないおそれがないではないが、ほかに案がうかばなかったから、やむをえない。

それを法皇がいえば、男たちを失望させ、離反させてしまう危険がある。

（5）

京都。鴨東の七条、四町四方の広大な敷地にそびえたつ法住寺殿《ほうじゅうじ》。

法住寺殿といっても寺ではない、ありがたい仏法や坊さまが住んでいらっしゃるわけでもない。主人は法皇雅仁である。雅仁は一天万乗の地位をさっさと次代にゆずり、いまは治天の君、法皇として法住寺殿にかまえている。法住寺殿は法皇雅仁の政庁だ。

まつりごとの本山たるべき法住寺殿だが、はて、それにしては――。


「前代未聞！」

「それほどまでにわれらをいじめなさらんでも、よさそうなもの、おお！」

「飢えて死ね、というのか！」

「乱世のいたり！」

とじられた扉をたたきこわさんばかりに怒ったり、泣き言をぶっつけてみたり。

「藤原忠季《ふじわらただすえ》、出てまいれ！」

「出てまいれッ。いや、どうか、出てきてくだされ」

連中が気弱になった。それをみすかしてか、藤原忠季がしずかに姿をあらわした。

連中がどーっととりかこみ、なげくやら、うったえるやら、おもいなおして怒鳴ってみせるやら。「飢えて死ね、というのか」はおだやかではないが、忠季をかこんでさわぐ顔に、なるほど精気はない。

「いや、そのように責められてはこまるのじゃ。あの件について、わが君が責を負うべきいわれはない」

「うわさがある！」

「火のないところに煙りはたたぬ」

「後白河院の日頃がなによりの証拠。われらは噂だけにうごかされているのではない。院の日頃を……口にするさえけがらわしい！」

強気が弱気になり、そのまま消えるかとおもえば、弱気の底で強気にもどる。

忠季の応対に余裕はあるが、多勢に無勢、いつまでもはつづくまい。

法住寺殿におしよせているのは楽人《がくじん》である。

楽人——宮中で楽を奏《かな》でるものの往古《むかし》ははなやかな地位と誇りにささえられていた。

雅楽寮の長官ともなれば、宮中儀式の生命を左右するほどの権能をもつか、とまでおもわれていた。

楽が正しく奏《そう》されぬ儀式は正しくない、正しくない儀式によって決められた政治は正しくない――そういう理屈があった。正と不正とをわけるのは「あちら……唐ではこのようにする、このようにはせぬ」の基準である。

唐との関係がうすくなると儀式の唐風もうすれ、楽人の晴れの舞台がすくなくなった。官界における雅楽寮の地位はぐんぐんと落ちて、規模は縮小につぐ縮小である。

だが、そこはよくしたものというか、「笛を吹きたい」「和琴《わごん》を弾きたい」「太鼓を打ちたい」とのぞむ貴族が出てきた。ただの物好きや趣味ではなく、家の職として楽器を奏したいというものがおおかった。楽人たちのまえには、そういう貴族の師匠として稼ぐ、あたらしい暮らしの途がひらけた。官界の外へ拡散する楽人たちの群れ。

やれやれ、これで稼げる、と安心したのも束の間、「おかしな噂があるぞ」という噂が噂をよんで、

「宮中の儀式に楽などは不要である、やめてしまえ……と院がいったそうだ」

「楽の主流は声である、楽器ではない……と院がいったそうだ」

「楽器に重税をかければ、もちこたえられなくなって手放すだろうから、それを一手に買い占めて法住寺殿におさめ、鍵をかけてしまおう……と院がいったそうだ」

京中だれひとり、法皇が今様歌に血道をあげているのを知らぬものはいないから、楽人たちは「ただの噂」とききすてるわけにもいかず、「院の真意をたださねばならぬ」と、おしよせてきた次第である。

おしよせるほうは生活がかかっているから真剣だが、うける忠季としては、

「噂でわが君を責められても、こまる」

この返答の一本槍。といって、いつまでも門前でさわがれては職務の手前からしておもしろくないので、そろそろ引き取ってもらいたい。「こまる」にうそはない。

「楽器が主流でないとは、まるで無学の徒の暴言、世迷いごと！」

「忠季どの、あなたにはよくおわかりのはずだ。楽器は聖なる器ともいうべきもの、笛ひとたび吹かれればひとの心を清め、琴ひとたび弾かれれば清涼の気をまねき、鼓の音は邪気をはらう。これなくして、世を正しくはできぬということを」

「どうせ禁ずるなら、あの、下品きわまる今様歌をこそ禁ずるべきであろうぞ。いや、田夫《でんぷ》が野で唄うのを禁ずべしとはいわぬ。この京ではいかん、ゆるしてはならん、そうはおもわぬか、忠季どの！」

いわしておいて、忠季が反論に出る。

「ならば、うかがおう。下品きわまる今様歌ともうされたが、今様歌の、どの歌の、どの文句が、どういう節まわしが下品であるのか？」

こういう場合の常套手段、ずるい手で反論する。ずるいだけに、効果はある。

楽人たちはひるんだ。そこへ――

「わーい。傀儡まわしだ、みんな、こいよ！」

「傀儡まわしがくれば京は春じゃ。ほほー、くるぞくるぞ、美濃青墓の傀儡か、三河か」

（6）

鴨川からやってきたのは登利丸。

胸に、傀儡まわしの舞台を吊っている。舞台に二体の人形をおき、床の下から両手であやつる仕掛け。粗末なものだが、ともかくも舞台のまえには幕をたらし、仕掛けや手のうごきが見えぬようにしてある。

くるりくるりと人形をまわしながら、登利丸がちかづいてくる。登利丸をかこむのは子供だけではない、おとなもいっしょになっている。

登利丸は唄いながら、人形をまわす。

〽さアさ　まわしてみしょう
男の人形
泣かせてみしょう
男の人形
笑わせようかな
女の人形
右にくるりは月が出る
左にくるりは日がしずむ
向かいおうての　ハイ　ごあいさつ
ハアーイ　ヤット　ヨウ！

登利丸をかこむ見物人の群れにおされ、楽人たちは法住寺殿の塀におしつけられたかっこうになった。

楽人と登利丸の正面対決！

〽ハアーイ　ヤット　ヨウを合図に、片方の人形が相棒をポカスカポカスカとなぐりだした。仕掛けものだけに、単純に、余念なくポカスカポカスカ、まことに快調。

「オーッ！」

なぐられ役の人形の手から小道具がこぼれておちた。

地面にコロコロッところがったのを楽人がひろいあげ、てのひらにのせて、

「こ、これは！」

粗末ながらも、まぎれもない横笛の雛形。

「けしからん！」

楽人たちの怒りを横目に、なぐられ役の人形がこんどは太鼓を手にもつ、そのとたんにポカスカポカスカとなぐられて、太鼓がコロリ。

つぎは琴――ポカスカポカスカ――コロリ。

つぎは琵琶――ポカスカチャカポカ――スッテン。

つぎは鉦鼓――チャカポカポカチャカ――コロリ。

そのあいだにも登利丸は〽さアさ　まわしてみしょう男の人形、と唄い、楽人たちは怒る。見物人の「ワーッ！」という喝采にあおられ、怒りはいまにも火と燃えそうだ。

いや、もうすぐに火がついて爆発――そのとき、

〽**われらが修行にいでしとき**

　珠州《たます》の岬をかいめぐり　うちめぐり　ふりすてて
　ひとり越路《こしじ》の旅に出でて　足うちせしこそ　哀れなりしかァ

法住寺殿の塀のなかから、サワの歌声がきこえてきた。登利丸は人形まわしの手をとめて、見物人といっしょになってサワの声に耳をかたむける。
楽人たちは、あっけにとられた様子、口あんぐりのものもいる。
　〽足うちせしこそ　哀れなりしかァ
おわりの一句をくりかえし、つぎには速い調子に変えて、
　〽鈴はさやふる藤太巫女《とうたみこ》
　目よりうえにぞ鈴はふる
　ユーラユーラとふりあげて
　目より下にて鈴ふれば
　懈怠《けたい》なりとていまいまし
　神はらたちたまう――
サワの声は法住寺殿の塀から煙ってながれ、聴くもののからだをつつむ。
つぎの歌は――みんなが塀のなかに気をむけたが、沈黙が「今日はこれでおわり」とつげた。藤原忠季も登利丸も姿を消していた。見物人の輪がくずれ、散った。
楽人たちは無力、雑然たる群れとなって、三々五々と鴨の河原にむかう。

「ハッハッ、ハハアーッ！」

ねらいさだめた哄笑が塀のなかからきこえた。忠季でも登利丸でもない。とすれば、これは、この法住寺殿の主、治天の君、法皇雅仁の哄笑にちがいない。ちからなく河原にいそぐ楽人たちの背に哄笑は容赦もなくふりそそぐが、ふりかえるちからもなさそうだ。

「泣くな、俊輔《としすけ》。今日はあの傀儡まわしにしてやられたが、つぎには仕返しだ。いつまでも引っこんでいるものか！」

俊輔とよばれた男、肩をおとし、ながれる涙をぬぐおうともしない。

「くやしい！」

「わしも、くやしい。だから、仕返しだ」

「ち、ちがう。わしの口惜しいのは、あの女の今様だ、あの女の声だ」

「俊輔、なにをいうんだ。今様など、気にすることはない。あんなものを相手にすれば、こっちまで汚れてしまうわ」

ほかのものは五条の橋をわたり、ふたりだけ、橋の東にのこっている。

俊輔はしみじみと、いう。

「相良の家はずーっと和琴をやってきた。わたしで七代とか八代とか。天下一のうぬぼれはないが一人前のつもりではある。それがな、あの女の声を聞いて、自信はくずれたよ。あの女の声はわたしの身体をつつんで、フウワリともちあげた。ことのついでていうが、わたしにも魂というもののあるのがわかったよ。ユサユサとゆれうごいたもの、あれが、わたしの魂らしい」

「オイ、オイッ」

山階逸男《やましなはやお》は相良《さがら》俊輔の肩をつかみ、ゆさぶる。瀕死のものの耳に、「気をたしかに持て、傷は浅いぞ！」と吹きこんでいるみたいだ。

「サガラッ、おい、おまえ、そんなことをいって、どうしようというんだ！」

「なにもない。だが、われは今日かぎり和琴は弾かぬ、いや、弾かれぬ」

「ふーむ。おまえ、あの傀儡まわしや今様唄いといっしょになろうというのじゃ――」

「わからんよ、わしにも。今様唄いといっしょになる、それもよかろうな、というぐらいのところだ。

とにかく、山階よ、ここで別れだ」

「とめは、せぬ。おまえが自分できめたこと、とめても無駄だろう」

相良俊輔をのこし、山階逸男はひとりで五条の橋をわたっていった。

（7）

「あのひとも、サワさん？」

小声で、おそるおそる、ハナエが藤原資徳にたずねる。

「サワさんじゃないよ。乙前《おとまえ》さまといって、雅仁さまやサワさんのお師匠さま」

ハナエは今様歌を絶妙に唄う女をまとめて「サワ」というのだと思っていたようだ。

新鮮なものを発見した気持ちのいい驚愕を感じながら、資徳はハナエの誤解を解いてやる。

昭和時代の東京から平安時代の京都まで、およそ六百五十キロメートルの空間距離はともかく、千百年をこえる時間の距離をくぐりぬけてきて平然としているハナエ、強靱な神経の少女であるのは証明された。そのハナエが「おそるおそる」という熟語を絵にかいたような態度になってしまう、それが法皇雅仁の政庁の法住寺殿だ。

楽人としての地位も風前の灯火《ともしび》の山階逸男と相良俊輔が、まず登利丸の人形まわしの嘲笑の妙技で度肝《どぎも》をぬかれ、つぎには姿をみせぬサワの声の技で圧倒された。

その夜の法住寺殿――奥まった一室にくつろいでいるのは「かしら」とよばれる栗王丸、登利丸と多々丸、藤原忠季、昭和の東京からもどったばかりの藤原資徳、ハナエ、サワ、そしてサワや法皇雅仁の師の乙前など。

「ハナエさん、あなたといっしょに昭和の東京へ行く日もちかい。東京に行ったら、よろしくね」

「トウキョウ……ショウワ……?」

「サワさん、ハナエちゃんは、つまり、その……」

「ああ、そうだった。昭和も東京も、わたしもはじめて、ハナエさんもはじめて、そういうこと、だったわね」

ハナエは笑って、うなずく。サワのあやまちがハナエの記憶を逆転させるのではないかと肝をひやした資徳だが、杞憂にすぎた。

昭和も東京もすっかり記憶の外へほうりだし、平安時代の京の少女になりきっているハナエなのだ。

ハナエはサワに〽鈴はさやふる藤太巫女、の今様歌を即席でおしえられた。わずか一度おしえられただけで、ハナエは資徳とサワを安堵させた。ハナエの歌の才能がそれほど希有のものであるのが、資徳をよろこばせた。

それからハナエはこの一室につれこまれ、忠季や乙前にひきあわされた。

御簾《みす》のおくふかく、わざと照明をくらくしてあるのが法皇雅仁の座、そこにひとがいる、とだけわかる雰囲気だ。

法皇の意をうけたまわってハナエにつたえる忠季の、甲高い声がした。

法皇の意、それはハナエに、「ここで唄ってみよ」との指示であった。

〽鈴はさやふる藤太巫女
　目よりうえにぞ鈴はふる
　ユーラユーラとふりあげて
　目より下にて鈴ふれは
　懈怠《けたい》なりとていまいまし
　神はらたちたまう――

乙前は無言で頷き、サワは「さきほどよりは、また一段と……」とうわずった声で称賛した。

御簾の奥に声はないが、ザワザワという、ハナエには耳なれない音がしたのは法皇雅仁が楽な姿勢にすわりなおしたからにちがいなく、それは法皇もハナエの唄いぶりに満足した証拠とうけとってよい。

(8)

「東国の人心……」

忠季が法皇雅仁の耳となり口となってはじまった問答は、なれぬものには異様な感じをあたえずにはおかない、そういう種類のものだ。述語や助詞をなるべくはぶき、必要最小限の名詞や形容詞の単発で意思を通じてゆく。

「東国の人心」――「荒廃のきわみ」――「源頼朝」――「不明」――「死生」――「死とも」――「生とも」――「判断保留」――「楽」――「混乱」――「騒然」――「温和の兆候」――「皆無にあらず」――「断行」――「可否」――「断行」――「断行と決すべし」――最後の法皇の言葉で簡潔直截の問答がおわり、それからふつうの会話の調子になる。

「サワとハナエ、うたものは二人。資徳よ、うたものはあと何名必要か?」

「十五人あれば、二十人では多すぎましょう」

「うたものを、あと十二、三人。傀儡まわしは?」

「登利丸と多々丸、そのほかに三名もあれば……」

うたものとは「歌者」「唄者」と書いて、「今様歌を唄う者」を意味する。

「資徳さま、まだまだ一段とちからを出していただかなくては……」

乙前がはじめて口をひらいた。女の声にしては低音の部類、一語一語がピンピンとひびいて、聴くものの胸にというより、まっすぐ腹にさしこんでくる。ハナエのちいさな顎が乙前の一語一語に反応して、ビクッ、ビクッとうごく、無意識の反応だ。

「何度でも行きますよ、昭和の東京に……」

「楽——混乱——騒然ということですが、とすると、昭和の東京のひとびとが口をとざして黙っているというわけではない……？」

「黙っているというより、混乱、騒然。ひとびとは唄ってはいるのですよ。それから、もうひとつ、これはわたくし資徳も、みなさまに何といって説明すればよいのか、方法がみつからなくて困惑の至りなのですが、チコンキとレコードというものがありまして……」

「レコード、チコンキ……？」

乙前も、サワもハナエも登利丸も多々丸も、はじめてきいた「レコード、チコンキ」の単語の異様なひびきに魅入られ、膝をのりだす。

「レコード、チコンキ……それは何か、資徳よ？」

ハッと息をつまらせた資徳は、一瞬のあと、膝をすべらせて席をさがり、

「おねがいです、法皇さま。一日もはやく、いやいや、たったいまこの席から、わたくしをふたたび昭和の東京へ行かせてください。そうして、命令なさってください、レコードとは何か、チコンキとは何か、わかりやすく説明する方法を発見、飛んでもどってこい、と！」

御簾の奥ふかくにむかい、資徳は平伏した。

三ノ章　浅草のカフェー黒竜江

（1）

アヤの店は「ハナエちゃんの店」の名で繁盛している。

ひとり娘のハナエをさらわれたアヤに同情があつまり、

「ハナエちゃんがいないからといって、急にアヤさんの店って呼ぶのは気の毒だよ」

「そうおもうね、あたしも」

四方修二もアヤも変わりはない。客がくれば茶を出し、レコードをかけ、駄菓子を袋に入れ、脱脂綿やベーゴマを売る。それまではことわっていた「郵便葉書切手売捌所《うりさばきしょ》」の看板を出したのが変化といえば変化。

修二はしばらくはしずんだ顔だったが、春めいてくると陽気になった。

「コロンビアの五月新譜、淡谷のり子、洋物《ようもの》」

アヤは、ああ、これでこのひとも大丈夫だとおもう。

時計工場の景気はよくて月給もあがり、藤原資徳《すけのり》が書留速達でおくってきた五千円には利子がつく。

カネはあるのにレコードを買わないのは修二の気分が陽気じゃないせいだと、アヤは心配していた。

この調子、とおもうからアヤは、「淡谷のり子って、あれでしょ、このまえには『♪三日月娘』を出した……」

「あそこに、あるよ」

「まあッ、もう買ったの！」

心配していたあたしにだまって、といいたい。

「買うには買ったが、聴く気に、なれない」

「せっかく買ったものを、もったいないじゃないか」

むごい言い方だけど、わざとアヤはいう。あとひとおしで修二はレコードを聴く気になる。むごい言い方とおもわれても、かまうものか！

「気をつかってくれなくて、いいんだよ。そのうちに聴きたくなるさ」

修二のいうとおりになった。買ったまま箱にほうりこんでおいたレコードを、修二は聴く気になった。

「そっちに、あれ、ないか？」

「あれじゃ、わかりませんよ！」

「こっちにないんだから、そっちにきまってるんだ」

ぶつぶついいながら出てきて、「やっぱりここだ」

「やだね。その『♪黒い瞳』は、傷がついたから店におけばいいって、あんたがもってきたんじゃないか。まるで、あたしがだまってもってきたように……」

アヤは、ふくれっ面をしてみせる。

九時をすぎたから客はこないが、十時までは店をあけておく。こんな時間にレコードをかければ近所迷惑だが、新品のチコンキには修二が細工をしたから、ちいさな音で鳴る。

「すまん、すまん。ちょっと傷がついたぐらいでお払い箱にしたおれがわるかった」

ディック・ミネの「♪黒い瞳」を聴いてから、寝る。

「西洋にも、黒い瞳の女のひとがいるのかしら、ねエ？」

「さあ、な」

となりの部屋にはハナエの布団がしいてある。お母ちゃん、ただいま——ハナエが夜中にかえってきて布団がしいてなかったら、ハナエも自分もばつがわるい思いをするだろうから。

アヤは、修二になにか言いたいことがあるような気がしている。不平や苦情ではない。注文でもない。なんだったかな、なんだろう、明日になれば思いだすのかな？

「……シイ、シイ……」

修二の寝言。ハナエにオシッコさせてる夢でも見てるんだろうか。ハナエのお尻は真っ白で、オシッコさせながら、あたし、あたしのお尻も子供のころにはこんなに白かったのかしら、なんてかんがえたことがあった。夢なんて、おかしいもの。ハナエを抱いてオシッコさせていたのは昔なのに、このひとはいまになっても夢にハナエをみている。

「シイ……、……シッ」

「……ガシイ、ヒガ、ヒガ、……シイ」

おかしいな、オシッコじゃないのかな？

カガミイワー——あらっ、まア、このひとは！

ハナエにオシッコさせているんじゃない。カガミイワー——鏡岩——お相撲だ！

勝った負けたのお相撲じゃない。呼出しと行司さんだけの、声だけのお相撲。

「タマノウラァ」

「トモエガタァ」

いい気なもんだ。このひとが呼出しの声に聴き惚れたばっかりに、ハナエはさらわれちゃったんだ。

それを知らぬはずはないのに、このひとは、ねむってからも——むらむらと腹が立つのを予想したが、
腹は立たない。

自分でもおかしな気分になって、ちいさな声で、

「フタバヤマァ」

となりで修二が、

「……シイ、ムサシガワァ……」

（2）

つぎの朝、テイコがぷりぷりしてやってきて、

「あーあ、レコード聴かせてよ、アヤさん」

「勝手にかけて、どうぞ」

「淡谷のり子だね。音楽学校出たばかり、この歌手は」

アワヤノリコ――アヤの頭のなかでパチパチと火花が散る。

なんだったかな――アワヤノリコ――なにかあるんだ――なんだったかな?

テイコはゼンマイを巻き、ピックアップをのせ、

「それでは淡谷のり子の『♪三日月娘』、まいりまーす」

ミカヅキムスメ――ええと、ええと――

波をうってレコードがまわり、

「お母さーん、きこえるウ?　あたしよ、ハナエよ!」

「アヤさん!」

テイコがさけぶよりもはやくアヤは走って、チコンキのまえにすわりこんだ。

「えーと……ハナエは元気です。藤原のおじさんは親切にしてくれます。おいしいものをたべました。お父ちゃんやお母ちゃんにあいたいけれど、ハナエは大事なお仕事のためにしっかりお稽古しなくてはなりませんから、がまんします。それからね、ヨシエちゃんにキシャゴをかえしてください。ヨシエちゃんに借りたキシャゴはあたしの机の引出しの、千代紙《ちよがみ》の箱にはいっています。かえすのをわすれていたので、謝ってかえしてください。それから、このレコードのことを警察にはいわないでください。それでは、このつぎまで、さようなら」

レコードは無音で回転している。

テイコはおずおずと手をのばし、視線の会話。

もういちど、かけてみる?

だめッ、さわらないで！

レコードは空転している。ピックアップの金具はクロームメッキ、あかるく輝くはずなのに、いまは鈍色《にびいろ》によどんで、ふたりの女の驚愕をひきつけている。

レコードがとまった。

「アヤさん、見てッ」

レコードをてのひらにのせ、指でこすりながらアヤは、いつか問屋の招待で行った煎餅工場をおもいだしていた。型抜きに失敗した煎餅生地が捨てられていた。手にとったら、両面の触感はツルツルしていた。煎餅の本来はザラザラした手触りだから、ツルツルの感触が記憶にのこった。「♪三日月娘」の片面もツルツルしている、針の溝がない。

「淡谷のり子はコロンビアだけど、これはコロンビアのレコードじゃないね」

ラベルは、たしかにコロンビアだ。

これだって疑えばきりはないけど、ほかに何枚もあるコロンビアのラベルと地色や印刷の具合はおなじだ。だけど、駄菓子屋の娘のハナエの声をコロンビアが吹き込むはずはない。

ハナエが「お母ちゃーん、きこえるウ？」なんて呼びかける「♪三日月娘」のレコードを、修二はどこで買ったんだろう？

買ってきたのに、「聴く気になれない」なんていって鳴らさず、ようやく聴く気になったとおもうと、「♪三日月娘」ではなくて「♪黒い瞳」だったのは、なぜなんだ？

「気味のわるいレコードだけど、ハナエちゃんが元気でいるのがわかって、よかったじゃないか」

「そんなこと、テイコさん。元気でいるなら元気だって、それだけ知らせてくれればいいじゃないの。なにも、こんな気味のわるいこと、しなくても……」

「そういえば、そうかね。ハナエは元気ですって、はがき一枚ですむことなんだからね」

しかしアヤは、テイコのこの一言で気が晴れた。

「テイコさんも、おかしなことというね。相手の家にはがきをだすひとさらいなんか、いるわけないでしょ」

かわいた声でふたりはわらい、お茶をのみ、のりまき煎餅をかじった。

気は晴れたけれど、修二が帰ってくるまでは長かった。

やっと帰ってきた修二は、アヤのはなしに目玉をひんむき、レコードをかけて、あごがはずれるほどおどろいた。

コロンビアの新譜発売を知った二日目か三日目、昼のやすみに銀座にゆき、いつものデパートの、いつもの売り場で買い、いつもの鞄にいれて工場にもどり、いつものとおりに家にもってきただけだ。あの日は一日じゅう机にむかって設計図をにらんでいて、鞄は机にのせてあった。帰りの電車でやられたというのも、この修二にかぎってはかんがえられない。

「それで、その……」

口ごもって、修二がいう。

「キシャゴは?」

紙子《かみて》の巾着《きんちゃく》が修二のまえにおかれた。

手にとると、ガラスのキシャゴのふれあう音がする。

「ハナエのやつ、まだこんなものであそんでいたのか」

「いちどあつめたものを、すぐには捨てられないものよ」

「ヨシエちゃんというのは、あの左官屋の子の、声のいい……」

いっちゃ、だめッ。それをいってはいけない！——さけぼうとして、もう手遅れなんだと気がついた。

修二がヨシエのことを「いい声だ」といったときから不気味なことがはじまったのだけれど、起こったことは仕方がない、もっと悪くなりさえしなければ。

「ハナエのやつ、どうしてヨシエちゃんから借りたのかなあ。キシャゴなんか、この店でいくらでも売ってるのに」

「いくらあったって、売り物だからね。自分の小遣いで買ったり、友達と取り替えっこしたものでなければ、おもしろくないんだよ」

「ヨシエちゃんに返しに行くか？」

あした返しにゆくつもり、とアヤはこたえた。

レコードのことはいわず、掃除のときに見つかった、もしかしたらハナエがヨシエちゃんから借りたんじゃないかしら、そういって返す。

アヤがキシャゴを返しに行ったら、ヨシエがいなくなって、大騒ぎをしていた。

いつものように学校に行って、それっきり行方がわからないんだそうだ。

(3)

「タタマル？」

藤原資徳《すけのり》から多々丸を紹介されると、ヨシエは目玉をまんまるにして、うれしがった。

「むかしのひとの名前みたいだね。ほんとうはむかしのひとなんでしょ？」

多々丸は苦笑するしかない。

「むかしのひとじゃない、いまのひとだよ」

ポンポンと足をふんでみせた。

「あーら、やだ。幽霊じゃないのは、わかってるのよ」

カラカラッとわらわれた。

「えーっとね、それじゃあ、ドウブツエン、知ってる？」

「ドウブツエン……さあーっと」

「ほーら、やっぱり知らない。じゃあ、アドバルーンは？」

雲行きがあやしくなったので資徳が割ってはいり、

「ヨシエちゃん、お弁当にするかね。朝からあるきどおしで、つかれちゃったよ」

ヨシエはひとりで水辺にゆき、足をバチャバチャやりながら弁当をたべる。

資徳と多々丸は木陰に腰をおろし、ヨシエを見張りながら弁当をつかう。

上州の高崎――ここでヨシエは資徳から多々丸にひきわたされる。高崎から先、江戸時代の江戸のほうにゆくのを多々丸はゆるされていない。

多々丸は、どこにでも自由にゆける資徳がうらやましくて、たまらない。

「この高崎までくれば……」

こころもち背をのばし、南の方角を見やりながら、

「江戸時代や江戸の街がどういう具合になっているか、およその見当はつく。だが、その先にあるという東京や、大正時代や昭和時代ということになると、さっぱり見当がつかない。この、じれったい気持ち、資徳さま、あなたのようにどこにでもゆけるひとにはおわかりにはならない」

「わかってはおるつもりだが、やはり多々丸の胸にあるものとはちがうのじゃろう。だが多々丸よ、おまえの焦りはそれとして、この資徳の気持ちをかんがえてくれたことはあるまいが、どうかな?」

多々丸は、資徳にいったい何の不満があるのかと、疑惑の目つき。

「不満はない、しかし不安がある、といえばわかってくれるかな」

「ふ・あ・ん?」

「不安に満ちているのさ、わたしの胸は」

「その不安と、わたくしの焦りと、どっちが……」

「くらべられない、別のものだ。わたしは、どの時代の、どの場所にもゆける。京の雅仁《まさひと》さまのおそばで今様を唄っているかとおもえば、昭和時代の東京では正体不明の金持ちに化けている。多々丸にはうらやましいだろうが、不安なのだよ。どの時代のひとでもない、どの土地の者でもない」

多々丸は、そういうものでございますかねと、つぶやいた。

（4）

「フジワラのおじちゃん、お弁当たべちゃったよ。竹の皮はヨシエが自分で洗うからね、ヨシエはえらいでしょ」

「気をつけないと、川におちるよ」

「だいじょうぶ」

資徳は多々丸に、ヨシエをどうおもうかねと視線でたずねた。

「声はいい、利発でもある。平安時代に慣れるのも手間はかかりますまい」

「そこが気がかり」

「おや、そうですか。このまえのハナエはわけもなく今様唄いの女になって、まるで乙前《おとまえ》さまの実の娘」

「ハナエも利発な子ではあったが、ヨシエの利発には、なんというか、ケンがある」

「ケン、といいますと？」

「江戸時代から先ではよく使う言葉だが、知らぬかな。ひとの気の質にするどい角《かど》がある、ケワシイ、それがケン」

「それがハナエとヨシエの相違だといわれると、よくわかります。で、ヨシエについて気がかりがあるといいますのは？」

「ドウブツエン、アドバルーンをまだおぼえている、そこだ。ドウブツエン、アドバルーンはこまる、

気がかりだ。あれは昭和時代の東京そのものだから、平安時代の女の今様唄いに変わるのに邪魔にな
りはせぬかと……」
「ハナエには、そんなところはまるでありませんでしたからね」
「わたしの失策でもあるな。この高崎で早くお前に会おうと、道をいそいだ。そのためにヨシエは、
昭和の東京をわすれきらぬうちに高崎に着いてしまった」
「ヨシエは、その、ドウブツエンやアドバルーンというものを平安時代までひっぱってゆくのでしょ
うか?」
こまったことだが、そうなるのではないかという懸念がふたりに共通した。

多々丸に、もうひとつ、なやみがうまれた。なにも知らぬまま、ヨシエといっしょに西へ、京へ向
かうのがいいのか?
ドウブツエンやアドバルーンなるものの、およそのところなりとも資徳におしえてもらい、ヨシエ
のまえではなにも知らぬ顔をしているのがいいのか?
ふたつにひとつ、多々丸が恐れているのは後者だ。ドウブツエンやアドバルーンなるものの実態を
すこしでも知ってしまえば、東京に、昭和という時代に行きたくて、矢も楯もたまらなくなるだろう。
多々丸は中仙道の高崎まで、その先に行ってはならぬぞと指示されているだけで、指示にそむいた
ら、どんな罰をうけるのか、なにも知らない。
多々丸がおもわず身震いしたのを、どう勘違いしたものか、資徳が、

「ドウブツエンというものを、おまえにおしえておいたほうがよろしいかな?」

「だめです、なりませぬ！」と多々丸はとびついて、資徳の口に手で蓋をした。ヨシエが、

「ずるいッ、おじちゃんたちだけであそんで！」

（5）

ヨシエが寝ついたあと、ふたりは、つもるはなしをした。

まず多々丸から——京の乙前さまはますます健勝、雅仁さまへの今様伝授は夜も昼もなくつづけられ、われら今様の唄者《うたもの》にとってこれほどうれしいことはない。サワにつづいてハナエも、声の良さが京のひとびとの評判をあつめている。

「ハナエの両親は昭和の東京で元気にやっておる、そのことをおぼえていてくれよ」

「両親の健在を、ハナエにつたえよと……?」

「そうではない。ハナエが一人前になるまでは多々丸、おまえがハナエの父がわり、母がわりじゃ。父母の健在を知らねば、ハナエを見るおまえの目にうそが出る」

多々丸の顔があかるくなった。

「ハナエだけでなく、ヨシエの親がわりでもありますな」

「それだけではないぞ。東京からは女の子がつぎつぎと京に行く。わたしが選びにえらんだ、とびきり声の筋のいい、利発な女の子がこの高崎をとおって京に行く。娘どもの父がわり母がわり、すべて多々丸の役目！」

それから多々丸は、東国にたくさん出回っているレコードについて、雅仁さまがさらにくわしく知りたがっておられるという忠季の言葉を二点にまとめて資徳につたえた。

(一) レコードに音や声をたくわえる術、および、それをひきだす術について多々丸に理解できる言葉によって説明せよ。

(二) 東国の民がレコードから声や音をひきだして聴くのを楽しんでいるのは理解できたが、そこで、レコードは新しい楽器ではあるまいかとの疑惑が生じる。この点について資徳の見解をのべよ。もしもレコードが楽器に属するのであれば、今様を東国にひろめる対策についてかんがえをあらため、重大な決意をかためなくてはならない。

これだけのことをいうのに、多々丸はおおいに苦しみ、額には大粒の汗さえ浮かんだ。レコード、チコンキ——言葉しか知らないのだから無理もない。

雅仁さまから忠季へ、忠季から登利丸へとつたわるうちに雅仁さまのお言葉の意味が変わるのではないかと、不安もある。

「レコードの仕組みを言葉でつたえるのは、むずかしい」

「どうせ、わたくしめは、雅仁さまのようには聡明でありませぬから」

多々丸がすねるのを、「まあ、まあ。多々丸ともあろうものが、そんな弱気で何とする」となだめておいて、「どうじゃな、京に帰ったら栗王丸とも相談のうえで、レコードやチコンキをつくってみては……」

「レコードをつくるとおっしゃるのですか、平安時代の京で……でたらめだッ。この多々丸をたぶらかすのは、やめてくださいッ」

「多々丸をたぶらかして、どうなるものか。昭和時代とおなじものは出来はせぬが、似たようなものならつくれる。うまくすると、音や声が出るかもしれぬ」

「まことに？」

「雅仁さまのお智恵、おちから、なんとかなるじゃろ」

(6)

「薄い円板がくるくるまわる仕掛けをつくる、板の片面に表に蠟《ろう》を塗る、いや、蠟よりは漆《うるし》がよいな」

「板に漆をぬったのがレコード？」

「それではまだレコードにはならぬ。漆がかわく寸前に、線をきざむ」

「はあ、線をきざむ。どのように線をきざみますか？」

「まず、薄い、しかも腰の強い紙を円錐のかたちに巻く」

「エンスイ……？」

「子牛の角《つの》の、まっすぐなかたち」

「子牛に角は生えておりませぬ」

「理屈をいっておる場合ではない、ほれ、こういったかたち」

「なるほど、子牛の角ですな」

「角の先に針をさしこみ、針の元を角の裏側に貼りつける」

「その、子牛の角はレコードなのですか、それともチコンキ？」

「ピックアップといって、チコンキの一部」

「うかがうだけなら、いかにも容易なことにおもわれるのですが」

「わしも作ったことはないが、理屈では、こうなる。さて、漆の板をくるくるとまわし、紙の角をかるくにぎって針の先を板におしつけておいて、角の手元の口から大声をふきこむ」

「男でも女でも……」

「かまわぬ。犬でも猫でもよろしい」

「鉦《かね》や太鼓は？」

「これッ、なにをいうのか！　法皇雅仁さまをはじめ、われら一同、鉦や太鼓が大手をふってのさばるこの世を正そうと……」

「アーッ。つい、うかうかと」

「声や物音は大気をふるわせる。大気のふるえが紙から針につたわり、針のふるえが漆の表面に線となってきざみつけられる」

「はあ……」

「これがレコードだ。漆がかわくまで、ゆっくりと待つ」

「はい」

「レコードに線をきざむのと反対のことをやる、これがチコンキ。漆の板をくるくるとまわして、紙の筒の先をそーっと溝の刻みに当てる。すると、筒の口から音や声がきこえてくるはずだ」

「たしかに、たしかにきこえましょうか？」

「理屈ではきこえるはず。きこえなくとも、そこは聡明なる雅仁さま、チコンキやレコードがどのようなものか、およそのところはおわかりになられよう」

多々丸は頭のなかで反芻している——薄い板、漆をぬる、かわくまえに線をきざむ。

「作り方はそれでわかったとして、第二の件はいかにも重要である。さすが雅仁さま、ご自分の目では見てはおられんのに、見るべきところははずされておらぬ」

藤原資徳は重い気分。レコードやチコンキは楽器なりや、ならずや——まさに一本取られたのである。東京では実物を毎日のように見ていたのに、この疑問をもつことはなかった。まったく恥ずかしい。

「あ、ヨシエにこれをかけて、風邪をひかせてはならん」

フーッとためいきをついて、

「レコードやチコンキは楽器なりや、ならずや——雅仁さまはおたずねだ。多々丸、どうじゃ、どう思うか？」

「いきなり申されても、わたくしはまだ実物を見たことがないのですから」

「おまえは作り方を知っておる、何も知らんとはいわせぬぞ」

「ハーッ、かんがえます……はい、かんがえました。レコードは楽器ではありませぬ。なぜかともうせば、おなじレコードはおなじ歌しか唄いませぬ……さようですな……それならばレコードは楽器ではありませぬ」

「ふーむ。それなら、チコンキは、どうじゃ？」

「さきほどおしえていただいたところからすれば、チコンキはぐるぐるまわるだけのもののようであります、轆轤《ろくろ》とおなじもののようです。それならば、楽器とはもうされますまい」

「みごとなり、多々丸。それだけわかっておるなら、京でつくるレコードやチコンキから本物の声や音が出るかもしれん！」

（7）

藤原資徳は昭和時代の東京を回想している。

チコンキの蓋をあけ、ゆっくりゼンマイを巻く。巻きすぎるとゼンマイが切れるから、いいね、気をつけて！

そーっとレコードをのせる、傷をつけぬように、しずかに。ピックアップの針は一回ずつあたらしいのと交換すること。ピックアップをのせて、さあ、だまって聴きましょう！

「おなじだッ！」

「はあッ？」

「しきたりがやかましいだけが取り柄の、宮廷の奏楽の風景とそっくりだ」

チコンキやレコードは楽器ではないが、昭和の東京の民がレコードに聴きいる姿は、平安京の楽人が奏楽の場にすわっているのと、そっくりそのままだ。だまって、おとなしく聴いているだけ。東京の民がレコードの歌をまねて唄うことはある。あるにはあるが、レコードほどうまくはないし、ほがらかでもない。もっとわるいことに、東京の民が歌を唄うといったらレコードの真似ばっかりだ。

「多々丸よ、これはどうやら、大変なことになりそうだ。いそがねば、ならん」

「は、いそがねばなりませんか」

「京にゆけ、飛んでゆけ。まず栗王丸につたえるのじゃ、ぐずぐずしていると昭和時代の東京で、われらの出る幕のなくなるおそれがある、と」

「われらの出る幕がなくなっては、どうにもなりませぬ」

「幕があろうと、なかろうと、われらは押してでも出るつもりだが、それにはそれで構えがなくてはならん。栗王丸にかまえさせるのじゃ、多々丸が栗王丸に火をつけるのじゃ。

いくらいっても栗王丸が燃えなければ、かまわぬ、おまえか登利丸か、ほかのだれでもよい、栗王丸にかわってかしらになれ――それでは謀叛とおなじ――おお、おお、いかにも謀叛、いかにも反逆。とはいえ、あの栗王丸も衆におされてかしらになったほどの男、かならず燃えあがる。栗王丸が燃えあがったら、まずレコードとチコンキの雛形《ひながた》をつくれ。仲間のほかに知られてはならんが、仲間のうちではだれひとり知らぬものはないように、おおさわぎして、雛形をつくれ！」

資徳の演説をさえぎって、多々丸が「かくも奇ッ怪なるもののはびこるのが昭和時代の東京なりッ。われら唄者、生きのびる途はありや、なしや！」といった。

資徳の驚愕の反応には、さけんだ多々丸のほうが照れてしまって、

「……というわけ、なんで、ございましょう?」

「それじゃ、そのとおり。わかってきたな」

雛形ができたら、法住寺殿におとどけする。そのころには、この資徳からの書状が雅仁さまのお手

元にとどいているはずで、それとこれとを見れば、レコードやチコンキがどのようなものなのか、昭和時代の東京でどのようにつかわれているのか、その東京に今様歌をひろめるのが、如何なる意味をもつのか、雅仁さまにはよくおわかりになろう。おわかりになれば、適切な策をうちだされるのはまちがいない。

「雅仁さまのおちからとお智恵は、よく存じておるのですが……」

「わかっているなら、ですが、はなかろう」

「はあ、それが、その……」

「ですが、はおかしいという理屈がわかれば、それが、その、となるはずはないが、まあ、出てしまったものは仕方がない。もうせよ、多々丸」

「ははーっ」

——われらが雅仁さまは一天万乗の位をあっさりと次代におゆずりになり、おんみずからは不安定な治天の君になられた。そこに雅仁さまのご聡明はあきらかにしめされているのである——

「しかるに！」

多々丸の口調がとつぜん変わったから、資徳はおどろく。

「しかるに、聡明なる法皇雅仁さまにして、なぜ、昭和の東京にレコードやチコンキのあるのをご存じないのか？」

多々丸は気が重い。レコードとチコンキの製造法を法皇につたえねばならない、その義務感がまず気を重くしている、うまくつたえられるか、どうか、不安にさせている。法皇はすでにレコードやチコンキの製造法をご存じなのではないか、そうであれば自分は重苦しい義務感から解放されるのに——。

資徳は多々丸の苦衷を察した。

「いかに聡明な雅仁さまにしても、先を知るのは容易ではない」

東の国へおもむき、今様歌をひろめよ——藤原資徳が法皇からうけたまわった指令はこれである。ついでに、伊豆国へ流罪になっている源頼朝《よりとも》の身辺をそれとなく見張れ、とも指示された。そうだった、伊豆にはあの頼朝がながされているはずだ——なつかしい気分で伊豆の韮山《にらやま》に行ってみたが、頼朝のかげもかたちもなく、蛭《ひる》ヶ小島にはアルミニユームに着色した看板がたっているだけだった。

「むかしむかし、この地には源氏の御曹司の頼朝が京都から流罪されていた」

蛭ヶ小島をぬけだした頼朝は相模の鎌倉に日本じゅうの武士をあつめて幕府という政権をつくったが、それは何百年もまえのことだという。

（8）

源頼朝はもはや生きてはおりませぬ、何百年もまえに他界の由——法皇への第一信で報告したら

——頼朝は死んだか、おしいことだが、やむをえまい。いずれまた頼朝に代わる人物が出現するにちがいないから、よく気をつけること。武者というものは、あばれだすと手に負えないところもあるが、うまく手なづけさえすれば犬よりは役に立つものである、おそれることはない。いずれにせよ、今様伝播のことに精力を集中すべし——法皇の返書である。

「頼朝が死んだのは何百年もまえ……それを知っても、雅仁さまはおどろかれなかったのですか？」

「度量のひろい、おおきな方じゃ。百年が千年になったとて、おどろきもなされぬ、疑いもなされぬ」

くびすじのうしろで両手をくみ、うーんとのばして肩の凝りをほぐした。

それから、おおあくび。多々丸もつられて、おおあくび。

「夜明けもちかい、ひとねむり」

「ねむりたくない気分ですが」

「いそがねばならぬが、いそぐからといって焦ってはならん。まず、ぐっすりねむる」

「ヨシエはよくねむっておりますよ。うらやましいほど、ぐっすりと」

「東京やアドバルーンやドウブツエンのことをすこしずつわすれるだろう。木曾をぬけるころには平安時代の娘に変わっている、たのむぞ、多々丸」

多々丸の返事はない。ねむりたくない、といったくせに、もう高いびきだ。

よわったな、これは、と資徳はつぶやく。相部屋のものに先をこされると眠れなくなるのが資徳の弱み、眠れぬなら眠らぬまでと、はらをきめる。

（9）

真っ暗の天井を見つめていたら、耳の奥に、かすかな声がきこえ、明瞭になってきた。

「ホチョートレッ！」

怒声とともに、おぞましく、いやらしい光景の記憶がよみがえってきた。

東京で宮城《きゅうじょう》を見物した。

法皇雅仁さまの血をひく方々が住んでいらっしゃるとおもえば、なつかしさがこみあげてきて、しかし、その雅仁さまの密命をおびる身とあっては名乗り出るわけにもいかず、せめて見るだけでもと、ずんずん歩いていったら、「コラーッ」と、つっころばされたあげくに、つかまり、警官の詰所に連行された。

官位を名乗れば相手が平身低頭するとわかっているのに、名乗れないから苦しい。

釈放され、砂利の広場の安全なところから宮城を見ていたら、ガサッガサッとやかましい音がして、「ホチョートレッ！──」ガサッガサッ、「カシラーミギッ！──」ガサッガサッ、「ナオレッ！──」ガサッガサッ。

はなれているから突きとばされる心配はないが、兵隊の身体から発散する汗と脂の臭いにはたえられず、おもわず数歩、あとにさがった。

おなじ顔、おなじ服装、おなじ動き──人形を連想された。

「ヒトが人形になっている！」

ヒトを人形にしているのは「ホチョートレッ！」「カシラーミギッ！」の怒声だ。

愛嬌もない、節《ふし》もわるい。ヒトを人形にすることはできても、鳥を呼べない。

無情者の目に、うれし涙をながせない。

泣いてむずかる赤ん坊の頬に笑窪《えくぼ》をつくれない。

「これだッ。雅仁さまのおっしゃるのは、これなのだ。おぞましくも、いやらしい声をやめさせるには今様歌をひろめるほかに、手はない、ということを雅仁さまはおっしゃっておいでなのだ！」

しかし資徳は、これまで、「ホチョートレッ！」の怒声や、怒声についてかんがえた宮城での体験を法皇に報告していない。

(10)

「ホチョートレッ！」はグンブの言葉、グンブは「軍部」と書く。

資徳がはじめて「軍部」の文字を見たのは浅草のカフェーだ。浅草ではひとびとがさかんに唄っているときいたので、行ってみたら、うるさい、やかましいだけで、人間が唄っているといえる光景ではない。街にながれるのは電気で強調したレコードの歌ばかり、小屋ではなるほど役者が唄ってはいるものの、見物人はゲラゲラキャアキャアいうばかり、唄っているとはいえない。がっかりするやら、ほっとするやら。

「黒竜江《こくりゆうこう》」と看板を出すカフェーでビールを注文、女給がなげてよこした新聞の見出しの「軍部」が目についたので、

「イクサベが……」

「あーら、お客さん、それ、イクサベって読むんですかア？」

しまったとは思ったが、

「まあ、イクサベとも読めるな。まちがいではない」

「でもね、あたしがきいたのは、ええと、なんてったかな、ちょっと待っててね」

奥に消え、ばたばたとひきかえしてきて、

「あたしのおもってたとおりさ。それ、イクサベじゃなくてグンブって読むんだよ」

「グンブさ、グンブにきまってるよ。でもね、イクサべって読むのも、おくゆかしい気分になって、わるくはないや」

「グンブっていえばホチョートレッ！　カシラーミギッ！　だけど、イクサベということになると、そのところは、どうなるのかしら？」

「どうなるのかね。おれだって、イクサベのことは、よくは知らないのさ。まあ、ビール呑みなさい」

女給は、うれしそうな顔のなかにもうひとつ別の、かしこい表情をつくって、

「ビールもうれしいけれど、おごってもらうんならキュラソーがいいな。オアシが半分、お店から返ってくるの」

キュラソーとは抹茶の照り焼きのような飲物である。

「ビールのほうが好きなんだけど、仕方がないのよ。商売々々」

ペロペロとキュラソーをなめて、

「ああッ、キュラソーのおいしいこと！」

ほかに客のいない店のなか、いっぱいにひびかせ、これでふたりは仲良し。

(11)

名前はクサカベミヨコだと、ミヨコが自分でいった。東京の下町の生まれ。

「下町は下町よ。山ノ手はそれぞれにちがうけど、下町はどこでもおなじ下町よ」

「下町は、どこ?」

「下町のミヨコさん」

「あのね……」

内緒ばなしでもするように、ミヨコは声をおとして、

「お客さん、さっき、イクサベっていったでしょ、あたし、ドキーッとしたのよ。イクサベミヨコっていうひとがこの東京のどこかにいて、そのひとがあたしと、つまりクサカベミヨコと血がつながっているんじゃないか、なんておもったものだから」

「イクサベミヨコ、ね。そういうひとがいるとして、どんな娘さんだろうな」

「あたしと血がつながってるんだから、トテシャンよ」

「トテシャンのトテは『とっても』のトテ、シャンは『美しい』、とっても美しいというんだったかな、はやり言葉は苦手だな」

「ドイツ語かオランダ語なんでしょうけど、シャンとしているからシャンだっていうひともいるのよ」

「シャンとしていないと、グンブに『ホチョートレッ!』って、やられる」

「グンブは『ホチョートレッ!』で、イクサベミヨコさんは『トテシャン、トテシャン』なの」

「『ホチョートレッ!』はきらいだな、『トテシャン』がいいよ、イクサベミヨコさんがいいよ」

「シイーッ。そんなことをいって、グンブにきこえたら、ただじゃ済まないんだよ!」

「だから、きらいなのさ」

（12）

カフェー黒竜江にかようようになって、グンブというものがわかった。わかってはきたが、それを平安京の雅仁に報告しようとして筆をとっても、

「グンブはわれらの大敵とみなすべきものとかんがえられます。理由いかにと申せば……」

この先がすすまない。そもそも藤原資徳のグンブぎらいは宮城前広場でのわずかの体験とカフェー黒竜江でのクサカベミヨコとの意気投合とによるもので、確固たるものがあってのことではない。

「あたし、グンブはきらいだよッ！」

「シーッ、おおきな声でいっちゃ、だめなんだろ」

「藤原さんがグンブをきらいじゃないなんていうんなら、あたし、藤原さんなんか、だいッきらいだからねッ！」

「きらい、きらい、グンブなんかだいきらいだよ」

「よろしいッ。グンブぎらいに乾杯しましょ、キュラソーで乾杯！」

ホチョートレッ、カシラーミギッをきくたびに身の毛がよだつ。いやな気分はグンブのせいだということ、これには確信があるが、気分を雅仁につたえるのは容易なことではない。

容易じゃないから、ひとは歌を唄うんだな。そうだよ、唄わずにはいられないんだ。

「ひとりでブツブツいって……気味がわるいな」

「歌を唄わずにはいられない、といったのさ」

「なーんだ。藤原さん、歌を唄いたいの？　じゃ、レコードかけてあげましょうね」

あれーっ？　なんだ、これは？　ミヨコちゃんは、まちがっているぞ。

おれはただ、歌を唄わずにはいられないっていっただけなのに、ミヨコちゃんは「レコードかけましょうね」なんていう。はなしの筋がまるっきり混線している。

「ミヨコちゃん、そうじゃないんだよ。レコードじゃないんだ！」

カウンターのそばに大型デンチクがおいてあって、ミヨコはレコードをえらんでいる。

「ショウジタローの『♪国境の町』なんか、どうかしら。カフェー黒竜江にぴったりの歌なんだから」

追いかけてきた資徳、

「ちがうんだよ、ミヨコちゃん。おれがいうのは、ねエ……」

「ちがう、なんて、いまさらおそいのよ」

「おそい、といわれても……」

「オッホッホー、手遅れ……」

ミヨコは「♪国境の町」のレコードをターン・テーブルにのせ、ピックアップをのせた。

ほかにも客がいて、資徳とミヨコがじゃれあっているのを面白そうに見ている。資徳としてはじゃれてるつもりなんかないが、女給と客のじゃれあいに見えても仕方はない。

ここでミヨコにさからうと、どんなことになるやら、わかったものではない。

〽橇《そり》の鈴さえ　寂しく響く
　雪の荒野よ　町の灯よ

「いいわア、ショウジタロー！」

カウンターに肘をつき、ミヨコはうっとりしている。それは資徳に、

「ネエ、見て。あたしはうっとりしているのよ」

と通告し、同意を強要する表情である。

「ショウジタローはいいさ、『♪国境の町』もいいさ。だけど、その……」

「やだなあ。だけど、その、なーんていって……なんなのさア？」

レコードがどうもね、とは、こういう場面ではいえるものではない。

おれはこのクサカベミヨコを、どうあつかえばいいんだ？

そもそもおれは、クサカベミヨコに、なぜ、こだわっているんだ？

いったい、おれは――


おたがいにグンブぎらいとわかって、ミヨコは資徳を、なじみ客のひとりよりは、気心の知れた中年男のひとりとして好感をよせるようになった。

こんな男の、どこが、どういうふうに良くて気に入ったのかと問われれば、「レコードの唄や、あたしの唄を聴くのがいい気分、そういってくれるからよ」とこたえるつもり。

そのうえで、予想される途中経過を省略していえば、「あたしがどこかレコード会社の専属になって最初に吹き込んだレコード、どっさり買ってくれそうなんだもの」とソロバン高い計算をしてみせ、目の前の男を二番目の資徳に仕立てるもくろみだ。

レコード会社の専属歌手になると目標をきめたときから、レコード会社と専属歌手のあいだに、どういう関係ができるのか、あらかたについては調べてある。

友人や親戚、ありとあらゆる関係にミヨコが「早めに予約いただけば、何枚でも、定価の三割引きでおひきうけいただけます」ともちかける。

相手が乗り出す膝のあたりをかーるく、ポンとたたき、「発売前日にレコード店にこっそりと定価の一割引きで売っても損はさせません」——こういうふうに自前のパトロンをたくさんつくっておかないと、レコード会社にオシがきかない。

オシがきかない歌手は、これぞ大当たりまちがいなしの新作レコードの吹き込みのチャンスが遠くなって、引退せざるをえなくなる——こういうこまかいところまで調べてある。

自分にもパトロンたちにも大儲けはしない、させない、好きな歌を唄ってそれなりの暮らしができれば十分、大儲けより長持ちを優先と、そこまで具体的にかんがえていた。

まことに控えめ、そして現実的な目標を胸にカフェー黒竜江で稼いでいる。

(13)

あたらしい客が、どやどやっとはいってきた。

「シイーッ、藤原さんッ」

「なんだい?」

「グンブよ。気をつけて……」

「あれがグンブ？」

「グンブといってもね、『カシラーミギッ』や『ホチョートレッ』は、やらないの」

「そんなグンブがあるのかい？」

「あるのよ、ケンペイなの」

「ケンペイ？」

「そう。ケンペイっていうのはね……」

ミヨコが小声で説明にかかると、

「おーい、ミヨちゃん、ミヨちゃん。そんなタクアンの古漬《ふるづけ》みたいなやつはほうっておいて、こっちだ、こっちだ！」

タクアンの古漬は知らないが、自分の悪口なのはわかるから、

「タクアンの古漬が、どうしたというのですか。クサカベミヨコさんは、いま、わたくしといっしょに、ショウジタローの『♪国境の町』を聴いているのです。だから、そっちには行きません！」

それから——


「藤原さま、藤原さま、どうなさったのですか？」

「だまれ、ゲスめ！」

「なんですか、いくら藤原さまでも、この多々丸をゲスよばわりは、ゆるせません！」

「タタマル……ああ、おまえは多々丸、どうしてここに？」

「どうして、と申されても……」

「多々丸もカフェー黒竜江の客だとは、知らなかったぞ」

「なーんだ。藤原さまは夢をみていらっしゃる。藤原さま、目をさましてくださいよ。もうすぐ夜明けです」

「夜明け……ああ、おまえは多々丸か。すると、ここは東京ではなくて、高崎、アッ！」

がばっと、はね起き、ヨシエがすやすやと寝息をたてているのを見て安心のためいきをついた。ぶるぶるっと身体がふるえたのは、悪夢にうなされた記憶に冷や汗が出たからだ。

「うなされていらっしゃいましたが……」

「そうか、ね」

「ホチョートレッとか、カシラーミギッとか……それは昭和の東京の言葉なんですか、ずいぶん乱暴な調子の言葉ですな」

「言葉も乱暴だが、グンプやケンペイはもっと乱暴だ」

「グンプ……なんですか、それは?」

「いわく、いいがたし、というものさ。とにかく手強い」

「敵、ですな」

「敵も敵、強敵のなかの強敵。さあ、多々丸、平安京へいそいでくれ！」

四ノ章　平安京でレコードとチコンキを実験製造

(1)

ヨシエをつれて高崎から京へ、また高崎にもどって藤原資徳からあたらしい女の子をうけとると高崎にとんぼがえり、多々丸はあわただしい。

京で、女の子は先輩の今様唄いから教えをうける。藤原資徳がえらびにえらんだ子ばかりだから声の筋はいいが、声がよければすぐれた今様唄いになれるとはかぎらない。

笑顔――「笑えばいい、というのではない。相手がおもわず惹きつけられる笑顔」

身の振り――「媚びてはいても、媚びているのを気づかせぬように」

今様歌――「ひとりよがりは、いけない。おまえたちは歌は上手なんだからね、聴くひとがおもわず知らず口ずさむような唄いかたをするのがいいんだ。といって、下手に唄うのがいいわけではない。えらびぬかれた今様唄いの誇りをわすれぬように」

男――「えりごのみをしてはいけない、なんていうひともあるが、とんでもない。その日その時、いちばん好きな、いちばんいい男をえらぶ」

おしえられ、女の子たちは昭和時代も東京もドウブツエンもアドバルーンもわすれ、しっかりした平安時代の今様唄いにそだつ。


「多々丸さん、今夜はどこで泊まるの?」

「関ケ原までいければ……」

「多々丸よ、それほどいそがなくとも、かまわぬ。女の子たちに、ひろい世間をみせるのも大事なこと。旅をいそぐと、世間がせまくなる」

「関ケ原には、なにがあるの?」

「関ケ原にはたいしたものはないが、そのさきにビワコが」

「ビワコって、何ですか?」

「ビワコはみずうみさ、おおきなみずうみ。むこうの岸が見えない、それくらい広い」

「むこうが見えなくては、船でわたるにこまるでしょう」

「せまいところもあるからね、そこをわたればいいさ」

「ビワコの、そのまた向こうは?」

「京さ。乙前《おとまえ》さまやサワさん、そして法皇雅仁《まさひと》さまもいらっしゃる」

ひとりが、「ああ、乙前さま!」と感きわまった声をあげたのを合図に、

「ああ、はやく乙前さまやサワさまにお会いしたい!」

「乙前さまのお唄いになるのを、この耳で、はやく聴きたい!」

だれもまだ乙前にもサワにも法皇にも会ったことはないが、耳にたこができるほどきかされている名前だから、生まれたときから知っているように思っている。

「多々丸さん、はやく歩いて、今夜は関ケ原に泊まりましょうよ。あたし、もう待てない！」

資徳と多々丸は顔をみあわせる——もう心配はないようだ、みんな、東京のことはすっかりわすれている。

「多々丸よ、もうすこし道をいそいで、今夜は関ケ原に泊まるとするかな」

（2）

そのころ、京では、

「ぜひとも、その役目、わたくしに！」

山階逸男《やましなはやお》がさけんでいる。

逸男の相手は、おおッ、これはなんと平清盛！

桓武平氏の棟梁、平家にあらずんばひとにあらず、とまでいわせた清盛が下級公家の逸男を相手にしているのは腑におちないが、乱世、いろいろと事情はある。

「ぜひとも！」

「いやに熱心だな。治天《ちてん》の君《きみ》の雅仁さまに、なにか恨みでもあるのか？」

「よっくぞ、きいてくださった。それでこそ太政大臣！」

楽人の仕事を奪い、楽器の権威と効能を軽蔑し、あまつさえ田夫野人にまじって下品きわまる今様歌などに血道をあげる法皇雅仁の無道について、山階逸男は切々とうったえる。

「けしからぬ、と申さねば！」

「楽器の権威を否定するのは乱暴だが、今様歌に血道をあげるぐらいは、どうということもない」

「これはひどい。太政大臣平清盛ともあろうひとが、そのような暴言を吐こうとはおもいもよらぬこと。よろしいですか……」

逸男のいいたいのは、古来から正しく綿々として続いてきた宮廷奏楽の伝統が法皇雅仁の暴挙によって途絶えようとしていること、奏楽をともなわぬ礼式は正しくなく、したがって、奏楽をともなわぬ礼式によって決定された政策はすべて不正のものである、そういうこと。

「クックックーッ」

清盛がわらう。

「山階、とかいったな。歳はいくつだ？」

「歳などきいて、どうなさる？」

「それそれ、すぐにカーッとなるところをみると二十歳をすぎても二年か三年、わかい、わかい」

「わかいのがわるいことですかッ、罪ですか！」

「わるいさ」

あっさりいわれて、逸男は拍子ぬけ。

「おまえは、その役目をやらせてほしいと願っておるが、わかいがゆえの誤解をしておる」

「誤解ではない。あなたがた殿上人の肚《はら》は読んだつもりだ」

「われらの肚とはつまり、法皇雅仁さまの追放、またはお命頂戴《いのちちょうだい》とか……」

「図星ではないか」

「なんのなんの。すこしばかり邪魔ではあるが、雅仁さまを追放してはこまるのだよ。だから、おまえにこの役目をまかせるわけにはいかぬ。さ、怪我をせぬうちにお帰り」

逸男は唸《うな》り、清盛はほがらかに笑う、勝負にならない。

「よーし、いや、わかりました。法皇を追放するとはいわぬ、いいませぬ。せめて、なんなりと、あなたがたのお役に立ちたい、使い走りでも、なんでも」

「フフフ、とんでもないこと。たとえいちどでも雅仁さまを追放しようとかんがえた者に何かを頼むことはありえない、危険千万」

「これほど願っても？」

「くどいよ。くどいのはきらいだ」

若造あつかいされ、逸男はプリプリしながら深夜の京の街をあるく。


どこで読みちがったのか？

法皇雅仁と平清盛の対立がのっぴきならぬところまできているのは、だれ知らぬひとのない事実。事実を確認したとき、逸男の頭にピーンときたのは、――ははあ、清盛のやつ、法皇さまを追放するつもりだ！

法皇が追放されれば、疑惑が清盛にかかるのは火をみるよりもあきらかだ。いくら豪気な清盛でも、この疑惑は避けたいにきまっている。自分は安全なところにいて、しかも法皇を追放したい——それならと、ピーンときたのだ、清盛は黒幕がほしいにきまっている、と。

——おれの出る幕だ！

法皇が宮中儀式から奏楽を廃止してしまおうとしている、という噂が出てから長い時間がすぎているが、山階逸男のみるかぎり、計画は進行していない。しかし逸男は気をゆるめない。雅仁が今様《いまよう》に血道をあげるのをやめぬかぎり、噂は事実である、いつかは決行されるものと覚悟している。その覚悟が「雅仁を追放する」となるのはいささか飛躍ではあるが、本人としては真剣におもいつめた結果だ。

おそれおおいことながら不倶戴天の敵とは法皇雅仁さまのことだと山階逸男はおもいつめている。法皇を追放して清盛に恩を売ろうなどとは毛ほどもかんがえていない。ただただ、楽器と奏楽の伝統をまもろうという気持ちだけなのだ。おもいつめ、大歓迎されるつもりで清盛との面会にこぎつけたが、結果はさんざん、子供あつかい。

それでも失望しないのは、自分が子供あつかいされた事実を深刻にかんがえず、

——平家はだめだ。

相手に原因があるとかんがえているからだ、一本気のわりには楽天的な性格だ。

——平家がだめなら、源氏だ。

作戦転換もはやい、平家から源氏にのりかえたのはいいが、ハタと気がついたのは、

——どこにゆけば源氏に会えるんだろう？

平家にあらずんばひとにあらず、の京都である、源氏の姿は消えた。ひとりもいないはずはないん

だが、平家にいじめられるのが怖いから、隠れているらしい。

隠れているのを探す、これがなかなかむずかしい。

――それならば、いっそ、

「伊豆に行こう。頼朝は伊豆に流罪されたそうだから」

荷物をまとめ、そこはひとり身の気楽さ、さっさと東海道をくだる。

伊豆で源頼朝を探し、法皇雅仁の無道をうったえて、

「追放してしまえばいいのです。そうすれば平家は後ろ楯がなくなり、源氏の世が到来、まさに一石二鳥ではありませんか！」

「フーム。して、だれが追放するのかね、法皇さまを？」

「わたくし、山階逸男がひきうけます！」

胸をはって、いう。

「おまえが、やってくれるか。よろしい！」

頼朝がすっくと席をたち、逸男の肩をたたいて激励する――はやくもその場面さえあざやかに想起され、逸男の足は疲れをしらずに近江の草津にやってきた。

――伊豆は遠いが、伊豆へ行けばワレの出る幕がひらく。

（3）

「ワレの出る幕、ワレの出る幕」

山階逸男がつぶやきながら草津の宿にはいると、やや前方にひとだかり。喧嘩狼藉《けんかろうぜき》のたぐいなら仲介してやろう、ぐらいの気でちかづいてみたら、

〽あそびをせんとや　生まれけん
たわむれせんとや　生まれけん
遊ぶ子供の声きけば
わが身さえこそ　ゆるがるれ

唄う女のまわりに、ひとが群れている。

「わるくない。ひなびた景色とは、まさにこれ！」

逸男は悦に入った。だいたいが気のいい男なのである。もっとちかづくと、

〽恋しとよ
君恋しとよ　ゆかしとよ
逢わばや　見ばや
見ばや　見えばや

ひとの輪からホーッという歓声があがる。

「これは！」

すっかりわすれていた、これぞ今様歌。

喝采の輪のなかにいるのは山階逸男の不倶戴天の敵、法皇雅仁が手なづけた今様唄いの群ではないか！

気分よく都を出た旅のはじめにいきなり不倶戴天の敵に出っくわしたそのことより、今様をすっかりわすれていた自分に逸男はあきれた。

忘れていただけならともかく、たったいま、「わるくない」などと感動してさえいたのだ。

——おれは、なんという——

ションボリし、このまま退却するわけにはゆかないと気をとりなおし、ひとの輪に突っ込んでゆこうとしたところを、ポンと肩をたたかれ、ふりかえると、

「あーっ！」

相良俊輔《さがらとしすけ》がほがらかに笑っている。

俊輔が今様唄いの仲間にはいっているのはおどろかないが、こんなに早く、という意外の感はある。

「サガラ、おまえは、いつ、京を出た？」

「おまえより一足おそく。そして、おまえの背中を見ながら」

「ええっ。すると、おれの後をつけてきた——？」

「後をつけた、なんていうのはひとぎきがわるい。おれはおまえに用事があるわけではないのだから」

(4)

相良俊輔はひろい世のなかを見たいとおもい、京を出た。

法住寺殿の塀のまえで我が身をゆるがした今様の歌、それを生んだ空気は京ではなく、もっとひろい世間だろうと見当をつけたからだ。

京を出るとすぐに、まえをゆくのが山階逸男だと気がついた。逸男は足取りもかるく、気分よさそうにあるいているから声をかけず、ずーっと背中をみながら、草津についた。

「俊輔が今様唄いの仲間になったとみたのは、まちがいだったか」

「仲間にはならんよ、ここで会っただけだ。気づいたのはおまえよりもはやかったがね。おれのまえを山階逸男がゆく、逸男のまえに今様唄いの女がいて、男たちは人形をまわしているのに、逸男は気がつかない。これはいったい、どういうわけなのか、気がついたらどんな騒ぎになるのか、かんがえているだけでも胸がどきどきしたよ」

「ひとがわるい」

「ひとがわるければ、肩をたたいたりはせぬ」

「それは、まあ、感謝する。おまえに知らされなければ、いまごろは――」

「大騒ぎになっている。京でこそ、すこしは知られた山階逸男さまも、ここでは氏も素性もない。なぐられ、蹴られ、わるくすれば命はない」

「縁起でもない！」

俊輔のいうとおりだから、逸男も苦情はいえない。

苦情はいえないが、ひとの下になるのはきらいな性分、反撃する。

「法住寺殿で聴いたときには、もうすこし年上の女かとおもったが、いま見ると、まるで子供。これはつまり、今様などは子供のあそびにすぎぬということさ」

そういう逸男の、自信たっぷりの顔を、あきれたものだな、というように俊輔が見つめる。

「おい、おまえは何をいってる？」

「何を、といって……」

「別人だというのが、わからんか？」

「別人……おれをからかうのは、命をすてる覚悟の後にしてくれ！」

「ほんとうに、わからんのか？」

　ゴクリ――この音は、逸男が生唾をのみこんだ結果として発せられた喉頭部の摩擦音だ。

「からかうのは、よせ」――もういちど言おうとしたところへ、「言ってはならん」と止めるちからが作用して喉頭部の筋肉が混乱した、その結果のゴクリである。

「山階の家はずーっと笙《しょう》を吹いて内裏に仕えてきた。このおれも、唇と耳には自信がある。その耳が、法住寺殿の塀のなかで唄っていた女と、いま、あそこで唄っている女はおなじだと聴いた。ところがおまえは、別の女だという。おまえのいうのが正しいなら、おれの耳に狂いがあるということになるのだが……」

　絶望の予感に逸男の声はふるえている。

　無理はない。ふたりの女が別人だということになったら、先祖代々ほこりにしてきた山階の家職の笙は、どうなる？　逸男の自信はどうなる？

「山階よ、おおげさなことをかんがえるな。ふつうの耳があれば、あれとこれとが別の女の声だと聴きわけられるはずだ」

「ふつうの耳、というのが余計に気にさわる。それではまるで、おれの耳がふつうの耳より程度がひくいようではないか！」

——おなじ女だ！

逸男は自分の耳が聴いた声にこだわらねばならない。

「あの女に、たずねてくれぬか。あの日、法住寺殿で唄ったのはおまえではないか、と」

「よしたほうがいい」

こだわるほどのことではない。それにもしも、ふたりは別人だということになったら——疑いなく、そうなる——逸男の立場がなくなってしまう。だから、逸男のためにこそ俊輔は「よしたほうがいい」といった。「よしたほうがいいよ」ともういちどいい、「どうしても、というなら、自分で訊《き》いてみることだ」

俊輔につきはなされ、逸男は勇気をなくした。

「やはり、ちがうのか。おれの耳がわるいのか？」

「おまえには、今様歌や人形づかいの芸を芸としてみとめたくない下地がある、氏も素性もないものがその日の稼ぎとしてやっている下品な技だというおもいこみがある。その下地とおもいこみがおまえの耳に蓋をしている」

逸男は頭を垂れ、かんがえごとをしている風情だったが、そこで居直る。

「ハッハッハー、そうさ、おれがおもっているとおりさ、たいしたことではない。今様など、どうせ子供の遊び。そうさ、京の法住寺殿で唄った女が草津にながれてきて、いま、あそこで唄っている。あの女の声はわるくない、おまえのいうとおりさ。だから、あれとこれとはおなじ女さ。声のいい女

が二人も三人もいて、たまるものか！」といいはなち、

「さーて、俊輔、またおわかれじゃ。おれはおれの道をゆく」

「ゆくといっても……どこへ？」

「いくら相良俊輔でも、こればかりはいうわけにはいかぬ。きかんでくれ」

「それなら、きくまい。身体に気をつけて……」

「おまえも、な」

山階逸男は東海道をくだり、相良俊輔は傀儡芸人の群れにちかづいてゆく。


「多々丸さん、ヨシエの歌は、いかがでした？」

「みごと、みごと。藤原さま、そうもうしてよろしいでしょうな」

「ヨシエ、多々丸のいうとおり、みごとであった。ただし、ここは近江の草津、京ではないのをわすれてはならぬ。京のひとの目と耳はきびしい」

「はい、藤原さま」

（5）

京の法住寺殿、みんな、そろっている。法皇雅仁が藤原忠季《ただすえ》をつうじて栗王丸にレコードとチコンキの製造実験を指示し、今日がその日。飛驒《ひだ》から木匠《たくみ》と漆師《うるしし》がよばれている。

「漆のかわき具合がそろそろ……」

法皇から次の指示があるまでにいささかの逡巡があった。だれの声を吹きこもうかとの思案の逡巡。

「サワがよろしい」と乙前が指名した。

「このようなおおきな役目は、乙前さまこそ」

「サワよ、これは新しい仕事、わたしのような年寄の出る幕ではない。左様でございますな」

乙前の意見が忠季をつうじて法皇につたえられ、「乙前のいうようにサワが」との指示がくだった。

「はい、乙前さま」

なまがわきの漆の板がゆっくりと回転をはじめる。

子牛の角、と資徳がいう紙筒を登利丸がかるくにぎり、ひらいた口のところにサワが口をよせて、
唄うよりさきに、乙前の顔を見つめた。

——乙前さま、サワが唄います。

「サワよ、さあ……」

乙前にうながされ、サワがゆっくりと唄う。

〽舞え舞え　かたつむり
舞わぬものならば
馬の子や牛の子に　蹴らせてーん
踏みやぶらせてーん
まことに愛しく　舞うたらば
華の園まで　あそばせーん

サワが唄いおわっても、漆の板は回転している。

「漆の板、回転、やめ！」

「かわくまで、何日？」

「五日」

その五日のうちも、今様唄いの訓練はつづく。おしえるのはサワとハナエのふたり、乙前が後見する。のどがやぶれ、血がふきだし、あらあらしく、猛々しい訓練。昼も夜もなく、今様だけがある。

「ヨシエ、そうではない！」

ハナエが叱咤する。

「ハナエさま。こんどはまちがいなく。ですから、ハナエさま、どうかいまの ♪讃岐の松山の、のところを、もういちど、どうか、どうか」

法皇雅仁――忠季――乙前のあいだに緊張の対話。

「どうじゃ、乙前、あのヨシエは」

「ハナエがおしえるようには唄えます。ですが、ヨシエの自分の声と節とは、まだまだ」

「そういうものかな。この雅仁よりは上手に唄う、と見ているのだが」

「君は男でいらっしゃる。そのうえ、声の良い筋にお生まれになったとは申せませせぬゆえに」

「くらべものにならぬ、というか。くやしいぞ」

「あきらめなされませ。だれにも不運はあるものとか」

乙前の貫禄におされるばかりの法皇だが、それはそれで満足のようだ。

五日がすぎた。

木匠が漆の板のレコードを回転させ、多々丸が紙筒の先の針を溝にあてる。

サーッサーッとかすかな音がして、

〽**ウマノコヤ**　そう、たしかにきこえた。

〽**ハナノソノ**　また、そうきこえた、たしかにきこえた。

「きこえましたな。これがレコードです、チコンキです」

資徳が「いかがでしょうか?」といった問いかけの視線を御簾の奥におくって法皇雅仁の意見をうかがう——こんなものが昭和時代の東京ではまかりとおっているのです、われらとして、放置しておいてよろしいものでしょうか?

多々丸も御簾の奥からの意見を待っている。

はやく断言してほしい、はやく、はやく——レコードとチコンキは楽器なりや、ならずや?

「一夜、かんがえよう」

御簾の奥からは、ただそれだけの伝言があった。

(6)
「さあ、おまえたち、稽古だよッ」

サワの叱咤の声がとぶ。

ハナエ――駄菓子屋の娘
ヨシエ――左官屋の娘
タエコ――巡査の娘
トキコ――サーカス団でそだてられた娘
ユウコ――おでん屋の娘
タツヨ――品川の漁師の娘
ハル――神田の古本屋の女房の連れ子
ナミヨ――学校教師の娘
アキコ――孤児院にいた娘
ヤスエ――活動小屋の娘
キミ――某男爵家の女中の娘
サナエ――旅役者の娘

十二人の女の子がのどをやぶり、血を吐き、涙にくれて今様の稽古にはげむ姿、それは他人がみれば異様にちがいないが、娘たちは、それどころではない。涙をながしているのに、顔はほがらかにわらっている。娘たちが乙前を見る目には、いいようのない畏敬の気分があふれている。異様な光景ではあっても悽愴《せいそう》でないのは、そのためだ。

東京のことは、だれもわすれてしまった。ヨシエもハナエも、おたがいにあそび友達だったこと、キシャゴを貸し借りしていたことなんかけろりとわすれ、平安時代の今様唄いになりきっている。

ヨシエは東京からずーっと藤原資徳といっしょにきた。東京のことをおぼえていて不思議ではないのに、過去を捨てきっている。

（7）

御簾の奥からは、

「レコードもチコンキも楽器ではない！」と、さわやかな判定がつたえられた。

「やはり、雅仁さまも……」

多々丸の見解も「楽器ではありませぬ」であり、資徳《すけのり》自身もレコードは楽器とはいえなかろうとおもっているが、法皇の判定をきくと、たたかいの目標をひとつ没収されたような気になる。

御簾がゆっくりとまきあげられ、法皇雅仁のすがたがあらわれた。

「レコードもチコンキも楽器ではない。しかし、まことにつまらぬものであるな。あんなものでよろこんでいるのでは、昭和時代の東京の人間はかなしむべき状況にある、そういわねばならぬ」

「つまらぬもの、とおっしゃいますと？」

「まず、目がない。つぎに匂いがない、そして温かさも冷たさもない。ないないづくし」

「たしかに、おっしゃるように……」

ウン、とうなずいて法皇は乙前の耳に口をちかづけ、なにかささやいた。

乙前はすっくと立ち、法皇と資徳を視線でいざないながら、ふたりの先をあるく。

今様の稽古がきこえる。三人は稽古場をみわたせる位置に立った。

かすかなざわめきがおこり、娘たちは居ずまいをただして敬礼の姿勢をとった。

乙前が制し、稽古が再開。

「あのヤスエと……」

あごでヤスエをさしてから、「こちらのタツヨと、くらべて、お聴きなされ」

ヤスエにはハナエが、タツヨにはサワがつきっきりで稽古している。

法皇と資徳が耳をかたむける。ヤスエは〽山城茄子《やましろなす》は老いにけり、タツヨは〽垣ごしに見れども飽かぬ撫子《なでしこ》を、をくりかえす。

「藤原さま、いかが?」

「ヤスエはかなり上手、タツヨはヤスエにはおよばぬ」

「なぜか、おわかり?」

なぜかと問われると、資徳は窮する。今様を得意とはしない男なのだ。

目をつぶればわかるかも、と、資徳は目をつぶった。

「それではわかりませぬよ、藤原さま」

「資徳よ、乙前のいうとおりじゃ。今様を聴こうというのに目をつぶってはなんにもならぬ。耳で聴き、目で見て、鼻で嗅いで、両腕でしっかりと抱く」

「腕で、抱く?」

「ホッホッホ」と乙前。

「ハッハッハ」と法皇雅仁。

藤原資徳は憮然《ぶぜん》とせざるをえない。からかわれてばかりいる気がしてならない。それなのに、反論する気力がないのを自認しているから、どうにもならない。

「藤原さま、タツヨをよーくごらんなさい。タツヨの、ふたつの目を」

「しっかりとひらいているようだが……」

あれで、なぜわるいのかと、いいたい。いえばまた笑い物にされるから、いえない。

「よろしゅうございますか。タツヨは目をひらいてはいるのですが、なにを、だれを観ているのか、自分でもわかっていない。歌の文句と節をまちがえてはいけない、まちがえると叱られる、それで頭がいっぱいなのです。タツヨにくらべるとヤスエの目はほそく、せまくひらいている。だれのために唄うのか、自分のまわりの景色はどういうものか、わかっているからです」

「頭のなかに、ひとや景色がうかんでいる」と法皇雅仁。

藤原資徳には、ぼんやりとわかってきた。今様の今様たるところのものが、ぼんやりとわかってきたような感じだ。

「レコードやチコンキは、ひとも景色も区別がつかない、そういうこと……？」

「それだ、資徳！」

稽古の邪魔にならぬよう、しずかにはなれた。

「レコードやチコンキは楽器ではない、したがってわれらの敵ではないが、昭和の東京の人間がレコードとチコンキを聴くばかりで自分で唄うのをわすれているのであれば、そのありさまをこそ、われらの敵としなければならない」

「そうです、そのとおりなのです！」

資徳は飛びあがるほど、うれしい。

レコードやチコンキは楽器ではないと法皇が断言したときには、これでふたたび東京にゆくこともなくなるのかと気落ちしたが、そうではない。レコードやチコンキは敵ではない、東京の人間が敵だというのでもない。東京の人間がレコードばかり聴いている、そのありさまこそが敵なのだと雅仁さまはおっしゃる。さすがは雅仁さま！

資徳の頭のなかでもやもやしていたのが、雅仁さまのお言葉になると、たちまち鮮明な姿になる。さすが雅仁さまと資徳が言いたいのは、それだ。

「資徳にも、今様とは何か、わかってきたようじゃ」

「はい、すこしずつ」

「そこで、きかせてもらおうではないか、昭和の東京において資徳がもっとも気がかりだという、そのグンブについて……」


（*8*）


浅草のカフェー黒竜江でグンブのケンペイと喧嘩になりかかったことがある、その状況を藤原資徳は、法皇雅仁にもうしあげた。

ダマレッ、キサマ、ヒコクミン——グンブやケンペイのつかう用語のすべてが紋切り型で横柄、味もそっけもないといったことをのべた。

「そしてグンブの全体はホチョートレッ、カシラーミギッ、ナオレッ、ばかりだというわけだな」

「人間がまるで人形になって、すべてホチョートレッでうごくのです」

「グンブやケンペイは唄うのかね？」

「あれが歌といえるなら……」

「たとえば？」

「えーっ、このわたくしに、唄えと？」

法皇がうなずいたのは容赦のない指示だとわかったが、これぱかりはと、資徳は必死で辞退した。唄うにも聴くにも堪えぬ歌でございますからと理由をつけて。

「その、グンブというのは、どんな芸や業《わざ》をして、かせいでいるのかね？」

「それが、わからないのであります」

「しらべなくてはならんな。芸や業をせずに生きてゆけるはずはないが、資徳がいうような粗末な歌しか唄えないのでは苦しかろう」

「わたくしも、そうおもいます」

「あの娘たちが一人前になるにはまだしばらく時がかかるが、そのときには資徳よ、いよいよじゃ」

「いよいよ、でございますな」

「源頼朝なども、今様歌にゆっくりと耳をかたむけるだけの気があったならば平氏と適当に妥協して、伊豆などにながされずにすんだものを」

おや、と資徳は首をかしげる。昭和の伊豆には源頼朝の姿など、きれいさっぱりと消えうせていると報告したはずなのに――

「頼朝は昭和の伊豆にはすでに……」

「わかっておる。だがな、この場は平安時代の京であり、源頼朝が伊豆に流罪になってから十年ほどしか過ぎておらん。昭和の時代では昭和のことを、平安時代には平安時代のことをやらねばならぬ。だれであれ、時と地の制限にはしたがわねばならぬ」

（9）

近江路で稼ぐ今様唄いの仲間に不審な男がちかづき、仲間に入れてほしいともうしている、そういう報知があった。

江戸にひきかえす資徳は、近江の草津でひとまずその男の処置をつけなければならない。栗王丸とともに草津にかけつけた。

「不審な男とは？」

男がひとり、しばられてはいないが、すわらされ、屈強な若者にかこまれている。

「今様唄いになりたい、と？」

「宮づかえの楽人であった、などともうすのですが」

「楽人が今様唄いになりたい……？」

「おかしなはなしです。それで法住寺殿に急使を」

「なるほど、それは不審。しかし、おもしろくもあるな」

「和琴を弾かせてくれれば楽人であるのを証明できるというのですが、この草津に和琴など、あるわけがない」

昭和時代からの密偵でさえなければ仲間に入れてやるのはかまわないが、などとおもいながら男にちかづくと、

「おお、これで、わたしの身分が証明できる！」

男はうれしそうにさけんだ。

「おまえは、まろを知っておるようじゃな」

「藤原資徳さま」

「なるほど。で、楽人であるのは、どのように証明するかな？」

男――相良俊輔はしょんぼりしてしまう。資徳の顔をみあげて、哀願の視線。

「おまえをこまらせる気はないのじゃ。敵方のものでさえなければかまわんのだよ。そうだ、まだ名をきいてなかったが」

「サガラ・トシスケ」

「サガラ……きいたこともあるような名じゃが、おまえがサガラであるのが証明されねば意味はない。今様唄いの仲間になりたいそうだが、なぜか？」

俊輔は法住寺殿の塀の外での体験をはなした。傀儡《くぐつ》回しにはおどろかなかったが、塀の中からきこえた女の今様歌に魂がゆすぶられた体験をはなした。いや、あのときはじめて、自分にも魂のあるのがわかったのだ、ともいった。

「サワの声であろうな」

「傀儡回しは登利丸でございましょう」と栗王丸。

「わたしの願いとして、この男を仲間にしてやってはくれぬかな。身分の疑いがはれたわけではないが、宮づかえの楽人の椅子を捨てて今様唄いの仲間になりたいというのはおもしろい」

「うそがまことになる、というはなしもありますな」

　栗王丸が微笑する。そして、

「よろしい、仲間に入れましょう」

「ありがたい！」

　俊輔は立って、礼をいう。

「トシスケという名は今様唄いらしくない。変えては、どうじゃ。トシマルは、どうじゃ」

「いや、栗王丸さま……かしらと呼んでいいのですな……トシとかスケにひっかかりのある名はつかいたくない。生きもの、たとえば獅子丸は、どうです？」

「獅子丸、よかろう」

　いっておくが、と栗王丸が説明する——おまえを仲間に入れるのは信用するからではない、今様唄いになりたいというのがおもしろいからだ。おまえは疑わしい仲間としてあつかわれるわけだが、別に気にすることはない。おれたちも、おまえに信用されようとはかんがえておらんのだ。

「それで結構です。いきなり信用されるのはかえって不安になります」

　それから、今様唄いの獅子丸にはどんな仕事がふさわしいか、の検討になる。

「和琴のほかに、なんの技もない。みなさんのお手伝いをさせていただければ」

「はじめはそれでいいとしても、いつまでもそうでは、いかん。獅子丸は雅楽のことにはくわしいのだから、なにか、それを活かす道はないか?」

「栗王丸よ、今様では、あたらしい歌をつくってはならぬしきたりになっておるのかな?」

「さあ、そういったきびしい掟はないのが今様の今様たるところでしょう。いくらでもあたらしい歌をつくってかまわぬ、というものではありませんかな」

「それだ!」

わが意を得たり、とばかりに資徳はうなずき、

「獅子丸はあたらしい今様の歌をつくれ。節のない歌に節をつける、唄いにくい歌を唄いやすいように変える、これだッ」

獅子丸は興奮に顔をあかくしている。

「やれましょうか、このわたくし、獅子丸に?」

「できるさ。いますぐに、とはいわぬ。世間とひととをじっくりと見て、それからでよいぞ。ひとをよく知ったうえでなければ、ひとの胸を衝《う》つ歌はつくれまい。この藤原資徳にしても、ながい宮廷ぐらしで、ひろい世間をせまくしてしまった。獅子丸の世間もわたしとおなじで、せまいものであったはず。まずは、せまい世間をひろくする、それから歌づくりだ、よいか獅子丸」

「はい」

その夜は草津で泊まったが、夜半におそろしい体験をした。武者の一団が長者の館をおそったのである。宿は館からはなれているから危険はないが、

「ヤヤーッ!」

「逃げるなッ!」

「火を消せッ!」

攻めるもの、ふせぐものの叫喚は身体の芯にひびいてくる。夜明けまえに武者はひきあげていった。長者の館に死者はないが、負傷者はすくなくないという。

「木曾義仲の手のものだそうですよ」

「ほほお、木曾のあばれザル。しばらくしずかにしておった源氏だが、そろそろ動きだしたかな」

五ノ章　カフェー黒竜江　両軍対峙の火花

（1）

浅草、カフェー黒竜江。

藤原資徳《すけのり》がケンペイに「古漬のタクアン！」とののしられ、やりかえし、またケンペイが怒って――

「いけないッ。藤原さん、はやく帰って！」

「ミヨコさんが帰れというんなら、帰ってもいいんだが……」

「ヨウヨウ、古漬のタクアン、妙な具合にモテルじゃないか！」

「モテルモテル、テルテル坊主！」

ケンペイのひとりが、つかつかっとカウンターにはしって、「おいッ、ねえちゃん」と、クサカベミヨコの袖をつかんで、仲間の席につれてもどろうとする。

「なにすんのよッ、いけすかないねッ」

ミヨコの健気《けなげ》なる反抗に勇気づけられた資徳は両手をふりあげ、叫ぼうとしたが、渾身の力をこめて喉を詰め、言葉を呑みこんだ。

資徳が叫ぼうとしたのは、ケンペイたちがろくな身分や位をもたないのを指摘、軽蔑する下品な言葉「○○！」だ。それをいえばケンペイたちがすごすごと恐縮する、そうと知っていて、なぜ資徳はいわなかったのか？

ろくな身分や位がない、それはかれらの責任ではない。

平安京にもどれば相当の身分や位をもっている資徳だが、それは資徳自身の努力や奮闘で獲得したものではない。父祖から世襲の身分、位なのだ。それにくわえて雅仁法皇からは格別の贔屓《ひいき》にあずかっている。ケンペイの威張りかえる態度が気に入らないからといって、それを身分や位のないことに関連づけて軽蔑するのは平等なルールによる争いとはいえない。咄嗟に気づいた資徳は、言葉を呑みこみ、たちあがって両腕を胸のまえであわせてから、しずかにいった。

「マロはスケノリじゃ。しずかにしてほしい、マロのおりいっての頼み」

みじかいセリフではあったが、音吐朗々、かつ粛々とした調子の声である。今様を唄うのは得意とはしない資徳だが、法皇の身辺ちかくにつかえてきただけに、マツリゴトの発声法というものをこころえている。ケンペイたちは唖然呆然、気味わるいものを見ている風情。

「わかってもらえたかな、マロはスケノリじゃ」

さっそうと名乗りをあげ、「ミヨコさん、しばらくお別れ、元気でね」と、いいのこしてカフェー黒竜江を後にした。

（2）

音羽の家で一夜をすごし、そのまま中仙道の旅に出るつもりだったが、奇妙な夢をみた。

場面はカフェー黒竜江、悪意に満ちた様子のケンペイたちがクサカベミヨコをとりかこんで意地悪をくりかえし、いつになってもやめない。たまりかねた藤原資徳が割ってはいって、法皇雅仁の名をもちだして懲《こ》らしめてやろうとした瞬間、ケンゴ隊長が「まあまあ藤原さん、そんなにカーッとならないで……」とかなんとかいいながら、ペロリと――それはまさにペロリというほかにふさわしい言葉がない――自分のつらの皮を剥ぎとった。ケンゴ隊長の顔は仮面だった。

仮面の下にあらわれたケンゴ隊長の顔は資徳にとってごくごく親しい、なつかしい人物であり、そうと気づかなかった不明を恥じる自分と、その自分を「だめなやつ」として糾弾するもうひとりの自分との分裂の意識をのこしたまま夢から醒めた。

夢の後味というものがあるなら、ふんわりとあたたかい後味の夢であった。

――放っておけば、後悔する。

――あの五人のケンペイ諸君、ただのケンペイではない。なにか奥深いものとつながっているにちがいない。

つぎの日、カフェー黒竜江のちかくに、気づかれないように張りこんでいたら、ケンゴ隊長以下の諸君がやってきて、一時間ばかりで機嫌よく出ていった。

藤原資徳は後を尾《つ》ける。

雷門を南にぬけて駒形から蔵前に出てゆくから、これは浅草橋から秋葉原にカーブして千代田の城のちかくのケンペイ隊本部にもどるのだろうと見当をつけた。

浅草橋の手前の商店街でチンドン屋の一行とすれちがう。大売出しに景気をつける五人ほどの小規模編成のチンドン屋が行ったり来たり、買い物客と子供がとりかこんで、なかなかにぎやかな光景。

ひとごみにおされ、歩きにくいなと感じたのが資徳の油断、前をあるいていたはずのケンペイ五氏のすがたを見失った。ここでウロウロして先方に気づかれてはならんという警戒心がはたらいた。

大売出しをさいわい、安い買い物にきた暇人《ひまじん》、といったふうをよそおい、あっちの店、こっちの店に首をつっこみながら商店街をはずれ、秋葉原の省線電車のガード下にきたところで——。

あれは——?

チンドン屋の服装の男——男らしい——の背中が前方約五十メートルの家のガラス戸の奥に引っこんだのが見えた。

——このあたりはチンドン屋の事務所があつまっているのかなア。それでも気になったから、何気ないふうにちかづき、とおりすがりにガラス戸の奥に目をやると、

「みんな、いっしょだ!」

声が出てしまった。五人のケンペン諸君全員、チンドン屋の服装から普通の服装に、ということはつまりカフェー黒竜江から出たときの服装に着替えているではないか!

——チンドン屋がケンペイに化けたのか、それともケンペイがチンドン屋に変装したのか?

（3）

「どうだ、気がついたかな、古漬のタクアンは？」

「気はついたようですが、何がなんだか訳がわからないといった顔で通りすぎていきました」

「まあ、放っておけ。そのほうが仕事はやりやすい……しかし、おどろいたなア、いきなり『マロはスケノリじゃ』と名乗りやがったんだから、あいつめ！」

全体の状況が混乱してきた。真相はつぎのような次第なのである。

五人のケンペイたちは本物のケンペイでもない、本物のチンドン屋でもない。

昭和二年（一九二七）三月十四日、衆議院本会議の席上、片岡蔵相が「渡辺銀行がただいま破産」と発言し、議場は騒然となった。議場の外でも東京の「あかぢ貯蓄銀行」がとつぜんの休業、これが口火になって昭和の金融大恐慌がはじまった。

金融恐慌とはカネづまりだが、つまったものはいずれどこかに穴をあけて洩れ出さずにはいられない。洩れて出たカネをたっぷり、こっそり懐におさめたすばやい人のひとりがケンゴの父親だ。世間ではきびしいカネづまりの風がふいているから、父親はせっかく手に入れたカネを遣えない、捨てられない。こまったあげくに息子にむかって、

「こっそりと使う道があれば、やるぞ。何か名案があるか？」

とっさにケンゴの口からとびだしたのが、

「ケンペイごっこ——まえからやりたいとおもっていたんです！」

父親、にっこりと笑い、

「前代未聞、おもしろい。ほんもののケンペイさんの邪魔をせぬように、な」


こういうわけで、ケンゴを隊長とする「ケンペイさんごっこ」グループが誕生、秋葉原のガード下に本部をおき、おもてむきには五人組のチンドン屋チームを営業しているように装っている。


それから三日三晩、藤原資徳の執拗な探索が実をむすんでケンゴのケンペイが本物ではない、ケンペイごっこにすぎないんだという事実は把握されたが、そのときの資徳の気持ちは、

——途方もない、しかし、おもしろいことをかんがえるやつがいるものだ！

こういうものだったから、ニセモノのケンペイと承知のうえで付き合ってやろう、という気になった。ケンゴとしても、藤原資徳をニセの平安公家——平安時代にもどればれっきとした本物の公家だが、昭和時代に貴族は存在しないのだからニセ公家というほかはない——と認識したうえで、——あいつめ、何を企んでいるのかわからんが、相手に不足はない、どこまでも邪魔してやる！

こういう心境だから、これから先の展開の混乱を止める手はない。

（4）

ケンゴ隊長のケンペイ隊がニセモノである事実をつきとめた藤原資徳《ふじわらすけのり》が微笑みの表情で中仙道を京にむかったあと、秋葉原のガード下では、

「古漬のタクアンとばかにしたが、あいつ、ただものではない！」

「スケノリ……きいたような気がするんだが？」

聞いたような気、どころではない。

おおむかしのことは判然としないものの、検非遣使《けびいし》や弾正台《だんじょうだい》、探題《たんだい》といった国家の警察機構は警察機構としての連綿としたつながりを維持している。王朝や政権には断絶があるが、警察機構は権力とともに断絶したようにみえて、その実は断固かつ堅固に連続している。

庶民のささやかなる抵抗を摘発して罪におとし、批判勢力の弾圧に血道をあげるのはねじまがった正義にほかならないのだが、これはこれで人間のひとつのタイプを形成していることもたしかなのである。

血のつながりといった動物的な筋ではなく、まさに人間的な筋を形成していて、これもまた歴史の動乱をくぐりぬけて確固たる連続を維持している。

機構は連続し、性格もまた連続している。かれらはニセであるがゆえに、本物のケンペイ組織よりははるかに高度のケンペイ意識を持っている。

平安時代の、ある警察機構の記録に「法皇後白河は今様歌をひろめることで東国の人心をおさめようとした、云々」の一節があり、それが昭和時代の東京のニセ・ケンペイ組織に記憶としてつたえられている。これはもちろん法皇雅仁に敵対する勢力の側の記録である。法皇雅仁が自分自身の警察機構をもっていたのはいうまでもないが、そうであればこそ、雅仁を敵とする勢力もまた独自の警察機構をそなえていて当然だ。

五人のニセ・ケンペイは「法皇後白河、云々」の記憶に異常な関心を持つ共通性でむすばれている。フジワラノスケノリという古臭い名前をきいたような気がする、どころではない。記憶にみちびかれ、無意識のうちに強い興味をもっているのだ。

「そういえば、おれもきいたような……」

「スケノリ……ふーん？」

そして四人目が、

「いや、おれは何かの文書で読んだような気が……」

ニセ・ケンペイのケンイチ――ケンペイの一番だからケンイチ――が、「おい、ケンシ――ケンペイの四番――ほんとうに読んだのか？」

「読んだような、気がする。おぼえがある、ような、気がする。はっきりとはいいきれない」

「ケンシが読んだような気がするというなら、なんだか、おれにもそんなような記憶がある気がしてきたよ」と、これはケンペイの三番のケンサン、いささか頼りない。

「それなら、やる、のか？」とケンペイの二番のケンニ。

「やる、ということになる、な」とケンペイの五番で隊長のケンゴ。

藤原資徳を「あやしきもの」と認定し、ニセ・ケンペイ隊のケンペイゴッコの任務として追及する方針がこの時点で決定された。

資徳の名をきいたことがある――ような気がする――というだけではすぐには手は出せないが、記録として読んだ記憶があるというなら、それはかつて資徳が警察機構に睨まれた事実があるということだ。

そうである以上、これは事件にする必然性がある。どの時代に、どんな事件があったのか、それは特定しなくてもかまわない。いちど目をつけたものは永遠に追及する、そうでなければ警察機構として存在する理由がない。

(5)

ニセ・ケンペイたちの記憶が、すこしずつもどる。

「平安時代だったな、たしか」

「ひどく流行歌の好きな天子さまがおいでになって……」

「天子じゃない、法皇だ」

「なんだ、その、法皇というのは？」

「それだから、ケンペイには賢いやつがいないとばかにされる。関白が隠居すると太閤、天子が隠居すると上皇で、上皇が髪をおろして出家すれば法皇さま」

「ああ、そうなのか。豊臣秀吉は関白を隠居したから太閤秀吉なのか！」

「豊臣秀吉なんか、どうだってかまわない。その、流行歌好きの法皇さまの家来のひとりの名が藤原資徳ではなかったのかと……」

「おれは、どうも、家来の名前までは……」

「いや、おれはおぼえている。スケ……なんとかという名前だ」

しかしだよ、と呑気《のんき》な声をはさんだのがいちばん若そうなケンペイ二番のケンニ。若いだけに、いちばんはやく酔っぱらって、あかい顔になっている。

「音楽が好きだというだけで、どうしておれたちの記憶にのこっているんだろう？」

「おまえ、何をいうのか。この緊迫した時世においては、音楽に血道をあげるだけでもゆるせぬ。音楽というものはだな、いいか、おまえ、人間の身体と精神をダラーッとさせる。聖戦遂行に、これほど邪魔になるものはない！」

「軍歌があるじゃないか。軍歌なら身体も精神もダラーッどころか、シャキッとするはず」

「あーあ、なさけないケンペイもあったものだ。いいか、おまえ、地方人《ちほうじん》が軍歌なんかをよろこんで唄っていると、おもうのか？」

ケンゴ隊長がおおげさに、なげいてみせる。グンブでは民間を見下して、「地方——ちほう」とよぶことになっている。

「いいか、地方人がよろこんで唄うのは固っくるしくって陰気な軍歌ではない、〽カチューシャかわいや、だ。〽旅のつばくろさびしかないか、だ。〽わたしゃ夜咲く酒場の花よ、であるッ。断じて軍歌ではないのであるッ。おれは御国《みくに》をまもるケンペイとして、ほんとうに、ほんとうに、ああ、くやしいッ」

ケンゴ隊長はテーブルにつっぷし、声をあげて泣きだした。

「くやしい、くやしい！」

ケンイチ、ケンサン、ケンシもつられて泣きだした。

ケンニだけは、これは理解できないといった表情だったが、そこは若いだけに忍耐というものがない。とうとうケンニも、くやしい、おれもくやしいと泣きだした。

（6）

それから数日、例によって五人のニセ・ケンペイはカフェー黒竜江でくだをまいている。

そこへドヤドヤッとはいってきた別の一団、かなり酔ってはいるが、ケンペイ諸氏ほどではなく、ケンペイ諸氏の〽死ぬも生きるもネエおまえー、の合唱に、おお、やっちょるなの視線をむけ、はなれたテーブルに席をしめる。

会合の二次会、ウィスキーでしずかにやっていたが、

「そんなことでは、せっかくあたらしいレコード会社をつくる意味がない」

「あんた、そうはいってもだね……」

「だから、さア」

「そもそもだよ、音楽というものは……」

これがケンゴ隊長の耳にはいったものだから、

「おいッ！」

さけぶなり、ケンゴ隊長はテーブルからテーブルに一直線のつもり、だがしかし、酔っているものだから、あっちこっちで予定のほかの障害物との衝突をくりかえしたあげく、

「おまえたち、さてはフジワラスケノリの一味同心だな！」

「何をいうんです。一味同心だなんて、ふるくさい！」

ケンペイのケンゴ隊長だとは知らないから、鼻先でかるくあしらうつもり。それが余計にまずかった。

「ふるくさいとは、なんだ。おまえこそタクアンの古漬の仲間のくせに！」

ガツーン――なぐった。

「キャーッ。ケンゴさん、お客さんにむかって、何すんの！」

クサカベミヨコがケンゴにむしゃぶりつくと、

「だまれッ、おまえもタクアンだッ」

ふりまわされ、リノリュームの床にたたきつけられた。それを待っていたかのように若いケンニがかけより、ミヨコをたすける、というよりは大事なものを抱きかかえる感じ。

「ミヨコさーん！」

よこたわるミヨコを背中にかばい、見得《みえ》をきった。

「隊長ッ、ミヨコさんに乱暴はやめてください！」

あっぱれ、ケンペイ二番のケンニ！

「ケンニ、おまえはケンペイのくせに地方人の味方をするのか！」

おどろいたのは新客の連中、ケンペイ、ケンペイとつぶやき、真っ青な顔を見合わせて、ふるえるばかり。

「なにいッ、ケンペイだと。そんなこと、だれがしゃべったんだ！」

ケンゴは喚《わめ》いたが、ケンペイといったのは自分だと気づくぐらいには酔いが醒めたらしく、

「ようしッ、正体がばれた以上は仕方があるまい。おうッ、いかにもおれたちはケンペイである、文句があるか！」

「いえ、あの、文句なんか、なんにもありません。わたくしどもがここの席で仕事のはなしをしていたら、そちらから、あの、ケンペイさまのほうから……」

「ほほう。グンブと国民は聖戦遂行のただなかであるというのに、おまえたちは真っ昼間《ぴるま》からウィスキー呑んで、カネモウケのはなしか！」

「はあ、もうしわけないことながら、これもいささか聖戦遂行のお役には立つかと……」

「ふーむ。聖戦遂行に役立つカネモウケとはいったい何か、いってみろ」

「レコードでございます、音楽……」

音楽ですな、というつもりの「ですな」に「ガッツーン」という衝突音が重なった。ケンゴがまた、なぐったのだ。

酔いが醒めかけているから、まえよりは正確かつ強烈、ために男はうしろへひっくりかえり、床にたおれてもまだ三尺（約一メートル）ほどもズルズルッとすべった。

ケンニも、これはたすけようとはしない。ミヨコでなければ、たとえ母親でもたすけるつもりはないらしい。

「ケンペイのケンゴさまア……」

べつの男がケンゴのそばにかけよって、

「レコードがよほどおきらいのようですが、わたくしどものつくるレコードはですな、そのオ、もっぱら軍歌を……」

「おいッ、林さん、何をいうんですか、それでは約束がちがう」

「シーイッ」

林とよばれた男は、ふりかえって唇に指をあててみせ、ケンゴのほうにむきなおり、

「さようでございます。もっぱら軍歌のレコードをつくって国民の聖戦意識高揚《こうよう》に役立ちたいと、まあ、こういった計画であります」

「軍歌か、それはいいぞ。どうじゃ、カネはたっぷりあるのか？」

「はあ、それはまあ、なんとか……」

「足りなければ、おれが本物のグンブに口をきいてやってもよろしい。軍歌のレコードなら、カネはいくらでも出る」

「ありがとうございます。いずれそのときには、何かと、おちからぞえなど」

その場はおさまる。ミヨコは、自分をかかえているのが若いケンペイ二番のケンニだと気がつくと、

「フン、なにさ」と腕をふりきってカウンターの奥に消える。

（7）
カフェー黒竜江から、まずケンペイ五人が出ていった。

「林といったな。立派な軍歌のレコードをたくさんつくるんだぞ。皇国《こうこく》の興廃《こうはい》、このレコード一枚に

あり、だ。わかったな！」

そのあと、カフェー黒竜江におけるトラブルの展開は予想されたとおり。

「林さん、軍歌のレコードをつくるなんて、それじゃ、約束がちがう！」

「ええッ、梅田さん、わたしゃ、本気じゃありませんよ。うるさいから、ああいってごまかしたまで。本気だとおもったんですか、こいつはおどろいた」

「ことによると、ともかんがえましたがね。なにしろ、さっきの今だから」

「いやだなア、梅田さん、なかなか執念ぶかいんだから」

あたらしいレコード会社の方針策定について対立があったと想像される。林はおおいに軍歌をつくろうという意見だが、軍歌はやめて流行歌専門でゆこうという意見もつよく、梅田が代表だ。ガヤガヤともめていたが、今日の最終会議で軍歌はつくらないという意見が多数をしめ、林も納得、「シャンシャン、ハイ、みなさまお手を拝借、シャンシャンシャンシャン」とうちあげてカフェー黒竜江にのりこんできた、という次第であったようだ。

「軍歌なんかつくるのはレコード業界のつらよごしだ」

「軍歌がわるいとはおもわんがね、なんてったって、レコードは流行歌、この甘ったるい魅惑には勝てません」

「ジャズは、どうなるんです！」

「シイーッ、さっきのケンペイさんがきいてるかもしれない。ジャズなんていったら、それこそ大変、非国民めッ、だよ」

ジャズ青年らしいのが、ヒェッと首をすくめた。

クサカベミヨコが「グンプとかケンペイなんていうはなしは、よしましょうよ。あたし、こわくって仕方がないの」といいおわったのを合図のように、

「あのゥ、こちらにチコンキというものが、あるんですか、ほんとうに?」

息せききってはいってきた青年――どっかで見たようなとおもうのは無理もない、なんとこれが山階逸男、平安時代の近江の草津で相良俊輔とわかれ、それから走りづめとみえて、ヒェーッファーッと荒い息がおさまらない。

「チコンキ……ですか?」

クサカベミヨコは、わらってはいけない、失礼になるからと、てのひらで口をおさえ、

「チコ、チコ、チコンキなら……」

あっちにある、までがいえず、身体を「く」の字に折って、わらいをこらえるのに必死懸命、これがなかなか色っぽい。ミヨコの苦労も山階逸男の目にははいらぬようで、

「ここに証拠の絵が書いてある、チコンキとレコード!」

興奮にふるえる手でさしだすのはカフェー黒竜江の宣伝マッチ。様子のおかしいのにたまりかねたマネージャーが出てきて、

「これはお客さまにさしあげているわたくしどもの宣伝マッチですが、マッチが、どうかしましたか?」

マッチの片面に大型、朝顔ラッパのチコンキの絵がかいてある。カフェー黒竜江ともなれば店においてあるのは電気を通じて音を出すデンチクだが、デンチクは絵柄としてはおもしろくないので、ラッパ型のゼンマイ式チコンキを絵にしてある。デンチクのデンは電気仕掛けのデン、すなわち電気式蓄音機を略してデンチク。ラッパからは線が五本、ニュルニュルッとながれ、そのさきで音符のオタマジャクシが踊り、裏には女給の姿。

「ウフフ、黒竜江のナンバー・ワンは、なんといってもクサカベミヨコさんですよ！」

モデルのミヨコが腰をよじって誇るやら、はずかしがるやら。

（8）

東海道をくだる途中で山階逸男はマッチをひろい、ゆたかな音楽体験からしてチコンキの絵柄の何物であるか、およそのところを察知したにちがいない。これはすなわち昭和の東京の楽器であろう、と。

「これは、どこにありますか？」

ここで勘ちがいがおこったのだろう。山階逸男の、はげしい口調の質問をあびたそのひとは、まさかチコンキやレコードを知らぬ若者がいようとはおもわない、てっきりカフェー黒竜江の場所を質問されたとおもったわけだ。

よくあるはなし。お父っつぁんが病気かなんかで、この青年の姉さんというひとが東京に出てカフェー黒竜江でかせいでいた。お父さんの病気は快方にむかい、姉さんは田舎にかえることになった。田舎にのこって父を介抱していた弟が、東京見物と姉の出迎えをかねて大井川の奥のあたりから出てきたのはいいが、たよりにするのは姉が送ってよこしたカフェーの宣伝マッチ一個だけ、よくあるはなしなんだよ。

「うん、これは浅草だな」

「アサクサというと？」

「遠いよ。とにかく、まず東京まで行く、浅草はそれからだ」

山階逸男の質問の意味が「レコードやチコンキはどこにあるのですか？」なんだとわかっていたら、「そんなもの、どこにでもあるよ」の返事になり、山階逸男はその場でレコードとチコンキにお目にかかっていたはず。

そうなれば、カフェー黒竜江にたどりつくことにはならなかった。

ひとの世というものは偶然と必然、そしてデタラメの混在だから山階逸男がカフェー黒竜江に登場しないとはいいきれないけれど、今日というこの日の、今の、このときに登場することにはならない。勘ちがいとはおそろしい。

ところで、さて、自分の店の宣伝マッチをにぎりしめてカフェーにとびこんでくるお客さんなんてめったにあるものではない。

めったにない僥倖に感動し、うれしくなったマネージャー、

「そのマッチ、どこでお手になさいました？」

「ああ、これ。これはアコオネです、アコオネでひろいました」

アコオネ……？　みんな、首をひねる。

「わかった、アコオでしょ。あたし、知ってる、忠臣蔵の播州アコオでしょ？」

「アコオ……ちがいます。アコオネです、アコオネ」

アコオでもアコオネでも、どっちだっていいじゃないか、チコンキとレコードが重大なのにと、不満顔の山階逸男。すったもんだのはてに、アコオネすなわち箱根とわかった。平安時代の日本語はスペイン語とおなじで、ＨＡを「ハ」と発音するのが苦手らしい。

箱根から東京のあいだには商店や個人所有の数千台のチコンキと数十万枚のレコードがあると推計されるのに、山階逸男はそれを知ることもなく、ただただ「東京の浅草はどっちですか？」とたずねて、走りにはしり、いまようやくにしてカフェー黒竜江にたどりついたのである。


カフェー黒竜江にいあわせたものは、山階逸男が箱根から脇目もふらずに走ってきた事情は察したが、箱根のさきの、平安時代の京都からやってきたなんて、知らない。

「チコンキなら、あそこに」マネージャーが顔でおしえると山階逸男はすっとんでいったが、

「ちがうッ。これはチコンキではない。ほら、これを見なさい。チコンキというのは、ここが、こういうふうになっていて……」

マッチの絵柄のチコンキと、目のまえのデンチクとを見くらべ、首をふるばかり。

ああ、平安時代の京都からかけつけてきた山階逸男の壮挙も、今日ここでむなしくも砕けちるのか！

「お客さま、これはデンチクともうしまして、ふつうのチコンキよりはずーっと高級な品でございま

す。つまり、デンキのチクオンキですから」

「デンチクなど、おれの知ったことではない。おれは、絵にかいたチコンキではなく、ほんもののチコンキを見たい。チコンキの、ながれるような、この音を聴きたいのだ。ああ、チコンキ！」

（9）

表情をくずし、いまにも泣きだしたいのをこらえている山階逸男の姿が心やさしいクサカベミヨコの感動をさそい、名案をうかばせた。

「ねえ、マネさん、なんでもいいから、レコードかけて、聴かせてあげましょうよ！」

「ちょっと、待て。いまそなたは『レコード』ともうしたな。レコードとチコンキは組み合わせのものだときいた。ここにあるのはデンチクであってチコンキではないというのに、なぜレコードが共にあるのか、納得のゆく説明をききたい！」

ここで馬鹿にされてはならんぞ、とでもいうように山階逸男は肩肘をいからせているが、ミヨコには通じない。

「ねーえ。お客さまのお名前、まだうかがっていないんですけど、さしつかえなければ……」

「これは無礼、拙者、山階逸男《やましなはやお》」

山階逸男は東海道の三河あたりで江戸時代を通過したらしいと想像される。室町時代はかるく通過したから文化の影響をうけなかったが、江戸政権発祥地の三河の影響を強くうけ、「拙者」なんていう下層階級独特の言葉を、それとは知らずにつかっているんだろう。

昭和時代の東京で自分のことを「拙者」なんていえば、あやしい、おかしいぞとおもわれて当然だが、カフェー黒竜江にとびこんできたときからあやしく、奇妙な印象をあたえている山階逸男。いまはもう、だれも不思議におもわない。

「山階さま……なんておくゆかしいお名前ですこと。それにまた、逸男というのも、とっても素敵ですわ！」

「いや、なに……」

「マネさん、ハイ、これ」

山階逸男が照れた隙にミヨコは二村定一《ふたむらていいち》の「♪神田小唄」のレコードを手渡す。マネージャーがデンチクのスイッチを入れ、レコードをのせ、ピックアップをおいた。

山階逸男は、つまらぬものでも見るような、熱の冷めた目になっている。——チコンキはどうしたんだ、おれはデンチクなんかにかかずらわっている暇はないはずなんだ。

チャンチャン、チンチン、ジリジリジッジ——前奏がおわって、

〽肩で風切る　学生さんに

　ジャズが音頭とる　神田々々々々

ポカーン——山階逸男の大口に歌声と音楽がすいこまれてゆく。

〽屋並み屋並みに　金文字《きんもじ》かざり

　本にいわせる　神田々々々々

「これが、あの、デンチク？」

「山階さま、ええ、これがデンチクなのですわ、デンキのチコンキ。そうして、このまーるい板がレコードですのよ」

ミヨコの言葉づかいが、いつもとちがってきた。ふだんのミヨコなら「なのですわ」とか「ですのよ」なんて、決していわない。「まーるい板」なんて気分をこめた言い方はしないで、「まるい板」とあっさりかたづける。

山階逸男はデンチクのまえに歩み寄り、うやうやしく一礼をした。両手を前にのばし、掌を上にむけ、かるく頭をさげたのは「拝戴《はいたい》の礼」のつもりなんだろう。

「なるほど、これが昭和時代の楽器であるか」

なつかしいものに再会、そういった気分らしい。

「あなたのお名前をうかがいたいが、いかがであろうや?」

「へーエッ。いかがであろう、なんて、これじゃあ、まるであたし、お姫さまかなんかになっちゃった気分だなあ」

「お姫さまではない、とでも?」

「そういわれてもねェ、こまっちゃうな。あたし、生みの親から、そのことについては何もきかされていないのでございますから」

「それはあなたが正真正銘のお姫さまであるからだ。お姫さまにむかって『あなたはお姫さまだ』なんていうのは無駄であるから」

「ええ、そういえば、もしかすると……」

なにがなんだかわからないままに言葉をにごし、クサカベミヨコと名乗った。

「ミヨコ姫さまにおたずねしたい……」

山階逸男は腕をくみ、腹にちからを入れ、脚をふんばり、つまり、敵は幾万ありとても決してひるむものではない、といった意気たからかな姿勢で宣言したのである。

「ミヨコ姫さま。このデンチクの訓練には、何年ほどの時間を必要とするのでありましょうか。いや、名人上手とはいかずとも、ひととおり弾けるようになるまでには？」

（10）

駄菓子屋「ハナエちゃんの店」のその後は可もなし不可もなく、まずまずの景気。

夕飯のあとかたづけがすんだチャブ台で四方修二がひとり、一枚の名刺をいじっている。

親指と中指で名刺の対角をはさんで息をふきかけ、くるくるとまわしたり、ピシリピシリとたたきつけたり——「ヤマト・レコード製造株式会社技術部長・四方修二」の名刺。

修二はヤマト・レコードにひきぬかれた、ゼンマイ関係の技術をみこまれたのだ。

ヤマト・レコードはデンチク、チコンキもつくって売ることになっている。チコンキ製造の責任者が修二で、レコード製造のほうには別に音盤部長の役がある。

アヤは修二の転職を歓迎した。レコード会社は花形産業、そのレコード会社の技術部長だ。

「アヤさん、やっぱりレコードに縁があったんだよ」

テイコもよろこんでくれた。

レコードといえばたちまちハナエをおもいだしてしまうんだが、いまはもう、悲しくはない。藤原資徳がおくってきた五千円は手をつけないままに利子をふやし、ハナエはどこかで元気でやっているという想いのささえになっている。

ハナエは元気――むりやりのおもいこみではない。

(11)

二月《ふたつき》ほどまえ、アヤが起きぬけに店の戸をあけると、油紙の包みがおいてあって、なかに血のついた綿、と思ったのはじつは蒲《がま》の穂綿《ほわた》を干したものらしく、わすれようとしてもわすれられぬ、あの熊野牛王の起請誓紙に書いた藤原資徳の手紙が添えてある。

ハナエさんが女になりました、と書いてある。蒲の穂綿の血がそれだという。まあ、ハナエが女になった！　いたましい感じはしない。蒲の穂綿じゃ痛かろうとおもっただけ。

母上さまとしてはなによりお慶びのことと存じますから、いささか奇妙な方法ではありますが、これをお知らせするのはわれらの義務とこころえますゆえに、とも書いてある。藤原資徳さんはいいひとなんだ――アヤはすっかりうれしくなった。

修二にいうと、

「このつぎには、オギャアオギャアの声がして、箱をあけると赤ん坊がわらっている、まるで桃太郎だな」

「いくらハナエでも、まさかネ！」

ありえないわけでもないとおもうから、われしらず気分が明るくなり、顔色に出さぬように、これまた苦労。

レコード――ハナエ――藤原資徳の連想がアヤを悲しませるのではあるまいかと修二は懸念した。これがもし、血にそまった蒲の穂綿をみるまえなら必要な懸念だったかもしらないが、穂綿をみたあとだ、無用の懸念だった。

ハナエとヨシエ――おなじ町内で女の子がふたりもさらわれたのは大事件だ。しばらくのあいだ、アヤは街をあるくのが嫌だった。同情の言葉の裏の好奇の視線が、たまらなく痛かった。

だが、それもすこしのあいだのこと。美濃部達吉という憲法学者が政府ににらまれて騒ぎになったり、渋谷駅の忠犬ハチ公が死んだり、世間の好奇心を刺激する材料に不足はないから、ハナエとヨシエの行方不明はだんだんとわすれられた。

ヨシエの両親とはしばらくつきあいがあったが、会えばたがいに辛い想いをするだけなので、いつのまにか疎遠になった。

ヤマト・レコードへ出勤初日、修二は外出して昼飯をとり、会社にもどるとすぐに部長全員に招集がかかった。修二の知らぬ顔がひとつ。

「紹介させていただきます」

専務の林が、もったいぶった様子で新顔の重役を紹介した。新発足のヤマト・レコードには資金の点で不安があるが、「この方」が「予想もつかぬほどの巨額の出資」を果たしてくれたので、その方面の心配はなくなった。重役および部長諸氏は安心して業務にはげんでいただきたいという、これ以上はない結構な話である。新顔重役は相談役と音盤部の顧問をかねる。それぞれの自己紹介がつづいた。

「四方修二、技術部長です」

「四方さん、よろしく。山階逸男ともうします」

(12)

カフェー黒竜江の女給のクサカベミヨコがヤマト・レコードの専属第一号の歌手になった。世の中、なにがおこるかわからないということの見本である。

世間に、いくらかの、動揺とかトラブルといったものが起こるのも無理はなかった。

たとえば、黒竜江にミヨコをたずねていったのに、「ここにはもういない、ヤマト・レコードの専属歌手になった」ときかされ、築地のビルの三階にミヨコを追いかけてきたニセ・ケンペイのケンニもトラブルの主人公であった。

「ミヨコさん、もしあんたが『いいわよ』といってくれれば、ぼくはケンペイをやめて江差《えさし》の田舎にかえり、両親といっしょにニシンをとろうとおもうんだが……」

「ニシン……ああ、〽ニシン来たかとかもめに問えば、わたしゃ発《た》つ鳥、波に聞けホイ、のニシンでしょ。ケンニさんがケンペイやってるのは命令で仕方のないことでしょうけれど、ニシンとりのほうがよっぽど男らしいわよ」

「ミヨコさん、それは『♪ソーラン節』っていうんだ。よく知ってるね、おどろいたな」

幸先の良さにケンニは相好をくずす。しかし、その先をはなすうちに、ケンニはミヨコと結婚して江差の田舎にかえるつもりなんだとわかり、たちまち激怒するミヨコ。

「なにいってんのさア。あたしゃね、クサカベミヨコだよ、ヤマト・レコード専属歌手のクサカベミヨコなんだよ。ケンペイだろうがニシンとりだろうが、お嫁になる気なんかないんだよッ。かえっておくれ、塩まくよ！」

ミヨコは「塩まくぞ」といっただけで、じっさいに塩はまかなかったが、ケンニのほうは、たっぷりと塩をまかれたナメクジみたいにしおれてしまった。

「ミヨコさーん」

消えいりそうな悲しい声をのこして、ケンペイのケンニはヤマト・レコードの事務所から出てゆく。出口で山階逸男とすれちがい、逸男はおやッ？　という顔つきになったが、それもそのときかぎりで、ケンニの恋はかなしい終幕をむかえた。

このままおわれば何もいうことはないのだが、世のなか、何が起こるかわかったものではないという定理にしたがって、とんでもないことが起こる。

「ミヨコさーん」

かなしい声をのこしてヤマト・レコードの事務所から出たケンニは、江差どころか、秋葉原のニセ・ケンペイ隊本部にもどるしかない。

とぼとぼとたどる帰り道ははてしなく遠いようにおもわれたが、その途中で、「アアーッ？」と、足がとまったのは、ヤマト・レコードの事務所の出口で不思議な男の顔を見たような気がしたからだ。

「いつか、どこかで、見たことがあるような……そうだ、あの日に」

あの日というのは、藤原資徳がニセ・ケンペイたちに「タクアンの古漬」とからかわれ、それにたいして資徳が「マロはスケノリじゃ」と古式ゆかしく切り返してケンペイたちを仰天させた、あの運命の日だ。

あの日、カフェー黒竜江を出るときケンニは、むこうからはしってくる男と正面衝突しそうになって、「なんだ、気をつけろいッ。原っぱをのんびりあるいているのとは、わけがちがうんだからなッ」啖呵《たんか》をきって、それはそれなりでおわったのだが、今日ヤマト・レコードの出口でゆきちがったのは、どうもあのときの男ではなかろうか？

法皇雅仁の家来——らしい——藤原資徳といい、おれにぶっつかりそうになった男といい、そして、ええいッ、いってしまおう、あの愛らしくも憎らしいミヨコさんといい、どうもあのカフェー黒竜江は不審きわまりない雰囲気をかもしだしているではないか？

重大なる陰謀の巣窟！　酒色の隠れ蓑を着た反グンブの秘密結社！

「よーし、こうなったら！」

ケンニは足をはやめてケンペイ隊にもどり、

「隊長、黒竜江の秘密捜索を提案いたします！」

「黒竜江……遠すぎるよ、予算もない。大陸派遣の関東軍にまかせておけ」

「ちかいんですよ、浅草ですから」

「浅草……ああ、カフェー黒竜江か。あれが、いったい、どうした？」

ケンニがコレコレシカジカと説明する。説明に真実性を付与しようと、クサカベミヨコに想いをかけ、相手にされなかった一件まで、恥をしのんでうちあけた。

「ミヨコがおまえを、振った？」

「はあ、もうしわけありません！」

「ということは、おまえは、あのミヨコに惚れていた……？」

ケンニがうなづく間もあらばこそ、ガッツーンとケンゴ隊長になぐられた。

「ばかモン、ものごとには順序というものがあるぞ」

「ということは、隊長もミヨコさんに？」

「ウルセェー、もう済んだことだ」

ケンゴ隊長の目にも辛く悲しい色がうかんだようにみえたが、それを確認するひまもなく、

「出動せよ、目標は浅草のカフェー黒竜江！」

(13)

夜の十二時すぎ、カフェー黒竜江がカンバンになるのを計算して表と裏から包囲する五人のニセ・ケンペイたち。ああ、カフェー黒竜江の運命は風前のともしび！

行け——ケンゴ隊長の目の合図でケンペイ三番のケンサンがいきなりドアを蹴りあけた。

「みんな、うごくな！」

「ホホ、ケンペイさんたちよ、今夜はもう店じまいだよ」

藤原資徳は女給の膝にのっかって、ほろ酔いの上機嫌。ケンゴ隊長も負けずに、

「藤原資徳ッ、法皇雅仁と手を組んでの陰謀のかずかず、すべてはお見通しだ！」

十手と捕縄のほうがふさわしいせりふだが、そこは昭和のニセ・ケンペイ隊長ケンゴ、小型高性能ピストルをかまえる。

「こわい、こわい。さあ、ねえちゃん、マロとともに隠れましょうぞ」

女給の手をとって藤原資徳は、カウンターの奥に身をかくす。

「にげるなッ、藤原資徳！」

「ハッハッハッハー、君子はケンペイには近寄らず、さ。おおーい、代わってくれイ！」

藤原資徳の声で姿をあらわしたのが、なんとこれは登利丸だ。ヒョイ、ヒョイッとふざけた調子で出てきたかとおもうと、

〽サアサ　まわしてみるかね　人形まわし
　唄ってみるかね　京の今様
とどかばとどけ　空の上なる観音浄土
もぐらばもぐれ　大地の下なる地獄の底に

胸からつるした仕掛けの舞台で、くるりくるりと人形をまわしてみせる。

「そんな子供だましに、いやしくもケンペイともあろうものが、だまされるものか！」

さすがにケンゴ隊長、ピストルは野蛮乱暴だと自制したのか、腰のサーベルを引っこぬいて登利丸

に切りかかる。

バズーン！　火をふいたのは登利丸の胸につるした仕掛けの舞台である。舞台の下にかくしたピストルが発射されたのだ。ケンゴ隊長の足元で、ダダダーンと連続音がして、床に穴があいた。登利丸のピストルの腕前、たいしたもの。

「ケンゴ隊長！」

「お怪我は！」

「に、に、にげろ。おい、にげるんだ」

ケンゴの背中にぶっつけて、藤原資徳のカンだかいせりふ。

「少々お待ち、ケンペイのものども。いかにも藤原資徳、法皇雅仁さまのおそばにおつかえしてはいるが、ケンペイなどに干渉される身分ではないのじゃ。なんとなればじゃ、よいかな、きけよ、ケンペイはグンブに関係ある者にたいしてのみ手を出すことがゆるされるはず。そしてこの藤原資徳、グンブなどには無縁である。よって、ケンペイの掣肘《せいちゅう》はうけぬ、わかったであろうな！」と、女給の肩をだきながら颯爽といいはなつ、その権威の姿にケンゴは圧倒されてしまう。

「マロはスケノリじゃ。そちはケンペイの隊長であるな。では、官位をもうすがよい」

「おれの官位をたずねて、どうする？」

「官位があるなら、その官位に相当の待遇をうける権利がある。この夜のケンゴ隊長の行動についてマロは千代田のお城に報告しなければならないが、なーに、心配はいらぬ、官位があるなら、さほど重い罪にはなるまいからの。マロも口添えして進ぜようほどに」

千代田のお城——それは宮城、皇居ともいう。

ケンゴの身体に、ケンゴ自身には感じられない震えがきた。資徳の真にせまった恐喝に圧倒され、自分がまるで本物のケンペイであるかのような錯覚におちいってしまったのだろう。

「千代田のお城……アアーッ、資徳さま、どうか、それだけは」

「隊長ッ、千代田のお城といいますのは?」

「ばかモン、宮城であるぞ……おそれおおくも、かしこくも」

「あっ、はい、わかりましたッ」

ケンゴもだめな男ではないが、この場はどうにもならない。

登利丸のピストルで先手を打たれ、そこへ資徳の、千代田の城の権威を笠にきた脅しにあっては、ただもう、一刻もはやいこの場からの脱出をはかるしかない。

復讐は、そうだ、復讐は、その後でかんがえればいい。ケンゴ隊長をしんがりに、五人のケンペイはじりじりと後退してカフェー黒竜江のドアの外に消えた。

「アーア、東京の浅草、なんて騒がしいんでしょう。ここで今様の歌をひろめるなんて、藤原さま、わたくしの思っていたよりもはるかに困難なことかもしれませぬ」

「まあ、あせってはならぬよ」

資徳の相手になっていた女給の、白粉の下の顔をよくみれば——サワだ。

六ノ章　二十世紀の新作今様歌　♪ナンノ掟があるものか

（1）

サワを先頭に、威勢のいい今様《いまよう》唄いの女たちが昭和の東京に進出してきた。人形まわしの登利丸《とりまる》や多々丸、栗王丸、あたらしい仲間の獅子丸もいっしょだ。

東国に今様の歌をひろめる。

みだれ、つかれている人心を今様歌のちからによって正さねばならぬ――法皇雅仁の高邁《こうまい》なる政策はいまや浅草のカフェー黒竜江で堅実な第一歩をしるした。

クサカベミヨコがヤマト・レコードの専属歌手になったのには藤原資徳も失望したが、そこでとっさに、サワを女給として黒竜江に売りこむ作戦をたてた。

黒竜江のマネージャーはナンバーワン女給のミヨコににげられて弱っているはず、声がよくて姿もいいサワの出現には渡りに船と乗ってくるにちがいない。

だが、マネージャーは即座には首を縦にふらない。

「きみは、おれはサワのヒモだとおもってるね」

「ありていにいえば……」

マネージャーがうたがうのも無理はない。ナンバーワンのミヨコがレコード会社にひきぬかれ、それでも毎日のようにやってきてくれる藤原資徳は客としては上等だが、それだけに、「どうだね、この娘は、いい声してるだろう？」と話をもちかけてきたのが、おかしい。毎日のようにやってきてカネをつかってくれるのも、ヒモとして女の働き場所を物色しているのではないか、こう勘ぐるのが普通だ。

「なんですか、ヒモというのは？」

「ヒモとは、つまり……」と、登利丸に説明してやる。

「話がややこしくなりそうですな。いっそ、あの店を買収なさっては？」

「買収はたやすいが、それでは雅仁《まさひと》さまのお考えに背くのではないか」

カネはいくらでもある。法皇雅仁は平安王朝の財政をそっくりにぎっているともいえるわけだから、無尽蔵とはいえないまでも、たっぷりある。だからといって、いまここでカフェー黒竜江を買収するのは賢明とはいえまい。

いつだったか藤原資徳は、法皇雅仁がいうのを耳にしたことがある。

「カネで人心をやわらかにできるものなら、とっくに自分でやっている。それができないと知っているから、今様の歌でやる、歌のちからで」

「雅仁さまのおっしゃるとおりですな。カネにものをいわせるのは良くない」

というわけだから、藤原資徳は頭をかかえて、難題と格闘の毎日。

資徳の格闘をみている登利丸に、不安はない。大仕事がはじまったのだ、ヒモといわれるぐらいで不安になっていられるものかと、はりきっている。

あの、ひとの良さそうなマネージャーを、さて、どうやって説得するか、資徳と登利丸の目下の課題が、これ。

「名案、できました！」

資徳は半信半疑だが、登利丸はかまわず、

「デンチク、ぬすんでしまえば、いいんですよ！」

なるほど名案にちがいない。今夜にでも店にしのびこんで、デンチクをぬすむ。デンチクが売り物みたいなカフェーだから、明日からたちまち弱ってしまう。

そこに付けこんで、サワを売り込む。

「サワさんの声と姿の良さには、あいつも感心しているのですから……」

「名案ではあるが、ねー」

ぬすむ、というところに資徳はひっかかる。ぬすみとうそとは人心荒廃のきわみではないか？

資徳の苦悩をみすかして、登利丸が説得にかかる。

「わたくしどもがぬすむのですから、よろしいではございませんか。わたくしどもは東国の人間ではない、心が荒れているわけでもない。デンチクがほしくてぬすむのはよろしくありませんが、今様をひろめるための、いわば方便ですよ」

資徳は納得できないようだが、登利丸におされて、結局は賛成する。

デンチクぬすみだしは登利丸が簡単にやってのけて、音羽の家にはこんだ。

カフェー黒竜江にのりこむ。

「サワの件だが、かんがえなおしてくれないかね。おれたちはヒモなんかじゃないんだよ。サワの親《おや》御《ご》さんに、ちょっとばかり義理があってね、おかえしに、この黒竜江みたいな上品な店で稼がせてやりたい、そういうだけのことさ」

昨日とは打ってかわるマネージャーの低姿勢に、はじめて気がついた、という顔で、

「おや、デンチクがないね。黒竜江は景気がいいとみえて、国産のデンチクから舶来の新品デンチクにきりかえるというわけだ！」

目のまえにいる藤原資徳と登利丸がデンチクをぬすんだとは露知らぬマネージャー、おもわず泣きがおになり、その虚をつかれて、サワと高給で契約させられる羽目になった。

（2）

サワの歌と姿はカフェー黒竜江に繁盛をよびこんだ。

デンチクがわりというのが契約の基本だから、ビールやキュラソーや塩味ピーナッツを給仕するあいだにサワが流行歌を唄う。これが資徳と登利丸、マネージャーの予想をこえる出来ばえなのである。ときにはお客の膝のうえに乗っかって、いわゆるオルガン・サービスもやらないわけでもない。これが色っぽくて、上品で、

「とてもこの世にいるとはおもえないよ、サワちゃーん」

「お世辞がお上手だわ。ここがこの世でなければ、どこなんでしょう？」

「きまってらア、観音さまのはらのうえさ」

「観音さまがお好きなのね。それなら、観音さまの子守歌を唄ってあげましょう」

いいぞオ、観音さまア、おサワさまア、の歓声と拍手のなかにサワはすっくと立ち、

〽今宵出船か　お名残おしや
　くらい波間に　雪が散る

勝田香月作曲、杉山はせを作詞の「♪出船」のビクター盤はテノール歌手の藤原義江がふきこんだ。ビクターの藤原義江にくらべると、サワの唄いかたはずーっとやさしい。藤原義江の唄いかたは、聴いているものの細胞の一個々々を確実に刺激する。サワのは、湯気みたいにあったかくて、やさしい。カフェー黒竜江の常連にとって、「われらがテナー」の代名詞つきの藤原義江は大スター、雲のうえの存在だが、サワはひとなつっこくて、店の客の目の前で唄ってくれる。

腰のあたりを、ちょいとさわるぐらいなら、「あーら。そういうこと、お店ではいけないのよ」と色っぽい目でしかりつけ、それがまた、なんともいえず、うれしい。

サワの人気がたかくなったので、藤原資徳は二の手を打つ。カフェー黒竜江の呑み代は高くはないが、そこは東京の浅草、安い呑み代もはらえない男たちが店のまえをうろうろしている。

藤原資徳の二の手とは、一晩に二回か三回、サワが黒竜江の店のまえに立って唄う、これを聴くだけならタダでかまわない。藤原資徳からいうと角《かど》がたつから、サワの自主的な提案ということにしてマネージャーにいうと、警察がうるさいとか地まわりが厄介な文句をつけてくるとか、はじめはしぶっていたが、評判になるのがわかっているから最後までは抵抗できない。

「やって、みましょうか」と、あんまり嬉しくもないが、といった顔で承知した。

そのくせマネージャーは、「看板、出しましょうか、黒竜江の歌姫サワの街頭無料奉仕絶唱、なんて、バーンと書いて！」と、乗り気になった。サワのほうは、

「わたしが唄えば、看板なんか出さなくてもお客はあつまってくるわ」

女給としての自信より、今様唄いとして京の街できたえた身体の自信がサワの記憶にのこっている。

（3）

明日からサワが店のまえで唄うという夜、藤原資徳は相良俊輔こと、いまは今様唄いの仲間の獅子丸をよんで、「いよいよ獅子丸の出番」と指示した。

サワは一晩に十曲ほどの歌を唄うが、そのなかに平安時代の今様歌を昭和のセンスとスタイルにあらためた昭和今様歌をまぜる。

昭和の流行歌を昭和の今様としてみとめるに異議はないが、資徳が検討したところでは、

「雅仁さまのおかんがえになるような、つまり、人心を正しくするには、どうもこれはと頭をかしげるような歌がすくなくないと、わたしはおもう。そこで……」

平安時代の今様歌のなかから、資徳や獅子丸がこれならと評価するのをえらび、昭和の人間に歓迎される言葉になおし、いまふうの節をつけてサワに唄わせる。

計画のあらましをきいた獅子丸、「なんと、それは……」と、ふかいためいき。

唄い者の仲間になったときから予想してはいたが、さあいよいよといわれると、ためいきの百回や千回ではおいつかない、重い役目を痛感する。

獅子丸自身が今様歌をほとんど知らないのだから、資徳や登利丸がおぼえている今様をあれこれと唄い、それを聴いた獅子丸の判断で昭和の時代に合いそうな歌をえらび、昭和風の節をつけて、それをサワたちにおしえこむという順序だから、大変だ。

「獅子丸よ、大変なことはわかっておるが、おまえにしかできぬこと。とりあえず、明日のための一曲を……」と、資徳がしめしたのが、

〽盃《さかずき》と　鵜《う》の食う魚《いを》と　女子《をんなご》は
法なきものぞ
いざ　ふたり　寝ん

「どうだね、獅子丸よ！」

資徳は得意気である。資徳の得意気な表情にかくれるようにして、登利丸がいう。

「法なきものよ、ということで、よろしいのでしょうか。雅仁さまこそ法そのものではないかとおもわれるのですが？」

「法は法さ、今様は法ではない。雅仁さまが今様に血道をあげるようになられたのも、まさにこの点にある。今様は歌なのだ、断じて法ではない！」

ここぞとばかり、藤原資徳は力説する。

「登利丸のいうとおり、まことに雅仁さまこそ法そのものでいらっしゃる。だが、そんなことではすこしも楽しくないのだな。法がイヤなものだということは、ほかならぬ雅仁さまがよくご存じでいらっしゃる。だからこその今様、歌謡曲、唄わなくてはならん！」と、つよくいい、しずかな声で唄って

みせた。

〽盃と　鵜の食う魚と　女子は
　法《ほう》なきものぞ
　　いざ　ふたり　寝ん

じょうずに唄えないのは資徳自身にもわかっているが、味わいのようなものはある。今様にかける雅仁さまの熱情の中身はだれよりもふかく理解している、その自信にあふれて唄った。

「これを昭和風につくりなおしてほしいのだ。おまえのほかにはだれにも出来ぬという、その意味は、あえていわずとも、わかるはず」

「やりましょう！」

唇をひきしめて獅子丸はひきうけ、気が散るから灯を暗くしてほしいといった。

資徳と登利丸は灯を暗くして、しずかに去り、獅子丸がひとり、紙と筆をまえにして沈思の時に没入する。両手を膝にのせ、身体をやや前かがみにしたのは和琴を弾く姿勢のつもりである。和琴を弾くイメージのなかに自分をおいて、詩の曲想を練る。

目をつぶってまぼろしの和琴を弾き、ときには、かすかに、つぶやく。

これを苦行というのであれば、苦行とはおごそかな感じがするものだ。

おごそかな感じの苦行は夜明けちかくにおわり、サーッと紙に書きつけて筆をなげだすのと、横になって鼾《いびき》をかきだしたのとはほとんど同時である。

足音をしのばせて藤原資徳がちかづき、

「なかなかの男ときいてはいたが、これは、まさに噂にたがわぬ……」
相良俊輔こと獅子丸が書きつけた文句を、資徳は小声で読みあげて登利丸に聴かせる。

〽ナンノ掟が　あるものか
玉の盃　まわせよ　まわれ
呑んで呑ませて　呑ませて呑んで
グイッと干そうと舐めようと
ナンノ掟が　あるものか
〽ナンノ掟が　あるものか
アジ　サバ　イワシ　イカにクジラに
鵜の目　鷹の目　魚をさがし
焼いて食おうと　食うまいと
ナンノ掟が　あるものか
〽ナンノ掟が　あるものか
あなたはあたし　あたしはあなた
あたしはあたし　あなたはあなた
だれと寝ようと　寝るまいと
ナンノ掟が　あるものか

（4）

カフェー黒竜江のまえは黒山のひとだかり。

ひっきりなしに、「サワ、サワーッ」の歓声があがる。

「コラーッ、どけいッ。おまえひとりの店じゃないぞ！」

「そういうおまえこそ、ひっこめ。おれは夜明けまえから待っているんだ！」

カネをもった客が、ひとだかりをかきわけて店のなかにはいってゆくこともあるが、といってその客が羨望の視線をあびるわけでもない。カフェー黒竜江の本舞台が店のなかから店のまえの道端にうつったとおもえばいい。

「カネはらって、うまくもないビールなんか呑まなくっても、ここにいりゃあ、ただでサワちゃんの歌が聴けるんだからな」

「そうだ、そうだ。ブルジョワはつまらんものさ、ときたもんだ！」

「サワちゃーん、ブルジョワの相手なんかいいかげんにして、はやく出てきてくださいよッ」

「まったくだ、まったくだ……♪ナンノ掟があるものか！」

あとはすぐに♪ナンノ掟があるものか、の大合唱へとつづく。


すこしはなれたところに資徳、登利丸、そして獅子丸がいる。

「これで、ほんとうに、よかったのでしょうか？」

獅子丸は、目のまえでおこっていることが信じられない。

京の法住寺殿でサワの声に魂をゆすぶられて一切の自信をなくし、ぬけがらになって、ふらふらと今様唄いの仲間にはいった。

それがいま、昭和の東京の人間が獅子丸のつくった昭和風の今様歌に酔い、サワの登場に歓呼の声をあげている。

「みごとなり」

「わたしの曲や言葉のためではありますまい。藤原さまの選択がよかったのと、それに、なんといっても、サワさんの声と姿が……」

獅子丸の謙遜《けんそん》とばかりはいえない。サワの唄う流行歌のすべてが道端の聴衆の拍手喝采でむかえられるのだ。「♪ナンノ掟があるものか」の人気が飛び抜けているのはもちろんだが、ほかの歌が見向きもされないわけではない。

「獅子丸、これで満足してはならぬ。これくらいで済むような荒れ方ではないのだ、東京の人心というものは。ほら、あのうしろ姿をみなさい、サワの歌を聴いて楽しむのはほんの一刻、ここから一歩でもはなれれば、また、もとの荒れすさんだ心にもどってしまう。雅仁さまは、それでは満足なさらぬ」

浅草のそこここをあるきまわりながら、成功をはなしあう。藤原資徳がいちばん興奮しているが、自分でそうとは気づかずに、ほかの二人の興奮をしずめるのが自分の義務のように錯覚している。

「かれらはまだ、サワの歌を聴いているだけだ、自分で唄わなければ、いやいや、自分の歌を自分で唄うところまでいかなければ、雅仁さまの賢明かつ勇壮なご計画は成就せぬ」

「藤原さま……」

登利丸の声には、酔っている資徳をたしなめる調子がある。

「もしもそのようなことになったら、われらは大変です、稼げなくなってしまうのですから」

釘をさしたつもりの登利丸だが、それくらいでひるむ資徳でもない。

「おやおや、登利丸はたのもしき若者ときいていたが、なにをうろたえていらっしゃる?」

「ははあ……?」

「われらが男であること、つまり、われらには平安時代もあれば昭和時代もあるということ、それをわすれているよ、登利丸は」

「ああ!」

「サワもハナエもヨシエも、彼女たちにはもう、昭和の現代のほかに時代はない。彼女たちは平安時代にはもどらない、平安の今様唄いにはもどらない。女は、それでよろしい。過去など、どうであってもかまわない。男を抱き、男に抱かれ、子を産んで……つぎつぎとあたらしい命をつないでゆく。われら男は、どうもそういうわけにはいかない、昭和になりきれない、東京の人間になりきれない。京にゆけば源氏だとか平家だとか、つまらぬことに首をつっこむ。時代や場所にとらわれすぎるのだな、男というものは。雅仁さまは、はやくからそのことにお気づきなのではなかろうかと、わたしはかんがえているよ。だからこそ昭和の東京に女と今様歌とをおくりこんで、自分のことは成らずとも、せめて形なりとも永遠の生命につながりたい、それが雅仁さまのお気持ちではないのかな」

ふだんの藤原資徳はしずかな男、めったなことでは興奮しない。いや、興奮の様子をみせることがない。法皇雅仁の側近をながくやっている経験からくるものだろうが、いまこのときばかりは興奮を隠そうとしない。

興奮を意識したうえで、登利丸を圧倒しようと構えているようでさえあった。

「男は、女を通じてしか後世につながらぬ、と？」

「女を通じてというか、女によって、というか……女と、そして歌、それのみ」

登利丸はしばらく頭を垂れていたが、

「わたくしなど、後世のことなど、まるでかんがえたことがないのですよ」

「登利丸にかぎったことでもあるまい。その日その日を満足しておくっているひとは、後世など、かんがえる必要もない。それはそれでよろしい。その日に満足できぬものが……登利丸には意外だろうが……おおいのじゃ。その日に満足できぬから、後世などというものをかんがえ、のぞみをつなぐ」

「とすると、法皇雅仁さまも、そして資徳さまも……？」

「なさけないが、まさに、さよう。雅仁さまなど立場が立場だけに、余計に後世をおもうこころがお強いにちがいあるまいよ」

「さようですか。ならばサワもハナエもヨシエも、この昭和の東京でおおいにはりきってもらわなくてはならない」

「サワにもハナエにもヨシエにも、そして登利丸にも獅子丸にも、大いにやってもらいたい」

(5)

池袋で活動写真小屋、東上館《とうじょうかん》を経営する夫婦にヤスエという娘があった。生まれたときから声がよくて、「この子はいまに流行歌手になり、レコードがばんばん売れて親御さんは大助かりだね」と近所では大評判——。

なるほど声は抜群、磨けば磨くほど上手な今様唄いになると資徳が見込んで拉致したが、そのすぐあとで資徳には別の構想がうかんできた。

東上館を昭和今様歌を流行させる本拠とする。

池袋は東京の中心というより、むしろ場末だが、そのほうが今様歌流行作戦の本拠地としてはうってつけのはずだ。

活動写真好き人種は流行歌も大好き人種、東上館で今様歌を唄わせれば、〈雨後の筍〉という諺そのもののように、あっというまに東京じゅうにひろまり、やがては東西南北にひろがってゆくだろう。だけど、活動写真を観にくるお客さんに、いきなり、「昭和今様歌を聴いてください」なんてたのむわけにはいかない。反発し、気分をこわして出ていってしまうお客さんがいるかもしれない。何気なく、お客さんの気にさわらぬように、それとなく——

「オセンにキャラメル、これだ!」

資徳がとつぜん叫んだものだから、登利丸がおどろいた。

「おどろかせて、わるかった。まあ、きいてくれ」

一本のフィルムの上映時間はせいぜい四~五十分、休憩が何回もある。休憩のあいだに、女の子が籠をもって場内をあるき、駄菓子を売る。その呼び声が「オセンにキャラメル、アンパンにラムネ」なのだ。「オセン」とは煎餅のこと。

「いまは経営者の知り合いの女の子を頼んでいるから、おなじ顔の女の子が一週間とつづかない。それを、われらの仲間が長期の契約で雇ってもらって『オセンにキャラメル』をやりながら昭和今様歌を唄う。一か月も二か月もおなじ顔なら馴染みになり、お客さんが、それと気づかぬうちに覚えて、あっちこっちで昭和今様歌を唄ってくれる。どうだ、名案ではないか」

名案にはちがいないが、東上館が今様唄いを長期で雇ってくれるか、どうか、懸念がある。

資徳はしばらく頭をたれてかんがえていたが、すっくと立ちあがって、

「夫婦の娘のヤスエを拉致すればいいんだ」

ヤスエと顔つきが似ていて、声の良さがおなじレベルの今様唄いに職業紹介所の書類をもたせて東上館に行かせる。

ヤスエが行方不明になって狂乱寸前の夫婦だから、ヤスエとまちがえるぐらい似ているワレラの仲間が行けば、よろこんで雇ってくれるんじゃないか。

一同の半分が賛成、のこり半分は半信半疑だが、やってみて損はなさそうだと妥協的な賛成、顔が似ていて唄の力量も乙前さまのお気に入りのサナエがえらばれ、「オセンにキャラメル」の売り子として長期で雇ってくれませんかともちかけたら、夫婦はイチもニもなく承知してくれた。

サナエは旅役者の夫婦の娘だが、不景気で劇団は解散同様、親に捨てられて上野で迷っていたのを資徳にひろわれ、平安京に連れていかれた。

当のサナエは計画の全貌を知らされていない。

はじめての休日、音羽の家にやってきたサナエは、

「あの活動小屋には、あたしとおなじ年頃の娘さんがいたのに、だれかにさらわれて、いまだにかえってこないんだそうですよ。それだものだから、オジさんもオカミさんも、あたしのことをまるで自分の娘のように可愛がってくれるんですよ！」

息をはずませて報告した。

「それなら、ごくろうなことだが、あの家の娘になったつもりで、しっかりやってくれよ」

「はいッ、それは、もう！」

サナエは「オセンにキャラメル」のほかに、もちろん歌を唄う。

歌を唄う合間に「オセンにキャラメル」をやる、というほうがわかりやすいか。センベイもキャラメルも売れないから手持ち無沙汰で仕方がない、とでもいった、なげやりの風情で、

〽たとえ火の雨　槍の雨
月が四角に　照ったとて
好いて好かれて　紅紐の

赤坂小梅の「♪ほんとにそうなら」を唄ってみた。鼻唄の調子でやったのだが、ガヤガヤとやかましい客席が一瞬、オヤーッ？　というおどろきにつつまれた。そうと見てとったサナエは、客の視線が自分にあつまったのも知らぬげに、

〽解けぬ二人は　縁結び

ほんとにそうなら　うれしいね

「おい、ねえちゃーん、歌がうまいねー。小梅にそっくりだよッ」

「ほめてくれるんなら、おじさん、キャラメル買ってよ！」

「おおッ、歌もうまいが商売も上手だ。降参々々」

なんどかやるうちに、

「おーい、みんなア、活動——活動写真——映画もいいが、このねえちゃんの歌もわるくないよ。まず一曲うたってもらって、それから活動っていうことにしちゃあ、どうだい？」

「異議なーし、唄ってくれよ！」

休憩時間が一曲分だけのびたのをチャンスに、サナエは獅子丸が作詞編曲した「♪ナンノ掟があるものか」の池袋初公開をこころみ、大成功。

客のなかには、カフェー黒竜江の店のまえでサワが唄ったのを聴いたものもいて、——ふーん、これが新しい流行歌らしいなと自分で納得して、工事現場で唄うやら、東武鉄道沿線の家にかえって唄うやら、いつのまにか「♪ナンノ掟があるものか」は、ジワジワと最新流行歌の地位にのぼりつつある。

（6）

発足まもないヤマト・レコード、はやくも分裂の危機。

出資者、相談役、音盤《おんばん》部顧問の三役をかねる山階逸男が、「時代と場所の相違をこえて、およそ掟は存在しなくてはならず、したがってまた掟は絶対に厳守されなくてはならぬ。昭和の東京においても、しかり！」と、編成会議で断をくだしたのがきっかけだ。

逸男が「掟はまもられなくてはならぬ！」と決断するにいたった経過は、つぎのとおり。

その日の編成会議の議題は「♪ナンノ掟があるものか」をめぐるものだった。

だれが唄うとも、だれが作詞作曲したともわからぬままに全東京市中はおろか、東京に集中する私鉄沿線の駅と宿場に「♪ナンノ掟があるものか」の歌はひろまっていった。

「これこそ、わがヤマト・レコードが製作して売りだすべき傑作である！」

まず梅田重役が提案した。

そもそもが穏健な性格の梅田である、企画や営業戦略の検討では林重役におくれをとるが、このときばかりはふだんと変わって血相かえ、意見に反対はゆるさぬと、はりきって提案したのだ。

「歌手はもちろんクサカベミヨコ！」

「つまり、『♪ナンノ掟があるものか』をクサカベミヨコの歌で吹き込む……なるほど」

機先を制せられた林重役は、とっさの反撃ができないまま、梅田重役の提案に賛成せざるをえない立場においこまれそうになった。

なんとかして反撃しないことには梅田重役との勢力関係が逆転する、どこかに隙はないものかと頭をひねっていると、

「いいですなア、梅田さん。それは素晴らしい、売れますよ、これは！」

発言したのは四方修二だから、ほかの重役連中がおどろいた。

編成会議に技術担当部長の修二が出る必要はないが、いちおう部長であるからには出席はする、し

かし発言しないのが暗黙のきまりだ。当人もまわりも、そういうものだとおもいこんでいる。

その四方修二が「売れますよ、これは！」と、まるで熱にうなされた子供みたいに真剣な表情でさけんだものだから、林重役が梅田重役に反撃するチャンスは遠のく。

ヤマト・レコードのラベルを張った「♪ナンノ掟があるものか」が売れに売れ、重役はじめ社員一同にはボーナスがたっぷり、クサカベミヨコの名はタコタコあがれ、天まであがれと夢がはてしなくふくれていると、

「掟はなくてはならぬ、掟は遵守《じゅんしゅ》されねばならん！」

山階逸男相談役の発言が爆裂弾レベルの音量でひびいた。

（7）

「しかし、ねえ、山階さん……」

四方修二からみれば山階逸男はまだ青二才だから、「掟がなくてはならぬ、なんていっても、たかが流行歌、レコードなんですよ」と、たしなめたつもりが、

「なにをいうかッ、わたしは相談役として四方技術部長に警告を発するものである。レコード会社の重役として、たかがレコード、たかが流行歌などといった認識を表明するのはまことに不穏当。以後、厳重に注意されたい！」

名指しされた四方修二はもちろんだが、梅田重役も、梅田提案に不服の林重役でさえ、山階逸男の爆弾宣言には呆気にとられた。

宣言の内容もおおげさだが、それよりは、宣言する山階逸男の姿勢のほうがもっと奇妙きてれつな見物《みもの》だった。

四方修二にむかって警告したのだから修二の顔をみるのが当然なところ、修二の顔をみるどころか、天井をみあげ、いや天井を突きぬいて天そのものにむかって警告する、おおげさな姿勢だった。

「相談役さま、これは失礼いたしました」

四方修二は畏れ入ったが、その畏れ入りかたも山階逸男の姿勢のおかしさに感化されて厳粛さを失い、かたちだけのものになって余計に滑稽な雰囲気だ。

「しかし、ですな……」

林重役が山階逸男に反撃をこころみたのは、これまた意外の展開である。梅田重役に反撃する隙をうかがっているうちに山階相談役の爆弾宣言がでたので、つい相手をとりちがえる結果になったものか。

「相談役さまに反抗するのは、こころぐるしくはありますが、『♪ナンノ掟があるものか』はいまや国民こぞって愛唱する、いわば国民歌謡ともうしてよいほどに……」

「おだまり!」

林の反論をさえぎって、山階逸男、

「掟はなくてはならぬもの、守らなくてはならぬもの。それを、なんですか、あの歌は、『♪ナンノ掟があるものか』など、とんでもないことですぞ。そもそも宮廷には楽を演奏する掟と機関と人員配置があり、したがって予算も計上され、楽が正しく演奏されることによってこそ正しい政治がおこなわれるもの。ところが、あの、けしからぬ法皇雅仁めは……ああ、おゆるしくだされ、雅仁さま……」

山階逸男は混乱してきた。編成会議の席上であるのもわすれ、顔はクシャクシャ、涙をビシャビシャ、クシャとビシャの混乱に身心をうばわれている。

法皇雅仁にはげしい敵意をいだいているが、法皇の地位の権威についてはいいようのない尊敬の想いをもっている、山階逸男の混乱はここにある。憎悪と尊敬の板ばさみ。

「あなたが、あの、けしからぬ今様歌などに血道をあげず、奏楽の伝統の正統を守っていただきさえすれば、おそれおおくもこの山階逸男、わざわざ『昭和の東京』にまできて、かほどの苦労をせずにすむものを……」

「昭和の東京」といった瞬間、山階逸男の額にまたあらたな当惑のシワの線がきざまれた。

「アーッ、わたしはいま、『昭和の東京』にいる！」という絶叫につづいて、「諸君、まさしくそれに違いあるまいね？」と、消えそうな声で念をおした。

重役一同の沈黙はまず唖然呆然の気分をしめし、つぎには、「さよう、相談役さまは『昭和の東京』にいらっしゃいますよ」と、冷酷なる承認のしるしなのであった。

山階逸男はまたまた混雑のなかに泣かねばならない。

（8）

山階逸男の気持ちはよくわかる。

「昭和の東京」といった、その瞬間、源頼朝に会見して法皇雅仁の追放計画を練るためにはるばる平安時代の京からやってきた自分の目標をおもいだしたのだ。

「ああ、わたくしは、どうすればいいのだろう！」

悲痛そのもの、絶望そのもののセリフを吐くと、いくらか気分もおさまったらしく、

「泣いてばかりいても仕方はない。さあ、諸君、会議にもどりましょう」

「相談役さま、マサヒトさまとおっしゃるのは、どなたのことで？」

「林くん。あなたはまたそれをいって、この山階をこまらせようというんですか！」

「とんでもない。相談役さまは、どうやらそのマサヒトというひとのためにお苦しみになっておられるようだ。であるなら、なんとかしてマサヒトというひとの問題をかたづけ、よってもって相談役さまをお救いする手はないものかと」

「マサヒトなんか……ああ、おゆるしください法皇さま……放っておけばいいんです。そのお方は遠い平安時代の京都におわしますのですから」

ヤマト・レコード株式会社編成会議のとげとげしい空気は、ヘイアンジダイ、この言葉ひとつで、たちまちおだやかになった。

「ええーっと、ナクヨ　ウグイス　ヘイアンキョウだから、ナクヨでもって七九四年すなわち延暦十三年が平安遷都でしたなア」

「オヤッ、梅田さん、あなたの中学校では西暦で国史をやったんですか？」

「キリスト教系の学校でしたから日本暦と西暦を併用」

「なるほどね、ミッション・スクールとは、これはまたハイカラ。わたしがヘイアンジダイでおもいだすのは歌ですな、小学唱歌」

「小学唱歌、ええ、わたしも、そうなんですよ」

修二の口がかるくなって、回想の仲間入り。

「小学唱歌、いいなア、のんびりと、あったかくて」

「技術部長さんも、やっぱり」

「ええ、もう、唱歌の時間になると急にはりきっちゃって」

「それがいまは、こうやっておたがい、レコード会社にいるわけだ。世のなか、でたらめのようにみえて、これでなかなか必然的なところがあるんですな」

「小学唱歌、たとえば」

「なんといっても、アレ、アレ」

「アレですよね、アレのほかには、なにもかんがえられない」

林がトントンとテーブルをたたいてリズムをとって、

〽**一の谷の　いくさ敗れ**
「ふふふ、やっぱり、ソレソレ」と梅田。

「ソレですよね、なんてったって」と林。

みんなそろって、はじめから、

〽**一の谷の　いくさ敗れ**

討たれし平家の　公達《きんだち》あわれ
あかつき寒き　須磨のあらしに
きこえしはこれか　青葉の笛

「ああ、いいなア！」
「二番、いきましょう！」
〽更《ふ》くる夜半《よわ》に　門を敲《たた》き
わが師に託せし　言の葉あわれ
いまわの際まで　もちし箙《えびら》に
のこれるは「花や今宵」の歌

おわりの「花や今宵の歌」の「歌」は「ウゥター」と、やわらかく伸びなくてはいけない。

山階逸男のほかの重役連中、いつのまにか椅子からたちあがり、「ウゥター」と伸びる自分の声の行方を、目をほそめて追い、その視線の先には、少年のころの自分の姿がピチピチととびはねている。

大和田建樹《たけき》作詞、田村虎蔵作曲の「♪青葉の笛」が発表されたのは明治三十九年、日露戦争が終わったつぎの年。

仲間はずれの山階逸男、しきりに首をひねっていたが、思い詰めた様子で、

「あのー、林さん」と、地位や身分の高さを自覚しているはずのひとが態度を急変して控えめになったとき、その原因のほとんどは、無知が暴露される危機にそなえての本能的な防御か、下痢か、ふたつにひとつである。

「相談役さま、失礼しました。あまりのなつかしさに、つい……」

「いや、それはそれとして、その、いまの歌は……？」

「ああ、これは『♪青葉の笛』ですよ。相談役さんは唱歌がお得意ではなかったように拝察されますな。この名曲をご存じないとは」

「ええ、まあ。それが、ですね。いまの歌によりますと、『〽討たれし平家の公達あわれ』という文句がありましたが……」

まってました、とばかりに林、

〽討たれし平家の　公達あわれ
あかつき寒き　須磨のあらしに

「いやいや、その『〽討たれし平家の公達あわれ』によると、あれですか、平家が源氏に敗れたようにきこえるのですが……？」

「あれエ？　ますますおどろきましたな。相談役さまは唱歌のほかに国史も苦手であられたようですな。いやいや、格別の人間というのが、つまりそれでありましょう。わたしなどは国史は年代を記憶するのがいやだなどと、くだらん文句ばかりいってたものですが、いまになってみると、国史でおぼえたことはわすれていない、なつかしい。これはつまりですな、平々凡々たる人間の証拠なのですよ」

「すると、平家はやぶれた？」

「完敗ですな。ヒヨドリゴエにはじまって、一の谷から讃岐屋島、それから長門の壇ノ浦《だんのうら》へと、あわれ平家は敗走の一途をたどったのですよ、ねえ、梅田さん」

「泣けますなア、薩摩守忠度《ただのり》の最期！」

四方修二も口をはさみ、

「和歌は苦手なんですが、どういうものか、忠度の歌だけはわすれない」

〽行き暮れて　木の下かげを宿とせば
　花や今宵の　あるじならましィー
目をつぶり、瞑想にふける四方修二。

「タダノリ、あのサツマノカミタダノリが戦死、それは、たしかですな？」

「この目でみたわけじゃないが、たしかなんでしょうなア。『平家物語』にもそう書いてあるし、わたくし自身、中学校の修学旅行で関西に行ったときには費用別途自弁ではるばる一の谷やヒヨドリゴエ、須磨に足をのばし、忠度塚というのにおまいりしたことがあるくらいだから……」

「忠度塚ですか。なるほど、それならまさしく平家はやぶれたのですな。いや、どうも、歴史には暗いものだから」


山階逸男は、なんとかこの場をごまかさなくてはならない。

平家がやぶれたというからには源氏に負けたのだろうが、とすると、勝った源氏は、どうなったのか？　頼朝はどうなったのか？

頼朝をそそのかして平家打倒に決起させ、平家打倒によって法皇雅仁の背後勢力の無力化をはかろうという崇高なる自分の目標は、いったい、どうなるのか？

まさか、この場では、そんなことはきけやしない。きけば、わが身の正体がばれてしまう。といって、いつまでも「歴史には暗いから」ばかりいっているとバケの皮がはがれてしまうから、このあたりで一発、バーンとしたところを言って劣勢を挽回しておかなくてはならない。

といって、なにがいいか？

よーし、これだ！

「平家もみじかい命でしたが、勝った源氏もながいとはいえませんでしたな」

「平家も源氏もない、おごれるものはひさしからず、ただ春の夜の夢のごとし、ですよ」

よしよし、ここまではいい。

「復讐、これが歴史の掟だからね」と山階逸男が念を押す。

「復讐……あれえッ、えーと、梅田さん、源氏をやぶったのは平家でしたかね？」

「さアてと、どうだったのかなア。源氏は負けたんですか？　いつ？　だれに？　……おぼえていないんだが。四方さん、どうだったんですかねエ」

「いや、わたしも鎌倉時代のおわりのほうになると、もう、さっぱり」

なーんだ、これなら安心だ。ヤマト・レコードの重役連中の歴史知識もたいしたことはないわけだ。

急に勇気が出てきて、

「諸君、掟だ。掟は守られなくてはならない、そのことを議論していたのですぞ、われわれは」

その山階逸男にたいして、四方修二は対等の論議をいどむ。みんなで「♪青葉の笛」を唄ったあたりから、修二の態度が強硬になってきた。

「相談役さん、ここはレコード会社なのですからな、掟を守るとかなんとか、むずかしいことに頭をつっこむのはやめようじゃありませんか」

「そういえば、そうですな。掟を守るよりはレコードをつくるほうが簡単だから、まずはレコードづくりに集中しましょうや」

林重役も四方修二の味方にまわって、山階逸男と対立する形勢になってきた。

（9）

山階逸男は苦境に立つ。

わたしの見解どおりにならないなら資本をひきあげるぞと、脅しをかける手がないわけではないが、そうすると、逸男自身の壮大なる計画が挫折してしまう。ヤマト・レコードを手はじめに、日本のレコード業界を一手におさめようというのが逸男の計画だ。レコード業界には平安王朝の楽人をこぞってひっぱってきて、いわば時代を越える集団転職を敢行する。

平家は源氏にほろぼされた、その源氏もどうやらほろんだらしいと知って、とっさにうかんだ計画だ。ざまをごらんなさい、雅仁さま！　あなたが、あのくだらぬ今様歌なんかに血道をあげて宮廷奏楽の伝統を絶やそうとしても、そうはいかぬぞ。あなたが絶やそうというなら、そのまえに、楽人すべてを昭和の東京にひっぱってきてしまいますからね！

平安王朝の楽人によって占拠される昭和のレコード業界では、なによりも掟が厳守されねばならない。なぜなら、楽人たちは、掟の守られる聖なる場をもとめて時代超越の転職を決行するのだから。

それが、なんだ、♪ナンノ掟があるものか、とは！

「ゆるせぬ！」

おもわず逸男がさけんだとき、

〽あたしはあたし　あなたはあなた

だれと寝ようと　寝るまいと

ナンノ掟があるものか

鼻唄のリズムから先に、クサカベミヨコが颯爽とはいってきた。

四季を超越、無視しきった勇敢きわまる服装のミヨコである。黒貂《くろてん》の毛皮のコート、それもおもいっきり分厚く、たっぷりしたサイズのやつを着込んだその下には、これもまたおもいっきり薄くみじかいワンピース、腰のベルトがなければ何も着ていないみたいだ。

「おお、クサカベミヨコさん！」

「ご機嫌よろしゅう」

「どうか、どうか、コートはそのままに」

宝の山の女神のミヨコである、重役連中が総出の応対。

ただひとり、山階逸男だけは苦虫をかんだような風情。

巨額の資本を投入してヤマト・レコードの相談役におさまった山階逸男といえども、ミヨコの価値にはかなわない。そのミヨコが「♪ナンノ掟があるものか」を機嫌よく唄いながら登場してきても、とがめられない。

苦虫顔の奥の山階逸男の怒りを察したのか、ミヨコは、

「ねーえ、相談役さま。あたし、待てない！」

黒貂コートの前を、あけてはしめ、しめてはあけ、ふいごで風をおくるようにしながらミヨコがちかづくので、逸男はミヨコの香水にむせかえる。

「ウフェッ、クシュン、ハックショイ！」

いずれは、この件についても掟を確立しなければならない――香水にむせかえりつつも逸男は、みずからの任務をわすれるものではない。

昭和の女の香水といったら、ただただもう「香れよ香れ、天まで香れ」といったようなもので、フクイクなんていう微妙な表現には耐えられない。

「ミヨコさん、何を待てない、と？」

「アッラア、やーだ。相談役さまなら、とっくにおわかりのはずよ」

「おわかりのはず、といっても……クシュン、ハアー、ハクシュン！」

「やーだなア、きまっているでしょ。『♪ナンノ掟があるものか』のことよ。はやく吹き込まないと、よその会社に取られてしまうのよッ」

ああ、山階逸男がもっともおそれていた事態になった。梅田であれ林であれ、四方修二であれ、逸男にとってヤマト・レコードの重役連中などはおそろしくもなんともない。逸男がおそろしいのはクサカベミヨコなのだ、なぜなら逸男はミヨコに惚れてしまっている。

ミヨコが「♪ナンノ掟があるものか」のことをいいださないうちに、この問題に徹底的にかたをつ

けてしまおうと逸男は決心していた。競争相手のレコード会社に「♪ナンノ掟があるものか」を取られても仕方はないとさえ、おもっていた。

ミヨコはミヨコで、いらいらしている。ヤマト・レコードが自分の歌で「♪ナンノ掟があるものか」を製作販売すれば売れるにきまっている。そうなれば、相談役の山階逸男の手柄は一段と高くなる。それがミヨコにはうれしいのだ。なぜなら、ミヨコも逸男に惚れている。

恋人たちの気苦労も知らずに、

「キャーッ、ばんざーい！」

梅田重役が女みたいな声でさけんだ。

「ミヨコさん、ミヨコさん、さすがはミヨコさんだ。そうですとも、一日もはやく『♪ナンノ掟があるものか』を製作しないことには、わがヤマト・レコードは他社に完敗だ。そうでしょう、相談役さま！」

山階逸男は、またまた苦境に立つ。主義を立てればオトコが立たない、オトコを立てれば主義が立たない。

七ノ章　苦境のヤマト・レコード　起死回生の秘策

（1）

藤原資徳《すけのり》の放った第一弾は的中した。

「♪ナンノ掟があるものか」は「雨後のタケノコ」のことわざの見本みたいに、日本全国津々浦々でうたわれている。

老若男女、身分とカネとヒマのあるなしにかかわらず、「♪ナンノ掟があるものか」と唄いまくっている。だれが、いつごろから唄いはじめたのか、知っているのは今様唄いの仲間だけ、それで、いい。

もしもサワが名誉心なんかにこだわって、「『♪ナンノ掟があるものか』を最初に唄ったのは、このあたしなんだよ」なんていいだすと困ったことになるが、サワにはもともと名誉心なんかない、心配はいらない。

「おどろいた。だって、あたしよりもじょうずに唄うひとがいるんだもの！」

音羽の家で、ハナエがいささか意気消沈といったふうではなすのをきいた資徳、

「ハナエよ、それでいいのさ。この歌にこめられている意味をほんとうにわかるのは、掟にしばられて苦労しているひとだからね。そういうひとのほうがじょうずに唄うのは、あたりまえのこと」

「でも、藤原さま。あたし、くやしくって……」

「ハナエがじょうずに唄ったから、これほどまでに流行するようになった。それをわすれるわたしではない」

「ほんとうに？」

「そうさ。わたくしは、よろこんでいるんだよ」

京の雅仁《まさひと》さまももちろんおよろこびになっておられる、そういおうとして、やめた。

ハナエは法皇雅仁にお目にかかったことがあるが、いまはもうわすれている。ハナエだけではない、彼女たちはだれもみな京のことはわすれている。法皇雅仁の名をきいて、それはだれのことですかと、関心を京に向けることもない。

そば屋の出前持ちが店のおやじに叱られ、「♪ナンノ掟があるものか」とやりかえし、かえってひどく叱られた。そのあとでおやじ自身が「♪ナンノ掟があるものか」と唄ったものだから、その場のしめしがつかなくなった、東京はそれほどまでにこの歌でわきかえっている、そういう新聞記事が出た。

タエコはそのそば屋に住み込みではたらいている。出前持ちとおやじの言い合いを耳にしたタエコがこっそりと報告してきたので、これは見ておかねばと資徳が客に化けてそば屋の暖簾をぐくった。

注文をききにきたタエコが、あの小僧さんですよと目で合図する。

「四丁目の高橋さん、行ってきまーす」

出前のそばをさげて出てゆきがけに、

〽ナンノ掟があるものか

アジ　サバ　イワシ　イカにクジラに

気持ちよさそうな鼻唄。

藤原資徳は京の法皇に以上の様子を知らせた。東京の人間はよろこんで唄ってくれておりますが、グンブは怒りをあらたにしているようですと付け足すのは忘れない。


法皇雅仁から返書がきた。

「自分もうれしくおもっている。グンブが機嫌をそこねるのは当然。人心がやわらかになればうれしいのがわれわれ、世が抑圧されればうれしいのがグンブ、人心と世の相違をわすれぬようにしてほしい」

「法皇さまはつまり、世はみだれてもかまわぬ、人心がおさまり、やわらかになっていればよろしいと、こうおっしゃるわけですな」

「そういうことだね。人心がやわらかになっても世がみだれるのを嫌悪するのがグンブ、というわけだ」

「そこで、ホチョートレッ、になる」

「カシラーッミギッ、さ」

「多々丸にもみせてやりたいものですな。あいつ、いつになっても東京からお呼びがかからぬものだから、さぞ腹を立てていることだろうと……」

それはな、登利丸よ、と説明してやりたいが、資徳にはできない。栗王丸と多々丸は、いざというときの予備部隊だ。

女たちは昭和の東京に埋没して生きているから問題はないが、男は、そうはいかない。もしも大事件がおきて昭和の東京から平安時代の京にもどれない事態になれば、今様唄いは全滅してしまう。その、いざというときのために、栗王丸と多々丸は平安時代にのこっている。

「腹を立ててはいるだろうが、栗王丸を見習いながら、つぎのかしらになる修業をするのも大事なこと」

栗王丸の後継は多々丸と登利丸、ふたりのうちのひとりだと、だれも認め、ふたりともそうおもっていて、どちらが先にかしらになるかは実力と人気できまるものと覚悟している。

だが、裏にまわれば、そうではない。登利丸は東京で死ぬかもしれない。たとえ京にもどるときがあっても、そのときにはもう多々丸がかしらになっているだろう。登利丸がかしらになる日は予定されていない。

そういう裏の筋を書いたのは藤原資徳だ。資徳は今様唄いではないにもかかわらず、かれらの外部から人事に介入したわけで、こころぐるしい。

いまの自分の言葉で、登利丸が、裏の筋書きの存在に気づいたかもしれない。いまは気づかなくても、そのうちには気づく。

その日のことをおもえばますます苦しい資徳だが、登利丸よ、ゆるしてくれ、おまえにもしものことがあっても、おまえたちの仲間がいつまでも今様歌を唄って生きられるようにと、かんがえにかんがえたすえの決断なのだ。

(2)

「藤原さま、つぎの歌の準備を……」

「わたしも、それをかんがえていたところ」

「♪ナンノ掟があるものか」につづく第二弾として藤原資徳が選んだ今様歌は「♪あそびをせんとや生まれけむ」だ。

〽遊びをせんとや　生まれけむ
戯《たわぶ》れせんとや　生まれけむ
遊ぶ子供の　声きけば
わが身さえこそ　動《ゆる》がるれ

獅子丸が声に出して唄ってみた。

〽わが身さえこそ動がるれ、の一節をくりかえして唄って、「こういう歌を聴くと、今様のなんたるかが、すこしずつわかってくるような気がします」

「そうだろうね。この歌の主題はおとなと子供の境界といったものだろう。すぎさった子供のころの楽しさへの哀惜だが、それだけではないな。おとなと子供の境界を越えて、もどりたい、しかし、もどれないとわかっている苦悩、切望がある。そこを『動がるれ』と唄っているところがすばらしく、また、せつない」

「藤原さま、これは、『♪ナンノ掟があるものか』の続編ともかんがえられますな、そうではございませんか?」

「おまえもそうおもうのか。じつは、第二弾はこれでゆく、ときめたときにはそのつもりはなかったのだが、きめたあとで、オヤッと気づいた」

「おとなと子供の境界、それを掟とみれば……なるほど」

「獅子丸よ、乙前《おとまえ》さまがこの歌をお唄いになるのを聴かせたい！」

「登利丸よ。乙前さまは、どんなふうに？」

「いかん、いかん、おれには真似もできない。乙前さまがな、こう、おれたちの目をじぃーっとご覧になりながら『〽わが身さえこそ動がるれ』とお唄いになると、おれたち子供は訳もなく悲しくなってしまうのだ。いまになって、あれが歌のちからというものだとわかってきた」

「訳もなく悲しくなるのか？」

「男は唄うのは苦手だが、それでもおれは今様唄いの仲間にうまれてきてよかったとおもったものさ。ひとの心をうごかすちから、歌を持っている、こんなに素晴らしいことはないはずだもの」

「うん、それはわかった。もうひとつ、きかせてくれ、『〽わが身さえこそ動がるれ』を聴くと訳もなく悲しくなるという、その訳とは、いったい何だ？」

「何だといわれても……だから、訳もなく、と」

「うんうん、それはわかるんだが、訳のないはずはない、訳はある、かならずある」

「そう責めないでくれ。そうだな、子供にはおとなの哀しみなどわかるわけはないのに、わかった気になってしまう、その傷《いた》み、あるいは辛さ、か」

「おとなの哀しみ……なるほど」

〜**わが身さえこそ動《ゆる》がるれ**

獅子丸は、前とはすこし違う節で唄って、

「藤原さま、この歌の重点は最後の一行だ、そうかんがえてよろしいのでしょうな?」

「そうじゃろうな。子供の歌ではない、おとなの歌だから」

「おとなが子供のことを唄うのではない、おとなが自分のことを唄う……」

「そうだ。おとなが自分のことを……登利丸はおとなの哀しみといったが……それを唄うのだよ。たのむぞ、獅子丸」

獅子丸はくちびるを噛みしめる。重い荷を、それと知って背負う気分になってきたようだ。

「哀しみを知り、哀しみを唄う、いや、哀しみを唄える人間……そういうひとの心はやわらかく、正しくおさまっている。そういう人間がふえれば世はみだれるが、人心はやわらかくなる。雅仁さまなら、それでこそよろしいとおっしゃるはずだ」

(3)

ポロンーピロローン、ポロポロピン——音羽の家からピアノの音がきこえてくる。編曲作業には和琴を買えばよかろうと藤原資徳はいったのだが、それは無用と獅子丸はいった。

「和琴には手もふれたくない。それよりは、なにかあたらしい楽器を買っていただきたい」

「なにが、いいか」

「ピアノというのがありますな、あれを、ひとつ」

「和琴の名人がピアノをやるか、おもしろい！」

和琴がピアノにかわっても、獅子丸はすぐに慣れて、ポロポロピンと弾きだした。

しかし、肝腎の編曲作業は難航している。このまえの「♪ナンノ掟があるものか」のときはおもいのほかにすらすらといったが、こんどはさすがの獅子丸もくるしんでいる。

「節《ふし》のほうでは、これというものを手にしたのですが、文句のほうが」

獅子丸の苦悩の表情には、「♪ナンノ掟があるものか」がすらすらとはこんだ、あの反動からくる自信喪失の気配さえある。

「わたくしにはよくわからぬが、いいかね獅子丸、乙前さまが昭和の東京に出てきたとして、彼女なら、どう唄うか、それをかんがえてみればよい、そういうものではないのかね？」

「まだ乙前さまにお目にかかったことがない、乙前さまの唄うのを聴いたことがない」

ふてくされているようでもあり、藤原資徳も登利丸も心配になってきた。

「獅子丸は、わたしといっしょに東京じゅうをあるきまわっては、どうでしょう？」

「あるきまわって、どうする？」

「すくなくとも、気はかわりましょう」

「気がかわる……。やってみるか、獅子丸」

「ええ、こうなったら、なんでも……！」

「こんなものとも、しばらくおわかれッ」

登利丸がピアノの蓋をおろした。

（4）

　獅子丸と登利丸は、あてもなく、ひろい東京の街をあるく。

　あてはないはずが、どうしても視線が子供に向く。子供が遊んでいるのをみると、その気もないのに、〽遊びをせんとや生まれけむ、の文句が口をついて出る。

「因果なものだね、それほどまで……」

「くるしいにはくるしいが、宮廷の床で和琴を弾いているのにくらべれば、気分は浄土」

「宮仕えが、よほど、いやだったらしいな」

「おまえにはわからぬ」

「うん、おれにはわからぬ」

　活動小屋にもはいった、動物園にもはいった、電車にも乗った、相撲も観た、カフェーのはしごもやった、グンブの「ホチョートレッ」もみた、きいた、十一月三日には明治節の式典に参加する高官たちの大礼服の姿もみた。

　そろそろ、どうかねとききたい気持ちをおさえるのに登利丸は苦労する。獅子丸をあせらせてはならんぞと、藤原資徳にかたくいわれている。あるきまわるのに疲れ、音羽の家にこもる日がおおくなったが、それでも、うまい詞は生まれない。資徳も気になってきた。

「そろそろ、どうかね。いや、せかすのではないぞ」

「できたのです」

「おお、できたか！」

「詞はできたのですが、こんどは節のほうが、どうにも……」

「そうか、節がうまくゆかぬか。それはそれとして……」

詞だけでもさきに披露してもらいたいものだ、といった顔つきの登利丸。そうと察した獅子丸が、「ごらんください」と、ふところから紙を出し、資徳のまえにおいた。

〽もどれないのかナ
あの日　あのころ
知らなかったワ　おとなの辛さ
仕事もすてて　亭主もすてて
イシケリ　オハジキ　アネサマゴッコ
もどれないのかナ
ああ　かなし

〽ウソじゃないかしら
みぎも　ひだりも
うごけないのサ　ゆきづまり
こうと知ってりゃ　おことわり
あそんじゃいけない　はたらけ　はげめ
ウソじゃないかしら

ああ　かなし
〽あれが本当サ
あの子に　この子
いっておやりよ　おとなにゃ　なるな
子供見てれば　わが身はこがれる
こがれこがれて　こがれ死に
あれが本当サ
ああ　かなし

(5)

「ふーむ」

目尻をつりあげ、口をわざとかたくむすんだのは機嫌がいいときの藤原資徳の癖だ。

「獅子丸、やったな、天下一！」

「節ができていないのですから、いいもわるいもないのです。節によっては手直しも必要になります」

「そういうことはあるだろうが、この文句はいいよ。〽もどれないのかナ、の出だしが特にいい。節がどうなろうと、この出だしは変えてはならんというものではないか」

「節がどうなるか、たのしみですな」と登利丸も口をはさむ。

「どうなるか、おれにもわからん。詞にこだわると、節もうまくゆかぬ」

「獅子丸なら、なんとでもなるさ」

登利丸は獅子丸をはげましているつもりなんだろうが、こう簡単率直にはげまされると、当人としては具合がわるいこともある。

「いやいや、まだしばらくは、ためいきをつかねばならんのさ」

「そうだッ。サワかハナエにきてもらっては、いかがでしょうか、藤原さま」

「サワかハナエに、きてもらう……？」

「サワかハナエに……」

あとを口ごもるのは、もしかして獅子丸の気をわるくするのではあるまいかと懸念しているからだ、獅子丸の誇りをきずつけやせぬかと。

「サワかハナエに節づくりを手伝わせる、と？」

「唄うのは彼女たちだから、彼女たちが唄いやすいようにとかんがえるのも大事ではありませぬか。彼女たちが唄いやすければ、ほかのものにも唄いやすいはず……とはいっても、獅子丸が承知したうえのはなしではありますが」

「名案だ。おれはかまわんぞ」

まずサワの意見をきいたところ、この詞なら自分よりハナエの声が似合いだという。

ハナエがよばれた。

「この詞のこころがわかるまで、なんども読んでくれ。こころがわかった、とおもったら、最初の一行にだけ、唄いやすい節をつけてくれ。一行だけでいい。〈もどれないのかナ、の出だしの一行がこの歌のすべてだ。あとの節はおれがつける、というより、出だしさえできれば、あとの節はひとりでに生まれてくる」

　獅子丸は断言するが、ハナエはとまどった。

「〽もどれないのかナ、といっても、あたしは自分の子供のころのことを何も知らないんだから、子供のころをなつかしむ気分がどういうものなのか……」

　わからない、ならば自分はこの役には適していないんじゃないかと――。

「ハナエはおもいちがいをしているよ」

「おもいちがい、あたしが？」

「そうさ、おもいちがい。あの歌は、いや、どの歌でもおなじだが、自分のことを唄うのではない。ハナエが唄って聴かせる相手のこころ、そのひとが自分の子供のころのことをおもって焦《こ》がれるこころを唄うのさ」

「でも、それではうそになってしまう……」

「うそでいいのさ。いや、うそでなければいけない」

「それじゃ、〽もどれないのかナ、の文句も獅子丸の本当の気持ちではなくて、うその気持ちなんだね？」

「うその気持ち、つくりものの気持ちさ」

「ふーん」

　ハナエは気分が晴れた。

〽ムウ、ミヨウ、ミイーン
　ミュウ、ムウ、ミイーン
頬をふくらせたり、すぼめたりしながら、節のような音を出している。
「やれそうかね?」
「本当の気持ちでなければ唄えない、なんて泣き言はいわないッ」

(6)

ハナエがあらすじをつくり、獅子丸が手直しして「♪もどれないのかナ」の節ができた。「♪ナンノ掟があるものか」はかるく、はやい調子だが、こんどの「♪もどれないのかナ」の調子はゆったり、気分はのんびり。


板橋から十条、王子あたりは製紙工業地帯、ここにちらばる一杯飲み屋の一軒、会津屋がハナエの戦場。会津屋という名前は知っているはずなのに会津屋とよぶ客はほとんどいないといえば、会津屋の性格は知れる。

「おいッ、おやじ。ハナエちゃんにおかしな男がくっつくのを知らん顔をするっていうんなら、それが会津屋の店じまいだぞ。会津屋はハナエちゃんひとりでもってるんだ」

こういうときには会津屋の名前が出てくる。ハナエが女中・皿洗い・女給・看板娘の一人四役としてはたらきだしてから会津屋の名称が復活したといっていい。会津屋の常連客全員が貧乏で、その貧乏を担保にしたような関係でもって単純率直、痛快明朗な性質のかたまりができている。

そういうかれらの胸に、そーっと風をふきこむような具合で「♪もどれないのかナ」の歌を注ぎこむ、それがハナエの任務だ。

さいしょの夜は〽知らなかったワ　おとなの辛さ、をただ一回くちずさんだだけ。

つぎの夜に〽もどれないのかナ、からはじめて〽イシケリ・オハジキ・アメサマゴッコ、まで、何度もくりかえして唄った。

「ハナエちゃーん、それがいまのはやり歌なのかい？　はじめて聴いたなア」

そーら、ひっかかってきた！

「やだなア、ミネさんたちはなんにも知らないんだから。こんないい歌、はやらないわけないでしょッ」

「降参々々。こう見えても中村峰吉、ひとがいいかわりに、世間にゃうといんだ」

「ひとがいいから出世しないっていう、言い訳かね？」

「あーら、めずらしい。ヨシさんがミネさんにからむなんて」

「からみたいわけじゃないが、いつもこんな飲み屋ばかりじゃなくて、たまにはカフェーかなんかで、派手にやりたいものじゃないか！」

奥からおかみさんが顔をだして、

「あーら、ヨシさん、こんな飲み屋でわるかったわねッ」

「アリャーッ、きかれたか！」

そのすきにハナエは〽ウソじゃないかしら、右も左も、うごけないのサ、ゆきづまり、と鼻唄まじりに、客のあいだを小走り。

あたしが一所懸命に唄っているのに、なにさア、ゲラゲラわらって酒のんでばかり——という顔はしない。客に給仕し、客のいたずらを適当にかわしているあいだに何気なく、というかたちでやるのがいい。カフェー黒竜江でサワが「♪ナンノ掟があるものか」をはやらせたのもこのやりかただった。会津屋の常連はまず鼻唄でおぼえる。なにがあってもこの歌をおぼえてやるぞという意気込みはないかわりに、いったんおぼえたら、忘れない。そこに火がつき、爆発する。

一週間もすると、会津屋のうちで音に敏感なやつが〽こがれこがれて　こがれ死に、と唄いだした。この歌を天下で最初に唄った人間が自分だという意識はない、それがはやり歌。

オイ、ハナエちゃん、やっとあの歌をおぼえたよ——こう挨拶するものがいない。これこそ具合がいい証拠だ。はじめて唄ったのは会津屋のハナエだと記憶されているようでは、爆発的な流行はありえない。ハナエがそれを藤原資徳にいうと、

「さようか。では、あと三日だけ、待とう」

三日がすぎ、カフェー黒竜江でサワが唄い、それから十日ほどして池袋の活動小屋でサナエが唄い、タエコがそば屋で唄った。

どこへ行っても、〽もどれないのかナー、とやっている。東京は「♪ナンノ掟があるものか」と「♪もどれないのかナ」に攻めたてられている。東京のひとびとは憑《つ》かれたように「♪ナンノ掟があるものか」と「♪もどれないのかナ」だけを唄って、時と日をすごしている。顔色はいいし、疲労の様子はないから、ヤケッパチの心境になっているわけでもない。

世は乱れている、そういえばいえるかもしれないが、人心は乱れてはいない、まずしくもなく、むしろ、ゆたか。

（7）

ヤマト・レコードの重役連中、じーっとしていられない。

「山階相談役さま、こんどはよろしいでしょうな。こんどの歌は、掟については何も唄ってはいないのですから」

山階逸男としても、こんどは、「ゆるさぬ」とはいえない。

逸男が首を縦にふったので、梅田がここぞとばかりに、「どうでしょう。『♪もどれないのかナ』を吹きこむついでに、『♪ナンノ掟があるものか』もB面に入れてしまっては……？」

どさくさにまぎれての突破作戦だ。すると意外にも、「よろしい。しかし、ウラとオモテに分けて入れるのは智恵がない。二枚つくって、同時発売ということにしよう！」

梅田の提案は「♪もどれないのかナ」をA面に、「♪ナンノ掟があるものか」をB面にというものだったが、それを山階逸男は、レコード二枚の同時発売とし、ふたつの歌を分けて入れようという意外も意外、専務の林と四方修二が興奮にわれをわすれてたちあがり、テーブルに膝をぶっつけるくらいに意外なる受け止め方をした。

「なにをおどろいているのかね。わがヤマト・レコード株式会社は営利事業をやっておるのであり、儲かるときには儲けなければ株主諸氏に申し訳が立たないのである」

山階逸男は決断をくだした。思想をすててオトコを立てると決意した。

「山階さーん、それほどまでにクサカベミヨコのことをかんがえていただけるなんて！」

「まだそこにいたのか、ミヨコさん」

「ヤマト・レコードのレコードからはいつもクサカベミヨコの美しい声がきこえ、山階相談役のそばにはいつもクサカベミヨコが影のように寄りそっていると決まっているのに！」

「ミヨコさん、こんどのレコード二枚、吹き込むのはクサカベミヨコじゃないんだよ」

ミヨコの顔がプーッとふくれたかとおもうと、つぎにはクチャクチャになって、

「クサカベミヨコともあろう歌手に吹き込みをやらせないなんて、そんなことなら、このヤマト・レコードなんか、このミヨコさんが、つぶしてやるよ！」

いさましく出ていこうとしたが、すぐにもどってきて黒貂《くろてん》のコートを手づかみにし、

「おぼえてらっしゃい！」

こんどは本当に出ていった。

「相談役さま！」

「山階さま！」

「クサカベミヨコが出ていってしまいましたよ！」

悲鳴と絶叫うずまく重役室。山階逸男の沈黙がなおさら不気味である。

「ハッハッハー。諸君、よッくきいてもらおう。遠大にして正義このうえない、われらがヤマト・レコードの戦略を」

重役連中、ホッと安堵の胸をなでおろす。なんだか、よくわからないが、山階相談役はものすごい経営戦略をお持ちのようだ。一同、静聴。

（8）

「あの、けしからぬ歌がはやってからというもの、わがヤマト・レコードの売上は激減の一途、他社もおなじく惨憺たる成績だということだ。レコードを聴くよりは自分で歌を唄うほうが素晴らしいなどという、まことに由々しき雰囲気が、東京ばかりか、日本全国に蔓延《まんえん》した。そこで諸君、どうすればよろしいか？」

重役にたずねているわけではない、これからいうことに重みをつける演技だ。そうとは知らない、性格に軽はずみのところがある林専務が、

「相談役さまに相談をもちかけられる、この文法的矛盾を、どうすればよろしいのでしょうなア」

わざと剽軽《ひょうきん》にいったものだから、「無礼もの！」重役一同、またまた静粛かつ静聴。

「けしからぬ歌が、ひとりでに生まれて、はやるはずはない。仕掛けたやつがいるはずだ。最初に唄ったのは、たぶん、女だ。そいつをみつけて、痛めつけてやる。二度とこんなけしからんことが出来ぬようにしてやる！」

さすがは山階逸男、ただものではない。昭和の東京にきて日はあさいのに、みるべきところはちゃーんとみぬいている。

「そのけしからぬやつを、どうやってみつければよろしいのですかな？」

東京だけでもとてつもなく広いのに、けしからぬやつらが東京にいるとはかぎらんでしょう、東京の外から攻めこんできているかもしれない、簡単にみつかりますかな——梅田重役の質問には山階逸男の計画を軽蔑する調子があった。

梅田重役の質問をききながら、四方修二は首をかしげている——これは、さっき山階相談役がクサカベミヨコを追い出したことに関係があるのではないかな、はっきりはしないが、なにか、そんなような——

「梅田重役、わたしを軽蔑してはいかん。計画は練りあげてある、狩りをする」

「狩り……?」

「ヤマト・レコードは、あのけしからぬ歌のレコードをつくって売りだす、と発表する。歌手はクサカベミヨコではなく、一般から募集する、声に自信の女性よ、ふるって応募すべしと大々的に宣伝する」

「わかった!」

四方修二がさけぶ。

「応募してくる女のなかでいちばんじょうずに唄うのが、あの、けしからぬ歌をはやらせたやつだから、そいつをつかまえる、そういうわけですね、相談役?」

「おお、才は沈黙にあり。四方部長は希有の存在ですな!」

ほめられたが、四方修二はうれしい気はしない。レコード会社がそんなことをやっていいのか、こいつはひとつ、アヤに相談しなくてはなるまい。おれはレコードとチコンキならわかるが、レコード会社のことはアヤのほうがよく知っているんだから。林専務と梅田重役は狂気乱舞。

「レコードは飛ぶように売れ、人民はしずかに、だまってレコードを聴く、それでこそ聖なる昭和の御世《みよ》というもの」

山階逸男の得意気な顔――いかがですかな法皇雅仁さまよ、あなたの計画もここまでですよ、くやしかったら、ここまでいらっしゃい！

山階逸男のおそるべき洞察力は、はるか平安の時代から昭和時代を操作しようという法皇雅仁の大計画を察知したばかりか、計画そのものの息の根を止めようとしている。

（9）

クサカベミヨコはヤマト・レコード専属歌手第一号の名誉の地位を追われ、いちじは途方にくれたが、そこは元来がしっかりもの、復讐と保身の計画をたてるに時間はかからない。

「ケンニさんにお目にかかりたいのですが……」

「ケンニ……？　そんなものは、ここにはおらんぞ」

「おかしいわネ。ここはケンペイ隊でしょ？」

「いかにもここはケンペイ隊のケンゴ分隊。あれーッ、あなたはたしか、カフェー黒竜江のクサカベミヨコさん！」

「あらまあ、だれかとおもえばケンサンさん！」

「ケンサンじゃないよ、大山三郎だよ」

「なつかしいワ、みなさまお元気でいらっしゃる？」

「一同全員元気いっぱいで皇国の安全と繁栄、そしてグンブの名誉のために一身をささげる毎日であります！」

「じゃ、ケンニさんは？」

ニセ・ケンペイのケンサンはあれこれと指をおってかんがえた結果、ミヨコのいうケンニとは最年少ニセ・ケンペイの宍戸六平太のことだと見当をつけた。

「宍戸隊員なら、ただいまは隊長とともに市内探索に出動」

「ケンニさんもはりきっているのねエ」

「ケンニじゃない、宍戸六平太！」

ケンサンの抗議もミヨコには通じない。

「いいのよ、ケンサンさん、あんたは気にしないでいいの。さーて、それじゃあたし、ここで待たせていただくワ」

秋葉原のガード下のニセ・ケンペイ隊室の椅子に黒貂《くろてん》コートの女——珍妙なる取り合わせだが、ミヨコは平然たるもの。

「ねえ、ケンサンさん。ケンニさんはまだお嫁さんはきまっていないんでしょう？」

許可もなしにドカドカと隊室にすわったミヨコの排除——ケンサンのやるべき仕事の第一はこれだが、なにせ、はなしがいきなり「お嫁さん」になったものだから、ケンサンは任務もわすれてミヨコの話にのった。

「ミヨコさんにふられたのが、よほどこたえたんだね、あれは。一生を独身ですごすんだと宣言して、いまじゃ仕事第一の鬼ケンペイだよ。ちかぢか、でっかい表彰をうけるだろうと隊長もいわれている」

「かわいそうに。でもね、もう心配はないのよ。あたしがお嫁さんになってあげるんだから」

そこへもどってきたケンペイ二番のケンニこと宍戸六平太に、ミヨコはむしゃぶりつく。

「あたしといっしょになって東京で暮らすのよ。ねえ、ケンニさん、いますぐにケンペイなんかやめて、結婚よ！」

「うるさいッ、かえってくれ。おれはミヨコなんか、ミヨコなんか大きらいなんだ！」

「なにをいうのよ、ケンニさん。いっしょになってくれ、いっしょになって江差でニシンをとって暮らそうって、あんなにたのんだのはケンニさんじゃないのサ！」

「あのときはあのとき、さ。おれはもう、女なんか大きらいになったんだぞッ」

ケンペイ隊室にはどうにもふさわしくない雰囲気になってきたから、隊長ケンゴもよわりきって、

「まあまあ、ここはまず、お客さまのミヨコさんから先に言い分をきこうじゃないか」といった。

(10)

ケンゴ隊長が自分から先にたって隊長室に案内したのは、ふたりのあいだをまとめようとか、きれいに別れさせよう、なんていうものであるはずはない。

パチーンとドアをしめ、ミヨコの身体を壁ぎわにおしつけ、

「おいッ、ここはケンペイ隊だ。地獄どころか、地獄の三倍はおそろしいという評価もあるんだ！」

「ケンゴさん、そんなおそろしいこと、いわないでッ」

「なぜヤマト・レコードから追い出されたのか、さっぱりと白状してしまえ！」

さすが、隊長ケンゴ、ミヨコがヤマト・レコードを追われたのはよくよくのこと、大変な理由があるにちがいないと、きびしく狙いをつけていた。理由がなくても突っ込んでゆく、それがケンペイのケンペイたる所以、理由ありとにらんだからには放っておくはずがない。

「さあ、はやく吐きやがれ！」

ケンゴが突っ込む。ミヨコはガタガタふるえ、コレコレシカジカと吐いた。コレコレシカジカといったところで、ミヨコには罪の記憶はぜんぜんないんだから、ヤマト・レコード相談役の山階逸男の非道無道を涙ながらにうったえるだけ、

「ひどいったら、ないのよ、ケンゴさん、きいてちょうだいな」

「ヤマシナハヤオ……」

「ケンゴさん、知らないの？」

「知らない名だが、どこかできいたことがあるような、ないような」

「とてもこの世のひととはおもわれない、それはそれは、おっかしなひとなのよ」

山階逸男の名は『平家物語』や『吾妻鏡』には登場してこない——だろう——が、警察組織に脈々とつたえられる記憶には、平清盛に法皇雅仁《まさひと》の追放をもちかけてことわられ、それならばと源頼朝をそそのかして平家打倒を計画した物騒きわまりない人物として明確に存在している。

「おカネがたくさんあって、その気になれば日本じゅうのレコード会社を買い取るのもオチャノコサ

イサイなんですって。それからネ……」

ミヨコはベラベラとしゃべる。ケンゴはきいているが、よほどイライラするんだろう、ひっきりなしに指でテーブルをたたいている。

トントントン、トトトン、トーントントントン――あっ、これはモールス信号だ！

ケンペイ一番のケンイチがとなりの部屋に待機していて、ケンゴ隊長のモールス信号を受けている
――ヤマシナハヤオ・ヲ・カンシ・セヨ・タダシ・ヤマシナ・ニ・テキタイ・スルナ・カレ・ハ・ミカタ・ニ・ナルベキ・セイリョク・ナリ。

ミヨコにすべてをしゃべらそうと、こんな手間をかけている。

とは知らないミヨコの、しゃべること、しゃべること。

――ツウシン・オワリ・タダチ・ニ・コウドウ・セヨ。

――リョウカイ・リョウカイ・タダチ・ニ・コウドウ・ニ・ウツル。

三人のケンペイ、すなわちケンイチ、ケンサン、ケンシはミヨコに気づかれぬように裏口から出動してゆく。

「おーい、宍戸ケンペイ、こっちに来いッ」

ケンゴ隊長によばれた宍戸六平太ことケンペイ二番のケンニがはいってくると、

「宍戸ケンペイは、このクサカベミヨコと結婚せよ。以上、命令であるッ」

「そんな、ひどいことを、隊長！」

「命令である。さらに第二命令、ふたりは隊内に居住すべし！」

「まッ、ケンゴ隊長って素敵ねッ。あたし、まえからわかっていたのよ！」

ミヨコは、宍戸六平太ことケンニにとびつき、首をかかえて、もうなにがあっても放さないワとか、こうなるのも前世の約束なのヨとか、おもいつくかぎりの決まり文句をケンニの耳にふきこんでいる。

ミヨコの包囲からのがれようとケンニは必死にもがいているが、そのケンニを救おうともせず、「そうだッ、その調子だ。ミヨコ、おまえたちは何があっても離れてはいかん、いや、離れられないんだ！」

と、ケンゴ隊長は宣告し、部下のあとから出動する。

八ノ章　法皇の密使　狩出し作戦

（1）

世はみだれている。

コクタイという、ききなれない言葉がさかんにいわれるようになった。

コクタイをまもるのが良い国民で、コクタイについて無関心を表明したり疑ったりするものはわるい国民、非国民だということになってきた。

コクタイを漢字にすると「国体」である。

グンプやケンペイはコクタイという霞《かすみ》を食って生きているから、コクタイの乱れは死活問題だ。それでは、世がみだれているなら人心もみだれているのかというと、これが意外に、みだれていない、やわらかな状態を維持していた。

「♪ナンノ掟があるものか」や「♪もどれないのかナ」の大流行こそ人心がやわらかく、かつ正常であることの証拠にほかならないし、これがレコードに吹きこまれないのも人心穏和のしるしといえた。

掟は厳然と存在するのである、もどってはならん、われらはひたすらに前進あるのみ——なんていいだしたら、それこそ人心硬直と荒廃のきわみだが、まだそうなってはいない。

「ただいま東京で流行している歌はどのようなものか」と法皇雅仁《まさひと》が平安時代から質問してきたので、藤原資徳《すけのり》は「目下の流行は『♪野崎小唄』や『♪上海リル』『♪二人は若い』『♪船頭可愛いや』などであります」とこたえ、熊野牛王の起請誓紙に楽譜と歌詞を写して、送った。

レコードを送れないのが残念だが、法皇のそばには乙前《おとまえ》がいる、楽譜さえあれば再現は容易だ。

すぐに、返信。

――「♪二人は若い」のレコードはディック・ミネと星玲子《れいこ》の合唱だそうだが、乙前が、このディック・ミネとは男なりや女なりや、知りたいと申しておる。至急返信せよ。

――ディックとは欧米人の男におおい名前であります。「♪二人は若い」を唄うディック・ミネは正真正銘の日本男児らしゅうございますが、欧米の雰囲気を出すためにディック・ミネと名乗っておるようです。

――乙前が苦情をいっておる。声のいい今様《いまよう》唄いの女がみんな東京へ出ていってしまったから、平安京にはろくなものは残っておらん、資徳がうらめしい、と。それからまた、今様を正しく唄える男がいないので、多々丸に唄わせてみたが、多々丸の歌はひどいものだね、と。

法皇からの書簡を登利丸と獅子丸にみせると、「多々丸には気の毒なことばかり」と登利丸、「ディック・ミネと比較されては多々丸さんもかなわないよ」と獅子丸。

「雅仁さまはおよろこびになっておられる。とくに『♪二人は若い』の歌はよろしい、このような歌がはやるのも『♪ナンノ掟があるものか』や『♪もどれないのかナ』の好ましき影響であろう、とおっしゃっておられる。獅子丸という男、さすがは宮廷楽人の将来に絶望して今様唄いの仲間にとびこんだだけのことがある、ほめてやってくれ、ともおっしゃっておられる」

「身にあまる光栄、とおつたえください」

「承知した。さて、つぎの昭和今様をつくらねばならんな、獅子丸よ。たしかに人心はいま平静を維持しているともうしてよいが、人心ほどもろいものはない。ほんのわずかの隙をつかれても、ホチョートレッ、になってしまう、油断はできぬ」

「そのあたりの事情が、すこしずつわかってまいりました。人心というものは自分の歌を唄っているあいだはいいが、他人の歌を、他人の歌だけを唄うようになってくると腐敗してしまう、そういうことのようですな」

「いかにも！」

藤原資徳は獅子丸の肩をたたいて信頼と同感をしめした。

「こんどは、どの歌をおえらびになるか、当ててごらんにいれましょうか？」

「当たるかな？」

「見当はついておるのです」

ピアノの蓋のほこりをはらって、「ひさしぶりだなア」と、ポロンピロンやっていたのが、やがてメロディーになり、獅子丸は目をほそめ、気分がいいようだ。

ポロン、ピロン、ピョロピョロピイーン。

「おおっ！」と資徳。

「いかがです」と獅子丸は得意顔。

「それだ、それだ、その『♪波も聞け』なんだよ。どうして、わかったのかな？」

〽波も聞け　小磯も語れ　松も見よ
われをわれという方の　風吹いたらば
いずれの浦へも　なびきなむ

「先日から、この『♪波も聞け』や、ほかの歌をくちずさんでいらっしゃいました。おまえなら何をえらぶかと質問されれば、この『♪波も聞け』とおこたえするつもりでした」

「わたしと獅子丸の気持ちがおなじになった、心強いぞ」

「すこしずつ、手をつけてはいるのです」

「いつまで待てばよいか」

「あと三日……」

用意ができているだけに、こんどははやかった。

〽波よ聞いてヨ　わたしのこころ
氏もそだちも　えらびはしないワ
ただひとこと　おまえこそ
いってくれれば　わたしのあなた
〽磯よ告げてよ　おいらのこころ

顔やかたちは　問題外サ
ただひとこと　あなたこそ
いってくれれば　おいらのおまえ
〽松よ　語れヨ
明日は知れない　かぜまかせ
待っているのヨ　待っている
風が吹くのを　荒れるのを

「結構。節のほうは？」

獅子丸がピアノにむかってピロンポロン、ピョロピョロポーン。

「言葉ははげしいが、メロディーはしずか。〽モンダイガイ、がハイカラな印象」

登利丸がポツンといった。

「しずかな節だから、言葉のはげしさが際立《きわだ》つ。悪くないよ、獅子丸。これまでの最高」

「気がかりがひとつ」

「なにが？」

「雅仁さまや乙前さまのお気に入るか、どうか」

「気遣いは要らん」と、資徳が断言した。

「平安時代と昭和とでは、おのずからの相違がある。昭和では昭和の今様歌をつくればいい、いや、昭和の歌でなくてはならぬ。それが雅仁さまのお好みだとおもってさしつかえない」

「わたくしのやりかたで、よろしい?」

「もちろん!」


おでん屋の養女のユウコは新宿にちかい村の大百姓の家で、住み込みの女中になっていた。農閑期にはこの家の女房が裁縫の師匠になって、娘たちがあつまってくる、それがねらい。娘たちといっしょになって、茶を入れたり座敷のかたづけをするあいだにユウコが「〽待っているのヨ　待っている」をたった一回口ずさんだだけで、そのつぎにはもう新宿から市内に逆流して、東京じゅうのはやり歌になっていた。

(2)

ユウコが、やすみの日に音羽の家にやってきて、

「登利丸さん、あたしはね、怒ってるのよ!」

「なにを……」

「ひどいじゃないの、あたしにだまって、あたらしい歌をはやらせるなんて!」

「あたらしい歌……なんのことかね?」

ふくれっつらのユウコがいうには——裁縫をならいにくる娘たちがあたらしい歌を唄っている、まるでおぼえのない歌だからレコード新譜をしらべたが、どのレコード会社の作品でもない。そこで、これはてっきり資徳たちがあたらしい歌をつくって、仲間の少女に唄わせたのだ、このユウコにも知

らせないなんて、ひどいじゃないの！

登利丸は額の皺《しわ》をそのままに、「そんなはずは、ないんだが……」

「あらア。それじゃまるで、このユウコがうそつきみたいなことになるじゃないの！」

どんな歌なのか、唄ってみなさいといわれたユウコが、にぶい決断のあとで唄いだした。

〽**わたしのワの字は　わかれのワの字**
あんたのアの字は　あきるのアの字
それでいいのよ　ワの字とアの字
テンポは軽快。

「ここまでなら、問題はないのよ」

「はやく、そのさきを」

「それが、ねえ」

エーイ、もう、どうなったって、あたしゃ知らないからねッ、といった調子でユウコは先を唄った。

〽**それでいいのよ　ワの字とアの字**
ナンノ掟があるものか
「！……」

「？……」

「……？……！……」

「あたしが怒るのも無理はないでしょ！」

「唄うのは裁縫をならいにくる娘さん、だけかね?」

「よくは知らないんです。でも、裁縫の娘だけじゃないのはたしかですよ。げんにですね、今朝もあたし、新宿の駅で、これ唄ってる若い衆をみましたから」

「若い衆……娘だけではないね?」

「ユウコよ……」

藤原資徳が口をはさんだ。登利丸よりは貫禄のある声である。貫禄とか、貫禄の相違という言い回しを理解するには資徳と登利丸の声をききくらべるのが手っとり早い。

「その若い衆の、顔をみたんだね?」

「はい。でも、あのー……」

その男に見覚えはないかとたずねられた、とユウコはおもったらしい。

「いやいや、その男の顔はどんな様子であったかね?」

「まず、娘にさわがれるような様子ではありません」

つまり、ユウコ好みの男ではないということ。はなしが合わない。

「いい男か、どうかではなくて、どんな顔色であったのか、と」

ユウコの興味は、男の顔色なんかにはないらしく、

「しまりのない、アッケラカンとした顔色」

「アッケラカン……幸福そうだった、のかね?」

「幸福なんでしょう。なにしろ、おかしな歌を鼻唄で唄ってるんですから」

「じっくりかんがえなくては、ならんな」

即座に藤原資徳は、「♪ワの字とアの字」の歌の流行度の調査を登利丸と獅子丸に命じた。

数日してわかったところでは、「♪ワの字とアの字」の歌はざっと百人に一人の割合で唄われている。「♪ナンノ掟があるものか」や「♪もどれないのかナ」「♪波よ聞いてよ」にはおよばないものの、相当の勢いである。

（3）

「レコードにはなっていない、それはたしかなんだね？」

「まちがいなく」

「作詞者、作曲者の名は？」

「不明。だれがともなく、どこからともなく」

「断言していいのか、どうか……」

藤原資徳の顔には、いくらかの躊躇と、かくしきれない微笑。

「替え歌だ、『♪ナンノ掟があるものか』に替え歌ができた。替え歌ができたのは本歌《ほんか》が東京の民の胸の奥底に根をはやした証拠といえる。根が生えて花が咲いた、それがこの、なんともお粗末、かつ、あっぱれなる『♪ワの字とアの字』の替え歌だ。東京の民が自分の歌をつくって唄いはじめた」

「よろこんで、いいのですな？」

「よろしい。といって、ここでやすんでは、なんにもならぬ。人間のこころほどもろいものはないのだから」

ユウコをはじめ少女たちには、あらためて登利丸から事情が説明され、おもてだっての祝いはしないが、それぞれ勝手に祝いをやってくれ、とのことである。

カフェー黒竜江のサワにも、登利丸から、各自で祝賀せよと連絡があった。開店前のカフェー黒竜江はしずか、サワの瞑想を邪魔するものはなにもない。「♪ナンノ掟があるものか」に替え歌ができた、替え歌ができたのはいいことだと藤原さまはおっしゃるそうだ。

あの歌を最初に唄ったのはわたしだ。だから、藤原さまがよろこんでいらっしゃるというなら、わたしの喜びでもある。自分はカフェー黒竜江に住みこんで歌を唄うだけだ。それほどの仕事をしたとはおもわれないが、よくやったとほめられると、うれしい。

それぞれのやりかたで祝いをせよと、藤原さまから指示があった。わたしは、どうしようかな？　祝いをしなくてはならないという想いが重い気分をさそって、サワは憂鬱になる。いつものように歌を唄って、客に酒を注いでまわって、腰や股をさわりにくる客の手をうまくはらいのけて、そうそう、いつものようにするのがサワにふさわしい祝いなんだよ。

そうときめて、二階から下のフロアーに降りようと——、

——だめだッ、サワ、降りるな。下には危険が迫っている！

(4)

ケンニこと宍戸六平太とクサカベミヨコとの強制結婚がきっかけで、ケンゴ隊長と山階逸男とのあいだに提携が成立した。

法皇雅仁が奏楽の伝統を否定しようとしている、それを阻止するためにはまず源氏をそそのかして平家打倒に決起させなければならないとかんがえて平安時代からやってきたという逸男の打ち明けばなしにケンゴ隊長は、「つまりはあんたは『♪ナンノ掟があるものか』や『♪もどれないのかナ』などという怪しからぬ歌がはびこる当世を正さねばならんというわけだろう?」

「そのとおり。法皇雅仁さまの手先として、おれとおなじように平安時代からやってきているのがあの藤原資徳だと、おれはにらんでおる。まちがいはない」

「やっぱり、古漬のタクアンめ!」

「タクアン、なんだ、そりゃ?」

「タクアンを知らんのか、おどろいたな。まあ、タクアンのことはいずれわかるとして、あの藤原資徳が『♪ナンノ掟があるものか』を計画的にはやらせたか、でなければ、歌の流行に乗じてこの世を乱そうとしているにちがいないと、おれはみる」

「きみもそうかんがえていたのか」

ふたりは同時に膝をすすめ、

「法皇の手先が藤原資徳、その資徳の手先がこの東京に多数潜入しておるはずだ」

「それを、まず捕まえる」

「むずかしい、一筋縄ではいかぬ」

「われに名案あり、さ」

山階逸男は藤原資徳の一派を「狩り出す」計画を説明した。

「ワナにかける、なるほど。しかし、あれだなあ、平安時代だかなんだか知らないが、悪事にかけちゃあ、あんたも相当なものだ」

ケンゴ隊長に指摘され、山階逸男は酸っぱいものが胸につかえる気分。

法皇雅仁さまが今様歌なんていう下品なものに血道をあげさえしなければ、なにも自分がわざわざ平安時代からやってくることはなかったのだ。

目のまえにいるケンペイ隊長、気が合うには合うが、しょせんは武者、こんな武者といっしょに危ない橋をわたらずにすんだものを。だが、いまは感傷に耽る時ではない。

（5）

ケンペイ隊あそびのケンペイ隊との提携はうまくいったが、ヤマト・レコードの重役連中は複雑な反応をみせた。

ニセ、デタラメとわかっているプランによろこべるものではないが、といって反対すれば山階逸男が「資本をひきあげる」と脅しをかけてくるのは、これまたわかりきっている。

クサカベミヨコがいなくなったいま、ニセのレコード製作発表で藤原資徳一派を「狩り出す」のはヤマト・レコードにかぎらなくてもいいわけだから、弱みは逸男ににぎられている。

「相談役、レコード製作を発表しておいて、それがはじめからニセだったとわかると、ヤマト・レコードの信用はガタおちですぞ！」

「心配するな。ニセモノだなんて、だれにもいわせぬ、ここだけのはなし」

山階逸男が、すごんだ。ケンペイ隊との提携についても重役のあいだだけの極秘事項としなければならぬと、山階逸男はきびしく釘をさした。

「だれもしゃべってはならぬ、そういうことですな」

「さよう、掟である」

梅田重役があわてて口をおさえた。山階逸男が「掟である」といった、その「掟」の連想から、「ナンノ掟があるものか」の文句がのどから出かかったにちがいない。

林重役が身体をピクンとふるわせたのは、「ナンノ掟があるものか」がおもわずしらず口走りかけたのを、必死で止めたものにちがいない。

四方修二もおなじで、ゲップを呑みこむ真似でごまかして、のどを締めた。

「相談役さん、しかしですな、資徳一派を摘発して痛めつける、そのあとからならば『♪ナンノ掟があるものか』や『♪もどれないのかナ』をレコードにしてもさしつかえはない、そういうことになりゃしませんか？」

そうだ、そのとおりだッ――林重役や梅田重役は、鬼の首でも取ったように興奮している。

「そうだよ、四方部長。なにしろ、レコード会社がレコードをつくらなくてはレコード会社とはいえないからねェ！」

「当たるな、これは！」

山階逸男は狼狽したが、狼狽をみせるのはまずいから、じーっと耐えて、

「そう、それでいいわけですよ」

重役一同に迎合して時間をかせぎながら、山階逸男はしばしの思案――理屈はたしかにそうなるから、これはひょっとすると、おれの負けかもしれない。だが、負けかもしれないとおもう反面、そんなはずはないという気もする。

というのも、藤原資徳一派のことを新聞で大々的に報道させれば世間はおびえるのが目にみえているから、「♪ナンノ掟があるものか」のレコード化案そのものがオジャンになるはずだ。たとえレコードになったとしても売れるわけがない。

となれば、そこで自分の意地は貫徹される――よしよし、これでよし。

「諸君、とにかく実行です」

「えーと、まってくださいよ。わが社がレコードを出すためにはまず藤原資徳一派を狩り出さねばならんと、そういうことですな？」

「林さん、そういうことになるんですよ」

「どうも、なんかこう、余計なことをやっているような気がしてならないんですがねエ……」

「林重役は、この山階がいうことに不満がある、とでも……？」

「とんでもない。ただ、なにか、こう、余計なことのような気が……」

「余計なことではないかと疑う、それがそもそも余計なことだと、自分でおもわないのかね、林重役

は？」

「われわれはいま、言葉遊びをやっているのでしょうか？」

「疑うものは計画に参加しなくてかまわないが、ただし……」

梅田重役が山階逸男の肩を抱きかかえるようにして、

「相談役さま、林重役は不満があるわけではないのです。ただ、経営に責任を負うもののひとりとして、事業をすすめるうえには経費の節約という問題を無視できないわけでして……」

カネなんか――山階逸男は苦々しい思いにならざるをえない。

山階逸男がその気になれば、カネなんか、いくらでも調達できるのに、カネをだしてもおもいどおりになるものではないのは平安も昭和も変わらない。それがくやしい、じれったい。

「ヤマト・レコードの一大事業、すこしぐらいの経費膨張は大目にみる！」

山階相談役が承知してくれるなら重役一同としても異議はない、ときまって、いよいよニセ・レコード作戦の開始。

（6）

宣伝、宣伝、またまた宣伝。新聞は書きたてる、ビラがまかれ、ポスターがところかまわず貼ってある、どこにいっても奇抜な新レコード製作のはなしでもちきり。街の美観をそこね、かつ人心をまどわすゆえに怪しからんという理由でヤマト・レコードはこっぴどく叱られ、ポスターやビラは撤去を命じられるはずだが、それがそうならない。その筋に手をまわしているからだ、藤原資徳は正確に判断した。

いずれ妨害の動きは出ると予測していたからおどろかないし、仲間の女がこんな幼稚な手に乗るはずはないと信頼しているから、不安もない。時間と手間をかけ、えらびにえらんだ今様唄いの少女たち、レコード吹き込みなんかに興味をもつはずがない。彼女たちは歌の種をまくほかには、どんなことにも興味をしめさない。

ところが、その予想がはずれるとは、まさか資徳のおもいもよらぬことだった。

ナミヨという少女、これは小学校の教師の娘を藤原資徳がさらったのだが、「♪もどれないのかナ」の替え歌を自分でつくってはやらせた事実が判明した。

そういうことをしてはならんと、藤原資徳は指示していなかった。

だからナミヨには、悪いことをした意識はない。

「♪ナンノ掟があるものか」の替え歌ができたときに藤原さまはおよろこびになった、それなら次には自分がと、すすんで、「♪もどれないのかナ」の替え歌をつくった。善意と仕事熱心のあまりの結果なのだ。

ナミヨの持場は銀座だ、昼間の銀座をあるいて花を売りながら、歌を唄う。ときには鼻唄で、ときには大きな声をはりあげて唄う。ナミヨが歩きながら唄うと、ナミヨのまわりに人垣ができることもある。声もいい、姿もいいナミヨの流し目に、男も女も、フラフラッと魅入られる。そのナミヨが「♪もどれないのかナ」の替え歌をつくったという。

ナミヨが替え歌をつくったと発覚したのは、こういう次第であった。

サワが「うれしいわネ、『♪ナンノ掟があるものか』のつぎに、こんどは『♪もどれないのかナ』の替え歌ができたそうよ」といった。そこにいたナミヨが、

「サワさま。あれ、じつは、わたしがつくったんですよ」

ほこらしげに、もらした。サワは登利丸を通じて藤原資徳に報告してきた——これは悪いことだとおもいます、わたくしたちは歌の種を蒔く、歌の花を咲かせるのではないはずです、と自分の見解をつけて。

（7）

藤原資徳は当惑した。放っておいていいものか、どうか、咄嗟の判断がつきかねた。

「放っておくわけにはいかないでしょう、サワが承知しませんよ」

登利丸にいわれて資徳の決心がついた。

「みんなを、あつめてくれ」

音羽の家に全員があつまった。全員が一度にあつまったのははじめてだ、重大なことがおこったか、これからおこるんだと、みんな感じている。

藤原資徳はナミヨの名前を出さずに「♪もどれないのかナ」の替え歌のことを話した。「♪ナンノ掟があるものか」のときとは事情がちがい、仲間のひとりが替え歌をつくってはやらせた事実についてうちあけ、われわれは歌の種を蒔く、歌の花を咲かせはしないと宣告した。

「藤原さまは卑怯だわ、ずるいワ！」

さけんだのはナミヨであった。

「替え歌をつくったのはあたしだ、ナミヨだって、なぜおっしゃらないんですか！」

「ナミヨちゃーん！」

サワがたしなめたが、ナミヨはもう、自分をおさえるよりは、事実のありのままを打ち明けるほうに熱中していた。

「わるい気はなかったんです、ええ、なかったの。エイコちゃんていう、カフェーの女中をしている子と友達になって、そのエイコちゃんが『♪もどれないのかナ』を楽しそうに唄っていたの。唄いながら、「歌詞の意味はよくわからないんだけど、あたし、この歌が大好きなのよ」って、ニッコリ笑うんです。それであたし、ついフラフラッとなっちゃって、〽もどれないのかナ、あのお布団に、布団にもどってゆっくり寝たい、って唄っちゃったんです」

それを我慢しなくてはいけなかったのですか——ナミヨの声には痛切な訴えがある。

ほかの女は、するどい視線を藤原資徳にむけている——自分がその場にいたら、どうなっていたろうかという深刻な疑いから発する視線でもある。

「ナミヨを叱るわけではない。ただね……」

あとがいえない、いうことがない。

妨害がはじまった、これまで以上に警戒しなければならない、きみたちが逮捕されるのはどうしても避けなくてはならない——そこまでいわなければ納得してくれないと、わかっている。

そして、それをいえば、彼女たちを誘拐して平安時代の京につれていき、今様歌の稽古をつけたいきさつにもどって告白しなければならない。事実を告白すれば恨まれるだろうが、それは仕方がない。資徳がおそれるのは、事実の告白が彼女たちの安全や幸福につながるとはかぎらない、そのこと。

「ナミヨを叱る気なんか、ぜんぜんないんだ。ただ、これからは歌の花を咲かせることはしないと、どうか約束してくれまいか。きみたちは、その、特別な女なんだから……」

どうか約束してくれ——資徳は祈る。目をつぶって、祈る。

「あたしは、イヤ！」

ナミヨが叫んだ。

「特別の女なんかでなくって、あたし、かまわない。ふつうの女でいいのよ。声なんか良くなくっても、かまわない。男が寄りつかなくっても、かまわない。ひとりで、いい。ふつうの女で、ふつうに唄いたい！」

その場が凍結。藤原資徳は口を「へ」の字の形にしめて、ウンとうなずいた。

ナミヨひとりでおわるか、ほかの女が同調するか？

ナミヨは孤立した。それでも凛然として、立っている。

資徳はゆっくりとナミヨにちかづき、

「おわかれだ、ナミヨ、ごくろうだった」

「ごめんなさいッ、藤原さま！」

「いいのサ、泣くのはおよし。登利丸、あとはたのむよ」

奥の部屋に消える。


ナミヨはふつうの今様唄い女にもどる。板橋から中山道を西に、平安時代の京にもどる。

「京に着いて、その先はどうします?」

「多々丸と栗王丸がかんがえてくれる。高崎で、多々丸がナミヨにいうんだろう……ここをまっすぐにもどれば東京だよ、お父さんとお母さんが待ってるよ。東京にもどるか、京にゆくか、ナミヨの好きなようにすればいい。おれは東京には付いてゆかないが、それでよければ……ということになるんだろうね」

「もどれますかな、ナミヨは、ふつうの女に……?」

「気がつよい女だからね」

「さぞお怒りでしょうな、ナミヨを」

「憎いよ」

「なのに、彼女を罰しない、なぜですか?」

「なぜ、なんだろうね。特別の女になるのがイヤだという女をはじめてみて、感動したから、かな?」

「ナミヨのほかの少女たちは特別の女になる道をえらびましたな」

「それもまた、おもしろい」

ナミヨは京都へもどってゆきましたと報告をうけたあと、資徳はナミヨの今後について方策を立てる。

拉致してきた少女たちのうち、気の強さではナミヨが一番であった。

気の強さが替え歌事件のもととなったのは疑いない。

そして、ナミヨの気の強さと、ちかごろ東京のあっちこっちで、市民の口からさかんにいわれるコクタイと、なにかしらの関係はなかろうか？

突飛ではあろうが、といって、関係はなしときめつけるわけにもいかぬ――そんな気がふっとして頭からはなれない。資徳自身、数か月前から、自分とコクタイとまったくの無関係ではないような気がして、悩ましい時間をすごしたこともあったのだ。

政府やグンブがコクタイの音頭取りをしているのはまちがいないから、つまりは政府やグンブのいうとおりにかんがえ、発言するのがコクタイ遵守《じゅんしゅ》であった、コクタイという言葉をみたりきいたりするたびに眉をひそめるのがコクタイを大切にしないしるし、こういう分け方になる。

――わたしはコクタイには似合わないが、いざとなれば平安京へ逃げてもどって法皇雅仁さまの袖に入れていただければ身の安全はまもれる。

――ナミヨも、身の危険を感じたのだろうか？

――まさか、それはなかろう。ほんの子供だ、そして女だ。

ナミヨの姿、声の高低、今様歌の唄い方、ふるまいの特徴、そんなことをおもいだしていると、ほかの少女たちとの相違といったものが浮かんできた。

ひとくちにいうなら、自分にふさわしい言葉と姿勢の、カタチというか、イロ、ニオイ、そんなものをきっちりと知って身につけていて、他人と似ないように気をつけている、そういう少女なのだ。

——わたしは、声の筋の良さ、それだけを基準に拉致の対象をえらんできた。だからナミヨに嫌われたのも気づかぬままだった。

——法皇さまと乙前さまが、ナミヨのこころと、からだを、ゆっくりあたたかく包んで、お守りくださるように！

（*8*）

ヤマト・レコードビルは女の大群に包囲された。

「大軍」と書いた新聞もあったが、多人数のちからをたのんで何かをやろうというのではないから「大軍」はまちがい、「大群」が正しい。

レコード歌手になって暮らしをたてる悲願に燃えている様子の女もおおい。

だが、そういう姿ばかりではないのがむしろ異常であった。とにかく自分の声をレコードに吹きこみたい、レコードになるのがうれしいだけで朝からつめかけている、そういった雰囲気の女がすくなくない。

〽アジ　サバ　イワシ、イカにクジラに、

〽**右も左もうごけないのサ、行き止まり**

てんでんばらばらの発声練習で、巨大な声の渦巻き。女があつまるから男もあつまる。

男の群れのなかには登利丸がいる、様子をさぐりにきたのだ。登利丸の顔色は複雑だ。当惑というのではないが、といって歓喜でもない、複雑としかいいようがない。

「おそれいったな。いやもう、今様唄いなどというだけでは威張れたものではなくなってきたわけだ」

どの女もじょうずに歌を唄う、いや、じょうずすぎる。サワやハナエやヨシエの上をゆく連中がざらにいるのだ。なぜなんだろう——ポカーンとしていた登利丸は、まもなく納得した。「♪ナンノ掟があるものか」や「♪もどれないのかナ」や「♪波よ聞いてよ」には楽譜もレコードもない。カフェー黒竜江ではじめてサワが唄ったのが本歌ということになるが、このように唄うのが正しいという原典はない。その場の様子と気分によって自分なりに唄えばいい、いや、そのように唄うしか方法がない。いい、じょうずとへたをわける基準がない。自分の気分で唄って気分がよくなる、それが最高の歌唱表現である。

この日、ヤマト・レコードにつめかけた女たちはだれもみないい気分をあじわっていた。顔色がいい。いくらか上気しているが、下品に興奮しているわけではない。

ビルディングのなかで審査がおこなわれている。番号をよばれてはいっていった女が、しばらくして、出てくる。落第だから出てきたが、失望の様子はない。

「くやしいなア、ラクダイ……」

そういう言葉に、言葉ほどの失望の調子がない。

「せっかくだから、ここでお弁当にしましょうか」

「あなたもラクダイ、あたしとおんなじ。そうそう、あたしもお弁当にしようーッと」

地面にすわりこんで、見知らぬ同士の、唄ったり、しゃべったり。

「あしたもここへ来ないこと？」

「あした……さア」

「好きなんでしょ、唄うの」

「大好きよ、そりゃあ、もう！」

「だったら、ねえ、あしたも来ましょうよ」

「ウフフ、来ちゃおうかしら。でも、うちには何ていえばいいのかな」

「あのねえ、いい考えがあるのよ。一次審査にパスしたから、こんどは二次審査をうけなくっちゃならない……」

キャーッ、ヒャーッの歓声があっちこっちにあがって、それがあっというまに「♪もどれないのかナ」の大合唱やら発声練習になる。彼女たちは唄っていればいい。歌手の審査なんかどうでもいい、というわけでもないが、とりあえずはここに来て、唄うのが悦び。

登利丸は納得した。納得を超えて、いまは感激している。

「藤原さまはおよろこびだ。京の雅仁さまに、一日もはやくお知らせしたい。乙前さまにも、はやくよろこんでもらいたい！」

（9）

ヤマト・レコード株式会社のビル、五階の重役室、相談役の山階逸男、重役の林も梅田も技術部長の四方修二も、ニセ・ケンペイたちも全員がウンザリ、グッタリ。

「ざっと八千人」

梅田重役が窓の外を見下ろし、憤然の口調。

部屋には女が五人まとめてよびこまれ、ピアノにあわせてひとりずつ、「♪ナンノ掟があるものか」か「♪もどれないのかナ」のどちらかを唄うテストに挑んでいる。朝からずーっとこれだから、聴きたくもない、見たくもない。

へたくそだから聴きたくないのではない。おしかけた女たちは——じつはこれがヤマト・レコードの連中にとっては大誤算であったのだが——全員、じつにうまく唄う。

山階逸男の計画では、藤原資徳一派の女はとびきり上等の声と節まわしで唄うはずだから、すぐに発見できるはずだった。じょうずに唄う女が資徳の一味とかぎったわけではないが、それはニセ・ケンペイが得意の身元調査で、たちまち区別できる。

それが、どうだ、女はみんな声がよく、節まわしは絶妙、資徳一派の女なのか、ふつうの歌好きの女なのか、ぜんぜん区別がつかない。

新人歌手募集を途中でやめるわけにはいかないから、この調子なら、すくなくともむこう三週間は朝から晩まで「♪ナンノ掟があるものか」や「♪もどれないのかナ」のテストにつきあわなくてはならない。それを思って梅田重役が、もう部屋のなかには目もくれたくない気になるのは当然至極である。

といって、それなら、窓の外の光景がこころをやすめるのかというと、これがまた大変な具合だ。ビルディングのある築地の一帯、大通りも横丁も、声に自信のある女でびっしりとうまっている。

ヤマト・レコードの重役連中がこの女の大群に分け入る勇気があれば、数の割にはおそろしいものではないとわかるのだが、その勇気はなく、ただただあきれ、おびえている。ヤマト・レコードの内外に敵がおし寄せている。

築地は千代田の城から遠くはない。その築地に、これほど多くの女の大群がおし寄せているのにグンブやケイサツがだまっているのは、ニセ・ケンペイのケンゴ隊長がその筋に手をうっているからだ。築地の一帯が少々さわがしくなりますが、この聖なる御世に混乱をおこそうとする不逞《ふてい》のやからを一網打尽にやっつける作戦です、しばらくは見て見ぬふりをねがいます、と。

八千人はおおいが、さわがしいというほどではない。秩序紊乱《びんらん》というには、しずかすぎる。もしもヤマト・レコードが、二週間もつづくテストに恐れをなし、「テスト中止」と発表しようものなら築地の一帯は大騒動、「少々さわがしく」どころではなくなるのだ。テストを中止するわけにはいかない、藤原資徳一派を「狩り出す」可能性はゼロにちかい――これではたまったものではないが、ヤマト・レコードはまさにその耐えがたきものに耐えねばならない。それにしても、八千人の女の大群！

(10)

「重役一同に報告ッ」

ケンペイがにぎやかに出入りするようになってから、ヤマト・レコードの社員の物の言い方やうごきが急にあらっぽく、下品に、紋切り型になった。それを相談役の山階逸男は、掟がうまれてきた好ましい兆候なりと、うれしがっている。

「重役一同に報告、テスト応募の女性の数は今日よりは明日、明日よりは明後日と増加すると予想されます。以上、報告おわり！」

「なにをッ、なにをいうんだ！」

「わたくしはただ、予想される事態の……」

「おかしいじゃないか。いいか、今日はこれまでに二百人ちかいテストをやった、夕方には六百人にはなるだろう。残りの数は減少こそすれ、増加するはずはない。これは簡単な算術計算だよ」

「算術計算はそれでいいのですが、応募者には通じないのであります」

「なぜだ？」

「いちどテストをうけた女たちのほとんどが、くちぐちに『またあしたも来ようネ、きっとヨ』なんて約束しているからであります。報告おわりッ」

ガッタン――ピアニストが椅子からすべりおちた。腰をさすり、痛そうに顔をしかめている。腰の痛みよりは、明日になってもテスト応募者が減らないという深刻な予想からくる神経の痛みであろう。

林重役はおおきく、ポカーンと口をあけ、足元はすでにふらついている。四方修二は放心状態。さすがに山階逸男だけはしっかりしている――ようにみえて、

「ゆるさぬ。これが、ゆるせるものか！」

椅子の肘をにぎりしめて、さけんでいる。ピアニストが気をとりなおして椅子にもどり、ポロンピー

ンピイロピョロピイーン、応募者は声をはりあげ、

〽あれが本当サ　あの子にこの子

いっておやりよ　おとなにゃなるな

山階逸男の勇気も、ここで枯れた。

(11)

ニセ・ケンペイ隊はひまをもてあましている。

ヤマト・レコードの新人歌手募集に名をかりた「藤原資徳一派の狩り出し作戦」におけるケンペイ隊の担当任務は、山階逸男が「うますぎる、これはアヤシイ」と見当をつけた女の身元を追跡調査することだった。

楽しい仕事になるのが予想されたから、ケンゴ隊長をはじめ隊員一同おおいにはりきってビルディングの別室にひかえたのだが、いつになっても山階逸男から「アヤシイ女、発見、尾行せよ」の指示が送信されない。

築地の一帯に約八千の女の大群、本来ならばニセ・ケンペイ隊は本物のケンペイのような顔をして勇んで鎮圧出動しているところだが、今日の件については、その筋にたいして事前の諒解をとってあるので、出動するには至らない。

ヤマト・レコードの重役連中が疲労困憊のきわみにあるのはわかっているが、そうかといって、か

わってニセ・ケンペイ隊が手を出すわけにはいかない。

窓の外には女の大群がおしよせているのを知っているのに、手も足も出せない。危険な敵ではないとわかっているから放置しておいてもいいが、人民が五人あつまったら疑惑の目をひからせよと教育されたニセ・ケンペイとしての習慣はいまや本能になっている、イライラしてくる。


「隊長、これは、どうなるんでしょうか？」

「大山ケンペイ、おれにもわからんさ。しかし、おどろいたよ、レコード歌手になりたい女が、こんなに多いとは、なあ！」

「隊長、自分はくやしくて、ならんのであります！」

「なにが？」

「女にくらべて、男どもの、なんとだらしのないことか。グンジンにしてやるから志願してこいと、いくら募集しても、志願してくるものの数といったら、なさけないほど少ない。この現実が、大山ケンペイはくやしくてならないのであります！」

「うーむ。そりゃ、まあ、レコード歌手とグンジンとをいっしょにするわけにもいかないが」

レコード歌手とグンジンとを、魅力および立場の観点で比較すればどういうことになるかなど、いささか場違いの論争にふたりがふけっているところへ、心身の疲労に耐えられなくなった山階逸男がやってきて、

「たすけてくれ、なんとかしてくれよ、ケンペイ諸君」

「といって、計画そのものは提携の条文どおりにすすんでいるのだから」

「これが、予定どおりと言えるものか。窓の外を見てみろ、八千の女だぞ、しかもこの八千の女のなかから藤原資徳一派の女を摘発する可能性はきわめてうすいときている。はずれもはずれ、計画はみごとにはずれた！」

「なんともいえんぞ。なにしろ八千の大群だ、藤原資徳一派の女のひとりやふたり、まぎれこんでいないと断定するのははやい」

「理屈では、そうなるが……」

「最後までやらぬうちは、あきらめてはならん！」

ケンゴ隊長、率直な心境。

みごと成功すれば、この聖なる昭和の御世《みよ》の乱れを正しておみせする――その筋と約束したのだ。ここで山階逸男にあきらめられてはおおいに困る。

「このわたくしとしても、あきらめたくはない。とはいえ、この人数ではどうにもならない。隊長さん、この八千の女の大群を、さわぎをおこさずに退散させる手はないものかね？」

「歌好きの女たちがレコード会社をとりかこんでいる、蟻が砂糖のかたまりにあつまったのとおなじだ、簡単にはいくまいよ。まあ、雪でも降ってくれれば……」

「ユキ……？」

山階逸男は窓の下にはしって、空をみあげる。

「雪やコンコン、降ってくれ！」

悲鳴みたいな叫びである。

そこへはいってきたのが、さっきのヒラ社員。

「報告いたします、事態は重大な様相を呈してまいりました！」

「事態」とか「重大な様相」とか、文字にするとまことに勇ましい感じだが、ヒラ社員の報告の口調には勇ましいところはぜんぜんなくて、疲れはて、消えんばかりにかすれている。「！」の強調記号についても「消えそうな、せつない感じ」と、わざわざ注記する必要があるくらい。一同、ウンザリして重役室にもどり、ヒラ社員の報告をきかねばならない。

重役室のとなりでは、ピアニストが目もうつろ、指が勝手にキイをたたいてポローンピョローン・ピョロピョロピョーン。応募者の女の声だけがはりきって、

〽焼いて食おうと　食うまいと
　ナンノ掟があるものか

ケンペイも参加して重大報告に耳をかたむける。

ヒラ社員の報告によれば、なるほど事態は重大をきわめている。女がワンサとあつまっているのがこの東京の築地だとばかりおもうのはおおまちがい、浅草・神田・上野・吉原など、人出のおおいところには女があつまって、「♪ナンノ掟があるものか」や「♪もどれないのかナ」、そのほかの流行歌を唄って楽しんでるそうだ。

「さては、他社が我が社の真似をやりだしたな！」

「いいえ、そういうことではなさそうです」

「そうでは、ない?」

「新人歌手のテストではないのです。我が社のテストをうけた女が家にもどる途中で唄う、それを別の女が囲んで唄ううちにいつのまにか大きな輪ができる、といった次第のようです」

「ケンペイは、どうしたのかね。浅草や神田は作戦の区域のなかには入っていないはずだが」

「ケンペイもケイサツもグンブも、とくに手は打っていないようです」

「何人ぐらいの……?」

「それぞれ五百人、というところですな」

五百人ぐらいの女の歌の輪が東京のあっちこっちにできている、ということらしい。

「東京だけではないらしいのです。たとえば鎌倉にも」

「カマクラ、神奈川県の、あのカマクラ……?」

九ノ章　昭和十一年二月二十五日　東京の夜は清冽に更《ふ》ける

（1）

鎌倉、鶴岡八幡宮。

境内の池は太鼓橋で東西にわけられ、東を源氏池といって島が三つ、西が平家池、これまた島をうかべるが、こちらの池は四つで、三は〈産〉に通じて縁起がいいから源氏を、四は〈死〉に通じて不吉だから平家を意味するという、合理的で源氏贔屓にかたよった呪術の設計。

ながい参道には石灯籠がたちならび、不信心のものでも歩をすすめるうちに厳粛な気分がたかまるようにと、ありがたいご配慮。

やぶさめ馬場をつっきったあたりの横手、舞殿をかねた下拝殿がある。

時代のふるい旅ごろも、それもかなり傷んだのを着た女がひとり、小枝を片手にゆったりと舞い、唄う光景、昭和の神奈川県の鎌倉の鶴岡八幡宮だとはとうていおもえない。

〽しずやしず
しずのおだまき　くりかえし
むかしを　いまに　なすよしもがなア

「いいぞ、ネエチャン。もっと、やれよ！」

「しずやしず、ばっかりじゃ、しずかすぎていけないね。ほかの歌も唄ったら、どうだろうね。『♪上海リル』とか『♪ナンノ掟があるものか』とか、さ」

「だまれ、この野郎ッ。ここは神社の拝殿だぞ、そんな下品な歌を唄うわけにゃいかねえってことは、このネエチャンがよくご存じなんだ。なあ、そうだろッ、ネエチャン？」

神聖にして厳粛なる神社の境内である、神官が出てきて歌姫と群衆を追いはらう。

すると歌姫、抵抗もせず、うやうやしく一礼のあと、拝殿におりて参道に出、かえろうとする。

その後を追いつつ、群衆は、「ネエチャン、もういちど唄っておくれよ。神官のばか野郎なんか、ここまでは追ってきやしないよ」とせまる。神聖なる神官のことを「ばか野郎」などというのはもうしわけない次第だが、群衆の切望の声である。

歌姫は足をとめ、唄う。

〽しずやしず
しずのおだまき　くりかえし
むかしを　いまに　なすよしもがなア

唄い、舞いおわってあるきだすあとを、ぞろりぞろりと群衆が追う。この二、三日、こういった光景がつづいているそうだ。

「この二、三日？」

ニセ・ケンペイ五番ケンゴ隊長がつっこんで、きいた。

「はあ……」

「わが社の大計画とは関係がないのかな？」

「その女こそ藤原資徳《すけのり》一派の一味なのではありますまいか！」

（2）

ヤマト・レコード梅田重役が勇む。相談役の山階逸男《やましなはやお》も、勇む。

「かもしれぬ、とはおもうがね。それなら、なぜ鎌倉だ、なぜ東京じゃない？」

「なーるほど」

梅田重役は半分納得、半分は不審の顔。

「えーと、ですね、鎌倉の八幡宮で、『〽しずやしず』の歌というと、これはあれではありませんかな、なんてったかな？」

おもいだせないじれったさに、四方修二が頭をかきむしる。

そのあいだにも新人歌手募集大作戦のテスト、ピアノがポロンピョロンポロポロピョーン、声自慢の女たちが入れかわり立ちかわり、

〽**あなたはあなた**
わたしはわたし
ナンノ掟があるものか

梅田重役が身体をのりだして修二をはげます。

「四方部長、おもいだしてくださいよ。きっと大事なことにちがいないんだ！」

「えーっと、あれですな。場所は鎌倉の八幡宮、歌は『〽しずやしず』……とくると、これはあれなんですよ、あれだ、もちろんコレではなくてアレなんだ。うん、だれでも知っている、ほら、アレですよッ」

「たとえば、常識といったようなもの？」

「常識。知らないと教師にばかにされる……アーッ、そうだ、義経だ、弁慶だ、静御前《しずかごぜん》だ！」

「あぁッ」と梅田重役。

「あれか！」と林専務。

「なーるほど」とケンゴ隊長。

ひとり山階逸男相談役は怪訝《けげん》の表情。

「ヨシツネとは……？」

「相談役さまは歴史にはくわしくないのでしたな。義経ですよ、源義経、九郎判官義経ですよ。源頼朝の弟、幼名は牛若丸」

「ああ、頼朝の弟、ヨシツネ、牛若丸……そういえば知っているよ、知っているどころじゃないね、頼朝が伊豆に流されたあと、弟の牛若丸の行方がわからないので京はおおさわぎ、このわたしなんかも、もしや牛若丸をかくまっていやせぬかと家宅捜索なんかやられてね、あれはじっさい不愉快なものさ」

おわりの「家宅捜索は不愉快」のところでケンゴ隊長がピクリと眉をうごかして、つっかかる。

「神聖なる公務なのだ。不愉快とかなんとかいっても、そんな地方のタミの気分なんか気にしていたら、なにもできやしない！」

山階逸男もだまってはいない。

「公務かなんか知らんが、不愉快は不愉快だね……そうだッ、あの家宅捜索もさだめし、京の法皇雅仁さまがわれわれ楽人へのいやがらせにやったことかもしれん。うーん、法皇さまよ、いいかげんになさってくださいい！」

「まあまあ、相談役さま、お怒りはわかりますが、いまとなっては済んだこと」

「まあ、それはそうだ。しかし、そのヨシツネと鎌倉の八幡宮の女と、いったい何の関係があるのか？」

「静御前という女は義経の、その……、つまりオメカケですよ」

ごぞんじないのですか、の文句が出かかったのをケンゴ隊長は無理しておさえる。山階相談役の歴史知識のひくさは知っていたが、まさかこれほどとは！

「ヨシツネがオメカケ、信じられないよ。あいつはほんの子供だ、牛若丸だよ、牛若丸のヨシツネがオメカケなんか持って、どうする気なんだ。オメカケじゃなくて乳母のまちがいじゃないのかな、乳母ならはなしはわかるよ」

「静御前が義経の乳母だなんて、冗談じゃないですよ！」

「ひどい、ひどすぎる！」

ケンゴがケンペイ隊長の威厳をもって断をくだした。

「山階さん、みんなのいうとおりだ。静御前が義経の乳母であったなどというのは、ひどすぎる。静御前は九郎判官義経の愛妾であった、これはうごかすことのできぬ国史の常識であるよ」

（3）

山階逸男は四面楚歌。雲行きがおかしい。

鎌倉の八幡宮におけるあやしき歌姫をこそ問題とすべきなのに、重役会議の議題はいつのまにか、逸男の歴史知識のでたらめさを全員がよってたかって証明する方向にすすんでいる。

「なにもわたしは、静という女が義経の愛妾であってはならんと主張するものではない。愛妾であってもよろしい、いや、たぶん、妾なのであろう。そこで、さて、その義経の愛妾がなぜ、どうして単身で鎌倉にあらわれて歌を唄い、舞うのであるか……」

「ああ、それが歴史なんですよ。そういうことになっている、だから歴史である……」

ああ、また歴史だ、歴史の常識だ！　林重役が説明にかかる。

「義経は兄の頼朝と対立して、破れ、排斥された。後白河法皇にうまく利用されたのだという説もあるが、ともかくも頼朝に排斥され、逃げなくてはならない。そこで静御前とふたり、手に手をとって、えーと、あれは熊野だったかな、それとも吉野、ああそうだ、吉野だ、吉野の山のなかを逃げまわるうちにはなればなれ、静は頼朝に身柄を拘束される、悲痛、哀切」

「それだッ、それが雅仁《まさひと》さまのやりかたなんだ！」

「とらわれの身の静は鎌倉にひきたてられ、八幡宮の拝殿で舞い、唄わされるのです」

「鎌倉に？　おかしいな、頼朝が流されたのは伊豆だよ、伊豆と鎌倉ではだいぶはなれているじゃないか?」

「いいのです、鎌倉でいいのです」

山階逸男に歴史の常識をおしえているときりがないから、林重役はかまわず、先をいそぐ。

「静は舞いと歌の名手ですから、さあ、ここで唄ってみよ、というわけです」

「イヤ味な男ですな、頼朝は。そのはなしになるたびに、わたし、おもうんです」

「イヤ味ではあるが、その気がわからないでもない。憎い弟の愛妾をひっとらえ、さあ、ここで唄え、舞えと命令する、こりゃ、まさに快感そのものでしょう」

「そのまえに頼朝は、義経の行方を白状せよと静にせまったのではなかったですか?」

「ああ、そうだった」

「そうです。あたしはイヤです、どうしてもイヤです。義経さまの行方など存じませんとつっぱねる静を無理矢理に拝殿にのぼらせると、仕方なく、静は唄い、唄う」

〽しずやしず

しずのおだまき　くりかえし

むかしを　いまに　なすよしもがなア

林重役の声はダミ声である。

ところが、この場合、ダミ声がじつにいい効果を発揮したのは「〽なすよしもがなア」とのばすところなんか自分の声に酔っているようで、ほんとうにいい感じだ。ピアニストは手をやすめ、二十人ばかりの応募者も唄うのをやめて、林重役が唄うのに聴き入った。

「すてきだわア、義経と静御前のラヴ・ローマンス！」
「歌詞がいいわネ」
〽しずのおだまき　くりかえし
むかしを　いまに　なすよしもがなア
林重役が唄うのを手本に、ピアニストが即興にピョロンポロン、ピンパンピョロリンリン。そこでまた、山階逸男とケンゴ隊長をのぞく全員の混声合唱。
〽しずやしず
しずのおだまき　くりかえし
むかしを　いまに　なすよしもがなア
「やかましいッ、テストをつづけろ！」
「はいッ」
ピアニストは、もうやけくそ、バローン・ドカーン・ディカディカダーン！
山階逸男は「やかましいッ」と怒鳴ったが、じつは、このピアノのほうがよっぽどやかましい。しかし重役室の雰囲気としてはこのほうがふさわしい感じでもあるから、慣れというのはおそろしい。
バローン・ドカーン・ディカダーンの、伴奏というよりは騒音のなかで、
「静という女は義経の行方を知らない、つまり義経は遠くに逃げたのであったな。どこであったかな、あれは……」
知ってはいるのだが度忘れしてと、山階逸男はごまかしたつもり。

「奥州の平泉に逃げ、そこで戦死したということになっているが、なーに、死んでなんかいるものか、津軽の岬から大陸に高飛びしたんだという説もありまして、これがなかなか……」

「大陸……？」

「ユーラシア大陸」

「インド・中国・シベリア・ロシア・アフガニスタン・イラン・イラク・トルコ・チベット……きりもなくひろいから手におえない」

「上海かもしれないし、ね」

「上海にリルという女がいるんですが、じつは静御前なのかもしれない」

「満州かもしれないよ。そして義経は黒竜江をわたって、シベリアで静と合流する」

山階逸男が目をキラキラかがやかせ、ガバーッと席を立った。

「それだッ、それにちがいない、カフェー黒竜江だ。よめたぞ、藤原資徳の作戦が。あいつはカフェー黒竜江を陰謀の巣にしているんだ。声がいいので評判の女給のサワこそ、静御前の世をしのぶ姿にちがいない！」

ケンゴ隊長の目も山階逸男と同様にキラキラとかがやきだした。危険きわまりないかがやきである。

——サワよ、きこえるか！

——サワよ、そこは危険だッ、降りるな！

——サワよ、二階へ戻れ、二階の窓から外へ、はやく、はやく逃げろ！

（4）

ニセ・ケンペイのケンゴ隊長は以前からカフェー黒竜江をあやしいとにらんでいた。そしていま、山階逸男もあのカフェーこそ藤原資徳の陰謀の本拠だとみぬいた。ふたりのねらいの焦点がカフェー黒竜江に合わされた。こんな危険な状況はあるまい。

ケンゴ隊長と大山ケンペイ、ふたりしかいない控室で、ひそひそ声はケンゴ。

「いいか、宍戸ケンペイの隊内居住命令を解除する」

「ばんざーい！」

「シイーッ。大声を出すな」

「これがよろこばずにいられますか。宍戸ケンペイとクサカベミヨコのふたりの純愛がみとめられて正式に結婚できるなんて。隊長、ケンペイ一同を代表して感謝もうしあげるのであります！」

「バカモン、だれが正式な結婚をゆるす、などといったか！」

ひそひそ声の叱責、これは意外と迫力がある。ケンサンこと大山ケンペイは、クシュンとなる。

「おゆるしになるのではない……それなら、なぜ？」

ひそひそ声をもっとちいさくした声でケンゴ隊長が説明するので、はなしの中身はよくわからないが、

「隊長、それは本当ですか！」

ケンサンこと大山ケンペイの驚愕の声が部屋いっぱいにひびいた。

「おおきな声を出すなというのに……」

「もうしわけありません。しかし、まさか、本当に本当なのですか、隊長？」

「おれのいうのが信用できぬと……」

「いいえ、そういうことではなくて……」

「上司の言葉に疑問をもつなと、あれほど教育されたのをわすれるはずはない」

さあ、行けとせかされて出てゆくケンサンこと大山ケンペイの驚愕の表情は消えない、あおざめている。足もふらふら、幽霊の家出みたいだ。

「おかしいな。なにかあるぞ、これは……」

ビルディングの横から偵察していた登利丸が、ふらふらしながら出てゆくケンサンこと大山ケンペイの姿をみて、つぶやく。

登利丸の観察では、五人のニセ・ケンペイのうちでいちばん純情なのがこのケンサンこと大山ケンペイだ。

ケンニこと宍戸六平太とクサカベミヨコが「結婚せよ、そして隊内に居住せよ」と命令され、それがじつは秘密を外に漏らさぬための拘禁措置にほかならないと知ったとき、いちばん胸をいためたのもこのケンサンこと大山ケンペイだった、そういう情報もつかんでいる。

純情ケンペイのケンサンこと大山ケンペイが顔色も青ざめ、ふらふらと出てゆく——おかしい、なにかあるぞと登利丸の警戒感覚がうごきだしたのも無理はない。

ビルディングの外は女の大群で十重二十重に包囲されている。ケンサンこと大山ケンペイが幽霊の家出みたいな足取りで大群を抜け出るのは容易なことではない。

あっちの女にぶっつかって、

「まッ、スケベイ！」

こっちの女の背中に顔をぶっつけて、

「キャーッ、気持ち、わるいッ」

こんな調子だから、登利丸がケンサンこと大山ケンペイのあとをつけるのに苦労はないが、さむいのには閉口する。さむいといえば京もさむかった。さむい京にくらべれば東京はあったかいから、さむさに弱い身体になった。これで京にもどると辛かろうな、なんておもいながらケンサンこと大山ケンペイを尾行する。

（5）

――ケンペイ三番ケンサンこと大山三郎は、浅草にゆくはずだ。登利丸は見当をつけている。

藤原資徳も、「かれらがカフェー黒竜江のサワに気づくのは時間の問題だね、油断はできないよ」といっていた。

拘束され、拷問されれば、サワは仲間のことを吐いてしまうだろう。拷問に耐え、秘密をまもって死ぬのが素晴らしいことだなんていうのは今様《いまよう》唄いの美学ではない。

ケンサンこと大山ケンペイは北にむかっている。

――おかしいな、浅草は東なのに？

数奇屋橋から左に折れ、新橋から市電に乗った。田村町・虎ノ門・溜池をすぎ、六本木でケンサンこと大山ケンペイは降りた。まっすぐ霞町にすすめば歩兵第三連隊、右は歩兵第一連隊。

――こりゃあ、おかしいぞ？

ケンペイがグンブの駐屯地を見てまわるのは通常の任務、顔をひきつらせることはない、幽霊の家出みたいにふらふら歩く必要はない。大山ケンペイは第一連隊と第三連隊のあいだの道を通って青山一丁目に出、近衛歩兵第三連隊の北側を通って赤坂見附からまた市電に乗った。

ケンサンこと大山ケンペイの四、五人あとから登利丸も電車に乗ったが、乗ってすぐ、「やられた！」と、登利丸の声にならない絶叫。

登利丸のあとから中年の男や女学生が四、五人乗ってきて、そのあとにつづいた目のするどい青年、こいつにはかすかに見覚えがある、おれを尾行しているんだ。

ケンサンこと大山ケンペイを尾行したつもりの自分が、じつは尾行されていた！

ゾクゾクッときたのは、さむさではない。

――もうしわけありません、藤原さま！

満員にちかい電車のなか、危害をうけるおそれはないが、電車を降りてからどうするか、かんがえなくてはならぬ。

――いいか、登利丸よ、おまえも平安京では名を知られた人形回しじゃないか、こんなことでへこたれて、たまるものか！

――かんがえろ、頭をつかえ！

――おれは、おびきだされた、これはまちがいない。おれが藤原資徳さまの一味であるのは察知されてしまった。あいつらは今様唄いの女を発見できなかったが、かわりに、人形回しの登利丸を発見した。

――しかし、ケンサンこと大山ケンペイがあのビルから出たのは、おれをおびきだすだけの目的ではない。あの足つきは尋常ではない、青ざめた顔はふつうではない、大型爆弾みたいな、なにかしら重大な秘密を知っている顔だ。ということは――いいか、ゆっくりかんがえるんだぞ――おれをおびきだして身分を確かめるのと、もうひとつ、その、なにかしら重大なことをやるのと、ふたつのことをやるためにケンサンこと大山ケンペイは築地のビルディングを出て、連隊駐屯地をあるきまわったわけだ。

――フフーン。すると、だな、おれのあとを尾《つ》けてきた、あの青年ケンペイはどうなんだ、知っているのか、大型爆弾みたいな重大秘密を？　顔色をみれはわかるはずだが、あいにくなことに、登利丸も青年ケンペイも進行方向左側の席にすわっているから、顔をみられない。身体をねじればみえないこともないが、そうすると、気づいているのを気づかれてしまう。

(6)

日がくれ、さむさのためにブルブルッと震えがきた。ふところに手を入れると、

――あれッ、なんだ、おれはこんなものを持っていたんだなア。

人形回しの舞台に手がふれた。クシャクシャッと折りたたむと着物のふところにおさまってしまう

ぐらいの、簡単な仕掛けの舞台だ。それをひきだし、膝にのせた。

危険な状況にいる自分をわすれたわけではない。わすれるどころか、おそろしくって仕方がない。恐怖を一時でもわすれたい気持ちから、というのがいいんだろう、登利丸は膝のうえで人形回しの舞台をくみたてる。

「つぎはミヤケザカ……」

ガッタン、ゴットン——数奇屋橋まではまだ間がある。

舞台をくみたてると、つぎには人形を回してみたくなる。クルリクルリクルクル、歌は唄わないが、クルリクルとまわしているうちに恐怖がうすれてきたのがわかる。

電車から降りて、どうするか、名案がうかんだわけではないが、とにかく恐怖がうすれてきたのはわるくない。ほんの一分か二分のみじかい時間だが、人形回しに没頭したので、登利丸には三十分ほどにも長く感じられた。

気づくと、おおぜいの乗客が登利丸のまえにあつまっている。横にすわっていたはずの老人も立ってきて、くいいるようにして人形回しに見入っている。

「いや、これは、その……」

顔に血がのぼったのがわかって、はずかしい、てれくさい。

「おもしろいものですな。なんというか、とても今の世の人形とはおもわれない」

吊り輪にぶらさがり、

「ほんとうにねエ。ずーっとむかし、これに似たような人形回しを観たような気がするんだが、あれは、どこだったかなア」

ガッタン、ゴットン——背伸びしてのぞきこむ男。

「ねえ、あんた。あたしゃ数奇屋橋までゆくんだけど、それまで、ずっとやっておくれよ」

「そうだ、そうだ。なーに、車掌さんに叱られることはなかろうよ。チョイト、車掌さんよ、かまわないだろうね？」

「ええと、さようですな。車内で人形回しをやってはならんという規則はきいたことがないから、まあ、いいでしょう。ただし、オカネのやりとりはいけませんよ、収益事業になりますから」

「オカネなんて、そんなこといっちゃ、このひとに失礼だよ」

登利丸はすっかりうれしくなった。そうだ、いっそのこと、と思いついて、

〽ナンノ掟があるものか
玉の盃　まわせよ　まわれ
呑んで呑ませて　呑ませて呑んで
グイッと呑もうと舐めようと
ナンノ掟があるものか

サワが唄ってはやらせたのはゆるいリズムだが、ここでは人形の滑稽なうごきにあわせる必要があるから登利丸は、〽チョイチョイチョイットー　ハアー　チョイチョイと速い調子でやってのけた。車内は爆笑また爆笑、あたたかい空気も満ちてきた。ガッタンゴットンも騒音ではなくて、伴奏のリズムになった。

「いいものだねエ、ほんとうに。活動写真なんかより、このほうが好きなんだよ」

「数奇屋橋で降りずに、もっと先までゆこうかな」

（7）

スキヤバシ——あっ、そうだッ、青年ケンペイはどうしたのか？

青年ケンペイは登利丸の顔に頭をくっつけるようにして、人形をのぞいている。尾行しているのを気づかれていないとおもっていやがるんだろう、癪にさわるやつだ。

ケンサンこと大山三郎ケンペイは——いた、いた。ただひとり、はじめの席にすわっている。顔はいよいよ青く、幽霊の問屋みたいで、にぎりしめた掌を膝においているが、よくみるとブルブルふるえている。うーん、わかったぞ、青年ケンペイはなーんにも知らないんだ。知らないから、こんなに震えているんだ。

「スキヤバシ、スキヤバシ……」

ドヤドヤッと、ひとが降りる。

ケンサンこと大山ケンペイのすぐあとにつづいて登利丸は降りた。登利丸の背におおいかぶさるように、青年ケンペイが降りる。

「おい、ケンペイさま！」

ふたりのケンペイが、同時にビクッとしたのがわかる。いっしょに降りた客は顔をしかめて、やーだねエ、といった顔つき。登利丸は青年ケンペイに正面きって向きあい、

「きみは知らないだろう、知らないはずだから、おれがいってやるよ。おれのうしろにいるきみの上官は重大任務をおおせつかっているのに、それをきみにいわずに、おれを尾行させたんだよ。あの上官はきみを信用していないんだよ。上官に信用されないなんて、つまらんとはおもわないのかね？」

青年ケンペイはみるみるうちに悲しそうな顔になった。

「大山ジョウカンッ、この男のいうのは本当なんですか。つまり、ぼくを信用していないというのは！」

「なにをいうのか、安岡ケンペイ。そいつは敵だぞ、非国民だぞ、非国民で敵でもあるもののいうことを鵜呑みにしてはならん！」

青年ケンペイ、すなわちケンイチの姓は安岡だ。

「はあ。ではありますが、信用されていないとは、いかに大山上官の部下とはいえ、重大問題です、個人としての意地の問題でもあります！」

ソーラ、おもしろくなってきた。

「個人とか、意地とか、それはおまえ、危険思想の用語だぞ！」

「そんなことはありません。森の石松も個人の意地です、大石良雄も西郷隆盛も……上官は西郷や大石や石松が個人の意地ではないともうされるのですか！」

「そりゃ、無茶だよ」

「無茶でもいいのです。上官、いってください、重大なる任務とは何でありますか！」

「いえといっても、おまえ、それが無茶というもので……」

ケンサンこと大山ケンペイは進退きわまった。

「ぼくを信用なさっているなら、どうか、いってください、証拠です」

「ほらほら、大山さんよ、かわいい部下が涙をながしてたのんでいるんだ。部下を可愛がる気があるなら、重大任務について知らせてあげるべきだよ」

言い捨てて、登利丸は逃げだした。

（8）

数奇屋橋から省線電車の有楽町駅の方角に逃げた。勤め人があふれている、逃げやすい。

「安岡、追えッ」

「はいッ」

追いかけっことなると、ひごろきたえているケンイチこと安岡ケンペイに分がある。ガードの下までくると、ケンイチの足音がきこえるまでに追いつめられた。

——こっちに逃げたのはまずかった。どうせ捕まるにしても、一歩でも浅草に近いところで捕まるべきだった。浅草まで逃げれば、カフェー黒竜江のサワに危険を知らせられたのに。

顔が火照《ほて》るのは後悔の気持ちのせいか。

オデン屋がならんでいる、客の姿はみえず、不景気らしい。

どこかに飛びこんで、かくまってもらおうか、迷いつつ小走りしていると、ガラガラッとガラス戸のあく音がして、いきなり片腕をつかまれた。

「放してくれ、追われているんだ！」

小声でいうのもかまわず、男——男らしい——は強いちからで登利丸をオデン屋にひきこもうとする。

——オデン屋の裏が敵の陰謀の本部で、そこへひっぱりこまれると、山階逸男の拷問が待っているんだ、おれは捕まったが、サワにはなんとかして逃げてほしい。

「いいんだよ、登利丸、おれだ、おれだ!」

ささやく調子の声。

「おれ……?」

店のなかにつれこまれ、裸電球のあかりで相手の顔を見たら、

「アアッ、多々丸!」

「安心して休め、先は長い」

オデンの鍋から威勢よく湯気があがっているが、客の姿はない。鍋のうしろで小皿をガチャガチャとあらっていた女が、ふりかえって、

「イラッシャーイ……ふふふ、登利丸さまア」

「ナミヨ!」

「もどってきちゃったワ。東海道で京へ、京から中仙道に出て、それからまた中仙道を京にかえり、こんどは東海道で東京……ずいぶん長い旅をしたのに、登利丸さんとおわかれしたのが、つい昨日みたい」

「もどってきたのかア」

「登利丸さん、あたし、ぜーんぶ、わかったのよ」

オデン鍋の横で多々丸が目をパチパチやっている、照れかくしの癖だ。

「ナミヨはなにもかも知ってるよ。つまり、藤原さまやおまえや俺とおなじように、ぜんぶ知っている。旅を急いだものだから」

「平安時代へ行ったり来たりの秘密がぜーんぶわかっちゃったわ。でもね、登利丸さんは心配しないでいいのヨ、サワさんやハナエちゃんやヨシエちゃんに会うことはないし、もしばったり顔が合っても、あたしが自分で名乗らないかぎりは気づかれることはないんだから」

「藤原さまは？」

「よろこんでいただいたわ」

（9）

多々丸がナミヨをつれて東京に潜入する、この筋書きを書いた栗王丸が決心した。

ニセ・ケンペイ隊と山階逸男とのあいだに提携が成立し、われらの大計画にたいする妨害が強化されるのはもはや避けがたい……云々の密書が東京の藤原資徳から京の法皇雅仁にとどいた。

登利丸と獅子丸は奮闘しているが、手が足りない、多々丸の援助をおねがいするわけにはまいりませぬかと、資徳は率直に依頼した。

多々丸の存在が貴重きわまりないものであるのは充分にわかっている資徳だから、胸を痛めないわけにはいかなかった。栗王丸に万が一のことがあったとき、栗王丸のあとを継いでかしらになるのは多々丸なのだ。その多々丸を、危険な東京に呼びだして働いてもらう。

法皇雅仁はまず、乙前《おとまえ》の意見をきいた。

「資徳がこのようにもうしてきた。どうすれば、よいのかな?」

「君《きみ》のおかんがえが、すべて……」

「しかし、今様唄いや人形回しの将来をおもえば……」

「かれらの将来などとは、君のお言葉とおもえませぬ」

「わたしがかれらの将来をかんがえるのがおかしい、とでも?」

「おかしゅうございます。なぜともうせば、かれらはすでに、はるかに遠い将来の、昭和時代の東京に出かけて働いているのではありませぬか。かんがえるより先に、われらの仲間はすでに将来に生きているのですよ」

にこやかに、乙前がいった。

「そうであった。これは、いかん。おまえにはかなわぬな。また、やられたよ」

法皇雅仁から栗王丸に意見がつたえられると、

「いずれはと、覚悟しておりました。さっそく多々丸を行かせましょう。そしてこの栗王丸は、京の留守番の暮らしにはいります」

ナミヨは栗王丸のはなしをきくと、

「東京にもどります。父や母のところにではなく、サワさんやハナエちゃんやヨシエちゃんのいる東京にもどって、いっしょに唄います!」

「もどるのはよろしいが、サワたちに会うわけにはいかないよ、秘密を知っているのはおまえだけだから。それでも、いいかね？」

一瞬、ナミヨは沈黙したが、やがて唇をかんで、

「サワさんたちには会わずに、東京の、ふつうの女の子として多々丸さんといっしょに働く、それならいいのですね？」

「それで、かまわない。なーに、秘密をいわなければサワたちに会ってもいいのだよ。ただし、誓ってもらわねばならんが」

「誓います」

「だれに、誓いを……？」

「乙前さまに、誓います」

ナミヨは決然といい、つけくわえた。

「東京にゆけばふつうの女の子ですが、ほんとうのナミヨは今様唄いの女なんです、だから乙前さまに誓うのです」

栗王丸と多々丸が顔を見合わせた、ナミヨはすごい女になったものだなと、驚嘆の確認。

東京にやってきた多々丸が有楽町のガード下にオデン屋を開いたのは、ここなら千代田のお城に近いのと、築地のヤマト・レコードを見張るのに便利がいいという藤原資徳の判断からである。

「登利丸さんの人形回しを見ていたら、京や栗王丸さまをおもいだして、なつかしくて！」

「あれをみていた？」

「気がつかなかった、でしょ」

長いエプロンをパーッとぬぐと、なんとまあ、ハイカラな女学生の姿のナミヨが笑っている。電車のなかで、背伸びして登利丸の人形回しをのぞきこんでいた女学生はナミヨだった。

数奇屋橋の停留所で登利丸がケンサンこと大山ケンペイとケンイチこと安岡ケンペイを挑発しているあいだにナミヨはオデン屋にもどり、登利丸が逃げてくるのにそなえていた。

(10)

ケンサンこと大山ケンペイは、ケンイチこと安岡ケンペイに登利丸を追わせたあとも、しばらくは数奇屋橋の停留所に立ち、下車した乗客が散るのを待っていた。「このひとは私服のケンペイなんだってさ、イヤだわね」という声にならぬ声、表情にならぬ表情にさらされる予想が憂鬱だったから。

大山ケンペイは、叫びたい衝動をおさえるのに苦労している。

――ぼくはほんとうのケンペイではないんだ、ケンペイごっこをやっているニセ・ケンペイなんです！

しかし、その言葉を口にすれば、どんなにおそろしいことになるか、これまたよくわかっている。ぼくはニセ・ケンペイ――これが本物のケンペイやケイサツの耳にはいったら最後、東京の街はあるけない。

大山ケンペイは築地にむかってあるきだした。

ケンゴ隊長にうちあけられた重大任務が胸に重い。

生来が気のちいさい男、いまは、築地のビルディングにかえってケンゴ隊長の顔をみるのが辛い。おれと、おまえと、ふたりだけなんだぞ、あのことを知ってるのは、わかっているんだろうな、というにちがいない隊長の表情が予想されて、気が重い。

ヤマト・レコードをとりまく女の大群にちかづいてきた。

女たちの気持ちはヤマト・レコードのビルに、姿勢もヤマト・レコードに向いている。ケンサンコと大山ケンペイがすすめばすすむほど女の群れの密集度は濃厚になって、あるきにくい。

女の大群のなかを、顔は青ざめ、足取りもおぼつかない大山ケンペイが苦労してあるいてゆく、そのさきどうなるか、結果は知れている。

「そんな景気のわるい顔で、どうしたのよッ。歌を唄えば、つまらない気分なんか、いっぺんに消えて飛んじゃうのよッ、あたしたちといっしょに、唄いましょッ」

「さむそうな顔をして、お気の毒だわ。いっしょに唄いましょうよ。唄えば、さむさなんかふっ飛んじゃうんだから」

「『♪ナンノ掟があるものか』って歌なら、ごぞんじでしょ、知らないはずはないわよね。あたしたちといっしょに唄ってから、この焼き芋、たべましょ。雪がふりそうだけども、あったかい焼き芋たべれば、雪なんかへっちゃらよ」

焼き芋、おでん、わかい女のよろこびそうな小間物を売る小屋がけの店があっちこっちに出ている。

「焼き芋ですか」

ケンサンこと大山ケンペイは空腹である。おもわず手が出て焼き芋にかぶりついた。あったかい、うまい！　焼き芋の、甘くて熱い匂いにむせて、ケンサンは悲しくなった。

これが、たとえばケンゴ隊長から、あの重大な秘密をうちあけられる前であったらどんなに気楽に味わえるだろうかと思うと、余計に悲しい。甘い焼き芋と重大秘密の板ばさみにうちひしがれ、大山ケンペイはとぼとぼとあるきだす。

「チョイト、なによ、それじゃ、食い逃げじゃないの！」

「とんでもない。だって、これはあなたの、つまり、サービスではないのかい？」

「このスケベイ。だれがサービスなんか、するものですか！」

「でもさ、いっしょに唄いましょ、っていったのは、そっちだよ」

「それは、いっしょに焼き芋たべて、なかよく唄いましょ、っていう約束のしるしなんだよ。焼き芋だけたべて唄わないいんなら約束やぶったことになる、食い逃げじゃないの！」

「このひと、食い逃げなんだってさ、いい男なのに食い逃げなんて、ガッカリだね！」

ケンサンこと大山ケンペイは女の小隊にとりかこまれた。

身分をあかせば、取り返しのつかない大変なさわぎだ。ここは無事に抜けねばならない。

「焼き芋のオカネ、払います」

「ばかにすんじゃないよ。こっちはね、焼き芋売ってるんじゃないんだから、オカネなんかほしくはないの！」

「それじゃ、どうすればいいんだ！」

(11)

ケンサンこと大山ケンペイが大声で怒鳴るなんて、めったにないこと、じょうずな怒鳴り方を知らないのが、女たちを恐怖につきおとした。

「どうすればいいんだ、なんていわれても、ねえ……」

「あたしたちだって、では、こうしなさい、なんていえるものじゃないわ」

「そうなのヨ、こまっちゃうのヨ」

ケンサンこと大山ケンペイをいじめるつもりなんかない、気のいい女たち。

「いいよ、わかったよ。唄えばいいんだろう!」

「歌を唄うのは、こころの底から唄うのでなければ、おもしろくもなんともないのよ」

「そうでなければ歌のカミサマに失礼なのよ」

「こころの底から自然に唄えば、だれでも、そりゃあじょうずに唄えるんだから!」

「焼き芋たべたかわりに歌を唄うというんじゃ、まるであたしたちが強制したようで、へんだとおもうワ」

女たちもこまっている、ケンサンもこまっている。たがいに助けあえばいいではないかというわけには、この場合、いかない。

ケンサンは女たちにたいして、こまっている。

女たちはケンサンにたいして、こまっている。

こまるのはおなじでも、女たちのほうが、いくらか分はいい。雪が降ってきてさむいが、それならそれで今夜は夜通しでここに立ちつくし、唄いまくって朝をむかえればいい。

ケンサンは、そうはいかない。築地のビルにもどり、ケンゴ隊長に報告し、それからただちに浅草のカフェー黒竜江攻撃作戦に参加しなくてはならない。

「こころの底から唄えば、ゆるしてもらえるんだね」

「ゆるす、なんて、そんなんじゃないのよオ」

「それにさア、このひとがこころの底から唄ってるのかどうか、だれにもわからないわけでしょ。ほんとうに、こまったわねエ」

女たちの困惑につきあってはいられない。なんでもいい、こころの底から歌を唄い、この場をきりぬけようとケンサンは決意した。

「ぼくは唄うよ、こころの底から。だから、聴いてくれ」

「あんたが自分で、こころの底から唄う気になれば、だれも、ちがう、こころの底から唄ってはいない、なんていえないのよ。それがいちばんいいことね」

「で、なにを唄うの?」

「あのね、『♪ナンノ掟があるものか』を唄うわけには、いかないんだ」

「いい歌よ、あれは。唄いやすいし」

はなせば長くなる、はなせば身分をいわずにはいられない、しかし打ち明けようとケンサンは決意した。

「ここだけのはなしにしてくれないと、こまるんだが、ぼくはケンペイごっこのニセ・ケンペイなんだ」

(12)

ポカーンと口をあけ、眉をひそめる女。びっくりした表情のままで凍りついた女。腰をぬかした女。逃げようとして、うしろの女と正面衝突した女。両手で顔をおおった女。

「おどろくのも無理はないとおもうけど、うそじゃないんだ、仕方がないんだ。ケンペイは掟ばっかり、掟が洋服を着てあるいているようなものだから、『♪ナンノ掟があるものか』を唄うわけにはいかない。ねえ、わかってくれるだろ？」

「顔色がわるいから、ふかい事情はあるんだろうとおもったけど、ケンペイなの！」

奇妙奇天烈ではあるが、同情あふれる解釈だ。

女の小隊の輪がキュキュッとちぢまった。ケンサンこと大山ケンペイの暗い表情の秘密を知った者として、自分たちは、このひとの秘密を洩らすわけにはいかないという連帯の確認。

「だったらさア……」

秘密を知った者の、あたたかく、ささやく声。

「『♪もどれないのかナ』や『♪波よ聞いてヨ』なら、いいんでしょ」

「ええと、あの、このひと、なんていう名前だったかしら？」

「大山三郎でありますッ」

「こころの底から、ほんとうに、もどりたいなって、おもっているのかどうか、それが問題だわ」

「そういうことになるわね。あのね、大山さん、あんた、アアもどりたいなアっておもうこと、ないの?」

「それが、その、ぼくはまずしい家にそだったものだから、あまり、その……」

「まずしさは関係ない、気持ち、こころ。子供のころのことをおもうと、気持ちが苦しくなるほどなつかしくなること、ない?」

「いまなら三度々々のメシはたべられるし、着るものにも不自由はないから、子供のころのことをおもっても、なつかしくなることは、正直なところ、ないですねえ」

雰囲気は当惑。

だが、女たちは、当惑してもケンサンは見捨てない。

「大山さんがいま、いちばん真剣におもっていることは、なーに?」

「浅草に黒竜江というカフェーがあります。ぼくは一刻もはやくカフェー黒竜江に行って、女給のサワを逮捕しなければならないんです!」

「それ、お仕事?」

「仕事です。ケンペイごっこの仕事をやっているんです」

「サワというひとは、なにをしたの、ドロボー?」

「ドロボーを逮捕するのはケイサツです、ケンペイはそんなことはやりません!」

ケンサンは胸を張る。ケンペイごっこの職業に誇りをもっている。

「フーン?」

「まあ！」

「びっくりしたわ、あたし！」

自分の仕事に誇りをもっている女は、ここには少ない。ケンペイごっこという職業がどんなものか、よくはわからないにしても、誇りをもっているケンサンがめずらしくみえたから、一斉に尊敬のまなざしをそそいだ。

「サワは悪い女だけれど、ドロボーではない、とすると……」

ひとりの女が目をつぶり、口をモゴモゴさせていたかとおもうと、

「できたワ、きいて！」

〽サワよ　逃げるな　逃げてはならん
ぼくはケンペイ　はりきるケンペイ
みだれきったるこの世をば
アアうつくしく　ただ≪さ≫んと
イザイザゆかん　浅草へ
悪の華さく　ソーレ　カフェー黒竜江

「大山さん、こういった気分なんでしょ？」

「それッ、それなんです、いまのぼくの気持ちは！」

「カフェー黒竜江にはサワっていうわるい女がいて、悪の華がさいてるの？　あたし、なんか、こう、ゾクゾクッとしてきた！」

「だったら、大山さん、この歌を唄わなくてはいけないわ、こころの底から唄うのよ。こころの底から唄えば、かならず天に通ずるのよ、あんたの想いが、ねッ」

ケンサンは、しかし、はずかしそうだ。はずかしいだけではない。さっきから女の小隊にかこまれているものだから、女の匂いに圧倒され、むせかえりそうになっている。歌を唄うには口をあけねばならないが、ちょっとでも口をあけたなら最後、のどにつまっている焼き芋がムウェーッの事態になりそうだ。

(13)

雪が強くなってきた、冷えもきつい。

東京、昭和十一年二月二十五日の夜は清洌に更《ふ》ける。

ここ、築地のあたりはちがう、なにせ約八千の女の大群だ、女の匂いと歌声とで清洌な空気もにごり、あたたまっている。

〽**サワよ　逃げるな**──ケンサンこと大山ケンペイの気分にはピッタリの歌だ。

〽**サワよ　逃げるな**──こころの底から唄いたいが、この、あたたかい空気のなかでは唄いにくい、唄う勇気がでない。

「サア、大山さん、勇気を出してッ」

「ぐずぐずしていると、その、サワという女、雲を霞と逃げちゃうわよッ」

──クモヲカスミトニゲルなんて、この女はなんと古風な文句を知ってるんだ。

——ああッ、クモとカスミ、それが欲しいんだ、俺は！　この、むせかえるような女の匂いからのがれて、クモとカスミのなかで楽に息をつきたいんだ！

「あのオ、せっかくですが、その『♪ケンペイの歌』は、ぼくにはむずかしくて唄えない。かわりの歌では、いけないかな？」

「こころの底から唄いますか？」

「ええ、それは、もう、こころの底から！」

「では、唄ってくださいな」

〽さくら　さくら
野やまも里も　見わたすかぎり
かすみか雲か　朝日ににおう
さくら　さくら　花ざかり

〽さくら　さくら
やよいの空は　見わたすかぎり
かすみか雲か　匂いぞ出《い》ずる
いざや　いざや　見にゆかん

ムウェーッとなるといけないから、のどをキューッとしめて、しずかに唄った。

気のいい女たちは、当惑やら不満やら。

「大山さん、だめよ、それは。こころの底から、なーんていって、つまりはここから逃げだしたいっていうだけのことなんでしょ？」

「だからこそ、こころの底から、なんです」

「あたしはね、大山さんのいうのにうそはないと思うわよ。こころの底から、ほんとうに、ここから逃げだしたいとおもっているのが歌になったのなら、すばらしいじゃないの。それが証拠に、いまの歌はじょうずだったわ」

「チョイト、あんたはこのケンペイさんに、焼き芋の食い逃げをされてもかまわないっていうのかい！」

「だって、さあ」

「ダッテもサッテも、ないの。このケンペイさんは、あたしがせっかく作った『♪ケンペイの歌』が好きだ、自分のいまの気分にピッタリだって、はっきりいったんだよ。それならば、むずかしいから唄えない、なんてことになるはずはないじゃないか！」

気のいい女たちだから、言い合いになる。ああでもない、こうでもないと言い合うのは歌を唄うのとおなじことだ。

女の小隊の輪がいちだんとせまくなる。

匂いに攻められていたケンサンこと大山ケンペイに、肉体による圧迫の苦痛が加わる。

「唄いたいのはやまやまなんだけど、唄うと気分がわるくなるような気がして……」

正直なところを告白した。

「おかしいな。『♪さくらさくら』が唄えるのに『♪ケンペイの歌』は唄えない、なんて」

「それはきっと、この大山さんが心配ごとをかかえているからじゃ、ないの?」

「心配なら、その心配を歌にして唄うのがいいんだけど……」

「それははっきりしているのよ、カフェー黒竜江のサワさん、そうでしょ?」

「なーんだ。それならはなしは簡単よ、みんなで『♪さくらさくら』を唄いながら浅草までいっしょに行く、これでいいじゃないの!」

きいたような声――いつのまにか女の小隊にもぐりこんだナミヨの声だ。

「そうだわッ、そうしましょう。一石二鳥じゃないの!」

とうとう本降りになった雪。雪は、八千人の女の大群の上に降る。雪のなか、ナミヨの提案に教唆された女の一小隊がケンサンこと大山ケンペイを囲んで、浅草めざして進軍する。

十ノ章　歌合戦・歩兵連隊・女の大群

（1）

「ホチョートレッ」

「カシラーミギッ」

歩兵第一連隊、歩兵第三連隊、そして近衛歩兵第三連隊の構内がさわがしい。

真夜中の非常呼集、整列、つぎつぎに出てゆく。雪のなかへ、出てゆく。


ケンゴ隊長はケンサンこと大山三郎ニセ・ケンペイに、重大機密任務を負わせた。歩兵の第一と第三、そして近衛の第三連隊にあやしいうごきがある、探索してこい、と。なにもなければ、そのまま浅草のカフェー黒竜江にゆき、女給サワをつかまえてドロをはかせろ、容疑は「レコード歌手でもなく、大道芸人《だいどうげいにん》の鑑札ももたずに不穏なる歌をはやらせた罪」である、と。

そしてケンゴ隊長は、文字にすることさえもおそろしくて気も凍る命令を大山ケンペイにつたえた。

それというのが――

「ケンペイ宍戸六平太の隊内居住処分を解除し、内妻クサカベミヨコにはヤマト・レコードの新人歌手募集に応募することを命ずる。宍戸ケンペイは、もしミヨコが合格したらマネージャーになる、との触れ込みでテストに同行する」

「お言葉をかえすようですが、クサカベミヨコはプロの歌手ですよ。新人歌手のテストなんか、うけるまでもない」

そんなことは先刻承知の顔つきでケンゴ隊長はひそひそ声になり、おそろしい命令を大山ケンペイにつたえた。

ミヨコとヤマト・レコードとの専属契約は切れたことになっている。だから、ミヨコが新人歌手のテストに合格したと発表しても、八千人の女の大群は怒らずに解散するはずだ、ミヨコの歌のうまさを知ってる連中ばかりだから。

「クサカベミヨコが『♪ナンノ掟があるものか』や『♪もどれないのかナ』をレコードに吹きこむのですか？」

「そんなこと、だれがやらせるものか！」

「それなら……」

「発表するのはそれだけじゃない。ミヨコが合格と発表しておき、すぐそのあとから、奇ッ怪千万の事実が発覚したと、追い打ちをかける。ミヨコの歌がうまいのも道理、この女こそは、聖なる昭和の東京を攪乱しようとのたくらみで平安王朝から送りこまれた歌のスパイの一味である、とな」

「宍戸ケンペイの運命は……？」

「宍戸ケンペイも一味の片割れ、ということになるのサ」

上官のいうことに疑いをもってはならぬとおしえられたのを忘れたのか、とケンゴ隊長に恫喝されたケンサンこと大山三郎ケンペイは、ケンイチこと安岡竹蔵ケンペイをつれて歩兵連隊の様子をさぐりにゆき、乗りあわせた帰りの電車のなかで登利丸の人形回しの一幕があり、ケンイチに登利丸の跡を追わせ、そして八千人の女の大群に迷いこみ、いまはこうして女の一小隊にとりかこまれて、浅草めざして進軍しつつある、という次第。

——おれは浅草に行って女給サワを逮捕する。藤原資徳《すけのり》とかいう男の一味だからサワを逮捕する。それはいいとして、それならなぜ、ケンニこと宍戸六平太やクサカベミヨコまで逮捕しなくてはならないのか？

〽サワよ　逃げるな　逃げてはならん
ぼくらはケンペイ　はりきるケンペイ

女たちは美しい声で「♪ケンペイの歌」を唄い、そのあいだに大山ケンペイが、

〽さくら　さくら
野やまも　里も　見わたすかぎり

女たちにくらべれば美声とはいいかねるが、きくにたえぬというほどでもない声と調子で唄いながら、一歩々々と浅草にちかづく。

（2）

雪が、降る。しずかに、雪が、降る。

昭和十一年二月二十五日の夜の築地にも銀座にも、神田にも上野にも、もちろん浅草にも雪が降る。

神田のはずれ、だれともなく、「つかれたわねエ」と声が出て、小休止。

「まだ焼き芋がのこってるわよ」

「すごいッ。あたし、気分がわるくて、どうしたのかしらと思ったら、なんでもないの、おなかがへっただけなのよ」

「大山さんにも一本」

またまた焼き芋、もう食えない。おれが欲しいのはカスミかクモなんだ!

カフェー黒竜江に入ってミヨコを、ああ、そうじゃない、ミヨコはケンペイ隊にいるんだから、カフェー黒竜江はサワだ、そのサワを逮捕してケンニこと宍戸ケンペイといっしょにして——ケンサンこと大山三郎の頭がドタバタと混乱してきた。

「浅草、まだか?」

「大山さん、浅草、知らないのオ?」

「知ってはいるさ。浅草まで、カフェー黒竜江まで行くのがイヤになっちゃったんだ」

「大山さんは、カフェー黒竜江で女給のサワを逮捕するんでしょ? だからあたしが『♪ケンペイの歌』をつくってあげたんじゃないの」

「サワを逮捕しなければ、大山さんはニセ・ケンペイ隊をクビになっちゃうんでしょう?」

「クビか、外出禁止の隊内居住か、どっちかだね」

「クビか、さもなければ隊内居住……?」

「ぼくの同僚の宍戸ケンペイは、江差《えさし》にかえってニシン獲りになるつもりでクサカベミヨコと結婚しようとした。隊長命令で結婚はできたけど、もうひとつ隊長命令が出て、隊内居住、外出禁止になったんだ」

「クサカベミヨコって、あの、ヤマト・レコード専属の？」

「そのクサカベミヨコ」

「そうだったのかア。ミヨコのレコードが出ないから、どうなったのかなアっておもってたの。クビにしないで隊内居住なんて、ケンペイ隊って、ひどい」

「大山さんはケンペイごっこの仕事に誇りをもってる、そうなんでしょ？」

「さっきの『♪ケンペイの歌』はぼくの気持ちにピッタリ」

「なら、サアサア、出発々々！」

休憩して元気がもどったか、さア、浅草めざして出発！

〽みだれきったる　この世をば
アア　うつくしく　ただサンと
イザイザ　ゆかん　浅草へ
悪の華さく　ソーレ　カフェー黒竜江

二、三歩すすんだところで、
「ああッ、たいへんだッ！」

「どうしたの、ケンペイさん？」

「大事な仕事、わすれていた！」

「だから、それをやりに、みんなで浅草に行くんじゃないの」

「別の仕事なんです」

ケンペイ隊本部に連絡し、宍戸ケンペイとクサカベミヨコがヤマト・レコードの新人歌手募集に応募させるように段取りをつける、その仕事だ。

これこれしかじか、とはなすと、「♪ケンペイの歌」の作詞作曲者の女が、

「簡単よ。大山さんが手紙を書けば、あたし、とどけてあげる」

「すまないね」

「お礼なんか、いいのよ」

そういうわけで、あらためて、

「シュッパーツ！」

（3）

「降るね」と藤原資徳《すけのり》。

「降りますね」と獅子丸がうけ、

「やりますか、一杯、多々丸のオデン屋」

「やめておこうよ。おなじところにあつまるのは避けたほうがいい。どこに敵の目があるか、油断はできない」

築地に歌好きの女が八千人もあつまったときいて、みにきた。祝杯をあげたいのはやまやまだが、それよりは、八千人の女の大群をはやくみたい。

有楽町の駅を出ると、いる、いる。こっちに三人、あちらに五人、あつまるともなくあつまって、唄ってる。雲のしたで、唄ってる。新人歌手のテストをうけにきたのに、いまはもう、テストなんかどうでもいいのよといってるみたいな、唄ってるだけで楽しいという顔ばかり。

銀座四丁目をこえて、築地にむかう。

藤原資徳は女の大群を全体としてみている。獅子丸は、あの群れ、この群れの歌を聴いている。目よりは耳をはたらかせるのが資徳とはちがう。

「おどろきましたな」

「うん。これは、これは……」

いや、その、そういうことではなくて――獅子丸は資徳の誤解に戸惑う。

「わたくしの知らぬ歌が、こんなに多いとは！」

「昭和の東京の流行歌について獅子丸の知識は相当なものと、にらんでいたが、ちがうのかね？」

「いささかの自信ありとこころえていましたが、だめですな、降参です」

「降参はおおげさにしても、この大群の数にはおどろかないのかね。わたしとしては、このほうがおどろきさ」

「もちろん、おどろいては、いるのです。そこで藤原さま……」

ふたりの側へやってきた若い女、

「おじさんたちも唄いなさいよ。あたしたち、今夜はもう帰らないの」

誘うのに愛想のいい笑顔をかえして、

「京の法皇雅仁《まさひと》さまのことが、気にかかります」

「気にかかる……？」

「これではたして雅仁さまは、およろこびになるであろうかと……」

藤原資徳には意外な獅子丸の言葉であった。

藤原資徳は足をとめ、獅子丸よ、お前の不審をのこらずはなしてみないかねと、うながす姿勢。

うながされた獅子丸、歌　歌　歌の洪水のなかで、ゆっくりと語る。

——この女たちはヤマト・レコードの歌手募集に応じたのだが、テストの順番をまつうちに唄いはじめ、そのうちに、テストなんかどうでもいい気分になった。八千人の大群がいつまでも解散しないのも、そのためでしょう。

——彼女たちは唄う、ひたすら唄う。わたしのつくった「♪ナンノ掟があるものか」や「♪もどれないのかナ」や「♪波よ聞いてよ」や、そのほか、あれこれの歌を唄う。率直にいってわたしはうれしい。自分の歌がこれほど唄われている、レコードにもならないのに、こんなに唄われている。

——しかし、ふと、雅仁さまの立場になってみたらどうなのだろうと、かんがえてみた。今夜の、この情景を、雅仁さまはおよろこびにはならないのではなかろうか、はっきりとした理由はないが、ふと、そんな気がしたのです。

——そこで、いま、その理由というのを——

「待てッ。その理由というのを、わたしがかんがえてみようかな?」

「どうぞ、藤原さま」

「今夜だけだ、それがいけない、雅仁さまのお気に入らない、そういうことではないか?」

「それだッ、それ、それなんですよ!」


歩こうよと、藤原資徳が獅子丸をさそった。足を止めていると興奮しすぎる、興奮しすぎはよくないと資徳が判断した。歩きだして、

「獅子丸に、はじめて、ほめられたよ」

「藤原さまはおっしゃっておられました、今様唄いの女なら、こんなテストには興味がない、だから『テストをうけてはならんぞ』と指令する必要もない、と」

「あれをおぼえているんだね。わたくしは、あのとき、ふかくはかんがえなかった。今様歌の訓練をうけた女たちは格別のはずだ、ぐらいしか、かんがえなかった。しかし、それだけではないのだな。サワやハナエやヨシエたちは毎日毎晩唄っている。だからレコード歌手には興味がない。毎日がレコードのような生活だから」

築地が近い、女の大群は密集している。八千の大群、そのひとりひとりが歌を唄ってるのだからさわがしいはずだが、さわがしくない。

声に自信のある女が、いい気持ちで唄う、そういうときの歌唱はさわがしくはない、しずかで、うつくしい。声に自信があって、いい気持ちで唄える女は他人が唄うのを聴くのもうまい、そういうこと。

「藤原さま、やはり今夜は、オデン屋で一杯というわけにはいかないようです」

「獅子丸のいいたいのは、よくわかるよ。築地にあつまってきた女たちが毎日毎晩、いい気持ちで唄えるようにならなければ雅仁さまはおよろこびにならない、と」

「そうなのです。ここにあつまっている女たちは、ふつうの日には歌も唄えない、そういう境遇に生きているのです。雅仁さまは、はるか歴史の後方の平安京に生きていらっしゃるのに、このことがおわかりになっている」

「毎日は唄えないから、レコードを聴く」

「レコードとチコンキです」

「雅仁さまは、レコードやチコンキは楽器ではない、したがって敵ではないとおっしゃるのですが、この東京にくれば考えをおあらためになりましょう」

「レコードやチコンキは人間ではない、だから敵ではないと雅仁さまがおっしゃるのもまちがってはいない。レコードを聴かずにはいられない境遇を強制するもの、それをこそ、われらの敵としなければならない」

「ホチョートレッ、ですな」

「カシラーミギッ、さ」

（4）

歩兵連隊は進軍する。昭和十一年二月二十五日の夜の東京の雪を蹴って、進軍する。

兵士の顔に緊張の色があるのは、腰の弾盒《だんごう》に実弾が詰まっているからだ。実弾が詰まっているからには敵を攻めるわけだろうが、敵なんて、いったい、この東京の、どこに？


「ケンゴ隊長ッ！」

ヤマト・レコードの重役室にとびこんできたのはケンペイ四番ケンシこと、若山ケンペイだ。

「若山ケンペイ。ねむくって、たまらないんだ、おれは」

新人歌手募集のテストは一時中断され、重役たちはソファーで仮眠をむさぼっている。

ケンゴ隊長は鉛のように重い瞼をやっとのことであけていたが、とうとうたまらなくなって、ごろんと横になったばかり。

「もうしわけありませんが、重大報告であります！」

「ねむいんだ、はやくいえ！」

「はあ、それがその……」

いうべきことが自分で信じられないとき、ひとはこういう顔になる。

ケンシ隊員は勇気をふるいおこした。

「もうしあげますッ、敵が、敵がやってまいります！」

「敵が……？」

「はあ、敵がやってきます、攻めてくるのであります」

「攻めるって、どこへ……？」

「は、こちらに、いや、もといッ、我が方《ほう》へ、であります」

「ここへ、攻めてくる……?」

「さようであります。ここへ攻めてくるのでありますッ、報告おわりッ」

ケンシ隊員はパーッと挙手の礼をすると、くるりと背をむけて出てゆこうとする。敵が攻めてくるという極々の重大報告をしておきながら、自分はさっさと出てゆくのはおかしなものだが、手も足もガチガチにこわばっているのをみると、敵が攻めてくる——おそろしい——どうしていいかわからない——怖いからとにかく逃げよう、という連想の心境になっているらしい。

海のむこうとか、戦国時代とかいうなら敵が攻めてくるのはあたりまえ、怖いといってもはじまらないが、昭和の東京のまんまんなか、敵なんかいるはずがないのに、敵がいて、攻めてくるという、なるほど、これは怖い。

「なにをねぼけている。ここは東京、畏れおおくも千代田のお城のすぐそばだ、敵なんかいるわけがない!」

若山ケンペイは、せっかく逃げようとしたのに失敗して、なおさら恐怖の色が濃い。やっとのことで踏みとどまり、恐怖にみちた声で、

「歩兵連隊が攻めてくるのであります。どうしましょう!」

「歩兵連隊……?」

「はあ。歩兵第一、歩兵第三、そして近衛歩兵第三連隊でありますッ、報告おわり!」

「コラー、逃げるな!」

出てゆこうとする若山ケンペイを怒声でひきとめ、

「歩兵第一、歩兵第三、それに近衛歩兵第三連隊……ああっ、アッハッハー、そうか、やっぱり、アッハッハッハー」

「隊長は、そんな、アッハッハッハッハーなどとお笑いになりますが、これは訓練出動ではないらしいのであります」

「そうさ、訓練出動なんかではない、そのとおりさ。オイッ、若山ケンペイ、心配するなよ、これは反乱だ、クー・デターだ。こっちを攻めるのではない、政府だよ、くされきった陸海軍の上層部と資本家を攻めるんだ」

「ごぞんじだったんですか、隊長は！」

「若山ケンペイ。おれたちはケンペイごっこのケンペイ隊、ケンペイ精神に満ちあふれているんだ、これくらいの情報をつかまずにおくものか」

ケンゴ隊長は胸をはる。クー・デターときいて、ケンシこと若山ケンペイも幾らか落ちついた。

「まえからおしえていただいていれば、こんなに怖い想いをせずにすんだものを、みずくさいじゃありませんか！」

「ハッハッ、ゆるせ、ゆるせ。秘密がもれてはならんのでな」

（5）

カンラカラカラと豪傑わらいのケンゴ隊長の顔が、急にこわばった。

正面から見ているケンシこと若山ケンペイの顔が、ケンゴ隊長より、もっとこわばる。

「隊長ッ」

「オイッ、あいつは、あいつはどうしたんだ！」

「あいつ、といいますと……？」

「あいつだよ、ほら、ほれ、なんといったかな、あいつだ、あいつ、ああよわった、名前が出てこない」

「隊長、ドワスレでありますか？」

「ううーん……」

「ドワスレにはワスレナグサの根を弱火で煎じて呑むとよろしいと、おばあちゃんがもうしておりました。おためしになりますか？」

「ワスレナグサは効くだろうが、弱火で煎じるのは時間がかかってしようがない」

「しかし、ほかに手がなければ……」

「うるさいッ、あいつめが、そうだ、大山ケンペイだ、安岡ケンペイだ。あのふたりはどうした、鉄砲玉の使いじゃあるまいし、出ていったきり、帰らない」

歩兵連隊に不穏のうごきがある、探索せよとケンサンこと大山ケンペイに指令を発し、ケンサンのあとをケンイチこと安岡ケンペイに追わせ、さらにまたそのあとを若山ケンペイことケンシに尾行させた。ケンゴ隊長は無駄ばっかりやっているようだが、ひとを疑うのがケンペイ隊の組織原則であってみれば、仕方はない。秘密はケンゴ隊長と大山ケンペイだけが知っている、これまたケンペイ隊ならばこそだ。

大山ケンペイが何も報告してこないから、ケンゴ隊長は、歩兵連隊の反乱は中止、あるいは延期されたのだろうと思い、安心して横になったところを若山ケンペイにたたきおこされ、歩兵連隊が行動に出たと知らされた。様子がおかしい。

「大山ケンペイはどうしたんだ。若山ケンペイ、おまえに大山ケンペイを尾行させたんだぞ」

「はあ、大山ケンペイは女の一小隊から提供された焼き芋をめしあがられつつ、いっしょに浅草方面へ移動されております」

「浅草方面へ……浅草の、どこへ？」

「はあ、〽悪の華さく、ソーレ、カフェー黒竜江、これを唄って行進しておりましたから、浅草のカフェー黒竜江めざしての行進とおもわれます、報告おわりッ」

「なんだとッ、〽悪の華さく、ソーレ、カフェー黒竜江、そんな歌を大山ケンペイが唄っているのか、女たちといっしょに？」

「いや、大山ケンペイはケンペイ隊員としての義務とセンスに忠実でありたいと、〽さくらさくら、野やまも里も、であります」

（6）

ケンサンこと大山三郎も駄目なニセ・ケンペイではない、「歩兵連隊に反乱のきざし、なし」と報告してきたからにはそれなりの情報収集あってのことだろう。

だからこそ第二の行動目標の浅草に移動しつつあるわけだろうが、そうするとケンシこと若山ケンペイが「歩兵連隊が実戦出動してきた」と報告してきたのは、どういうわけなのか？　めちゃくちゃである、ドタバタである。

「安岡ケンペイはどうした？」

「安岡ケンペイは藤原資徳一派の登利丸を尾行していきましたが、有楽町のガード下で行方を見失いました。報告おわりッ」

「見失ったか、しょうがないやつだ。で、それから、どうした、安岡ケンペイは？」

「わかりません」

「わからん？　おまえには安岡ケンペイを尾行して行動を監察する義務があったのだぞ、わからんですむとおもうのか！」

「はあ。しかしその、安岡ケンペイを尾行するよりは歩兵連隊の行動を、隊長によればクー・デターであるそうですが、そっちを監視するほうが重要と判断いたしました！」

「ああ、そうか」

「わたくし、若山ケンペイが推測いたしますには、安岡ケンペイはまもなく歩兵連隊のクー・デターに捲きこまれるものとおもわれます」

「クー・デター」とはおだやかではない、したがってこんなに簡単に使われていいはずがない。しかも、使っているのがケンペイ隊長とその部下だ、これは「クー・デター」の濫用というべきではないか、ふたりは反省すべきではないか？

「おい、ちょっと待て、おまえ、たしか、『クー・デター』といわなかったか？」

「わたしがいったのは『敵が攻めてきます』です。それを隊長が『心配するな、クー・デターだから』と説明した、いや、説明されたのであります」

「おかしいな……？」

ケンゴ隊長は首をひねる。隊長がこんな不安な表情をみせるのはめずらしいから、若山ケンペイもつられて不安そうに、ケンゴ隊長の顔を下からのぞく。

「隊長……？」

「だまれ、しゃべるな。これは、おかしい、たしかに、おかしい。ヘンだなア？」

「……」

「おいッ、いま何時だ？」

「……」

「何時だときいてるんだ！」

若山ケンペイはモジモジしている。

「だまれ、しゃべるな」といわれたのに答えなくてはならない立場の矛盾のせいかとおもわれるが、それにしても、このモジモジはただごとではない。顔が真っ赤だ。

「おいッ、返答せよ、何時だ？」

若山ケンペイは反抗を断念、決心して、腰帯につるした鎖をひきあげ、銀色に鈍く光る時計をおそるおそるケンゴ隊長の目の下に捧げた。

「十二時半……ふーむ、やっぱりおかしい」

若山ケンペイがすばやく時計をひきもどす、その一瞬、ケンゴ隊長の鍛えられた目が光った。

「おいッ、それは、銀時計ではないか、くさりも銀ぐさり！」

ケンゴはケンペイ隊の隊長、声よりも目が鍛えられ、するどい視線の武器になっている。ケンゴの視線に射竦《いすく》められると、たいていのひとは震えあがってしまう。

ケンシもケンペイ隊員だが、ケンゴ隊長にくらべれば鍛錬の度合いがはるかにあまいから、「銀時計ではないか、くさりも銀ではないか！」と怒鳴られて、返事もできずに身を竦めるばかり。

「たかがケンペイごっこのニセ・ケンペイのくせに銀時計に銀ぐさり、けしからん、ぜいたくすぎる！」

ケンゴ隊長の激怒、ケンシ隊員の恐怖の原因がわかった、これだ、銀時計と銀ぐさりだ。

隊長の時計がニッケルかなにかの安物なのをケンシ隊員は知っている、自分の時計が銀ぐさりつきの銀時計なのを知られた以上はただではすむまいと、覚悟した。覚悟したから、あきらめた、もうダメであるとあきらめた。

今現在の時間が何時であるのかについて、ケンゴ隊長は重大な疑惑をもっていて、それを解決するためにケンシ隊員に確認の質問を発したのだが、そこへ登場したケンシ隊員の銀時計の魔力によって魂がひっくりかえり、ケンペイの本能ともいうべき部下いじめに精力を傾倒する結果になった。〈そもそもケンペイ隊とは〉からはじまって、〈銀時計などはブルジョアの持物〉〈田舎のカネ持ちの親戚から送金してもらっているんだろう〉〈給料に不満があるなら上申せよ、おまえなんか軍法会議ごっこで即刻死刑判決〉と、おもいつくかぎりのいじめをやった。

（7）

ケンゴ隊長の部下いじめには慣れっこのケンシこと若山ケンペイは、〈もうしわけありません〉〈反省します〉〈おっしゃるとおりです〉などと機械的に応じているうちに、何がこようとヘッチャラだという気分になってしまい、そのあげくには、ケンペイ隊員になってからこんなに気分のいい日はないというくらいの快適そのものの気分になって、ケンゴ隊長の部下いじめの的《まと》になっている我が身も忘れ、

〽**ダン・ディディ・ディディディン・ジジ・タンタン**
チラチカ・チカチン・チンチャカチン
ウッフフ・フフ・フフ・ヒャラヒャラチン

と鼻歌を唄いだした。呆然唖然のケンゴ隊長、

「おい、若山、どうしたんだ……？」

よびかける声にさえ不安の色が満ちている。ケンシ隊員はここでわれにかえり、もう駄目だ、ケンペイゴッコのケンペイ隊の軍法会議ゴッコで死刑判決だと観念した。

――ああ、いなかのオバーチャーン！

「おい、なんだ、それは？」

「なんでもいいんです。どうせ自分は、つまり若山ケンペイは、子供のあそびの軍法会議で死刑になるんですからッ」

「すねるなよ、悪気《わるげ》あってのことじゃない。おまえを立派なケンペイに育ててやりたいばかりに、こころを鬼にしての艱難辛苦サ。だから、ねえ、その〜ダン・ディディ・ディディン・ジジ・タンタンというのは、なんのことだね?」

「ああ、これでありますか、これを唄いながら行進しているのであります」

「行進てーと……?」、東京地方区の標準語では「行進と、いうと?」と発音さるべきものだが、ケンゴ隊長の癖で、切迫して興奮すると、なまって「行進てーと?」となる。

「だから、その、クー・デターですよ、歩兵連隊の反乱軍ですよ」

「そうだッ、それだッ、それにちがいない。おい、いま何時だ?」

ケンシこと若山ケンペイはまたまた銀のくさりをひっぱって銀の時計をとりだし、「一時半になりました」とおしえてやったのだが、ケンゴ隊長は銀の時計にもくさりにも目がとまらず、

「一時半!」

隊長は一時間ものあいだ自分をいじめていたのでありますぞといいたい気分の若山ケンペイだ。

「若山ケンペイ、これはおかしいとおもわぬか?」

「おかしい、というと……?」

「クー・デターとか反乱といったものは、ひとめにふれぬように、こっそりとやるのがいいとは思うサ。だがしかし、こっそりと、といったって、限度というものがある。こんな真夜中にうごきだして、これはクー・デターであるぞ、なんていったって、だれも気づきはせぬ、そういうものではないか?」

「そういえば、こう、隊長のおっしゃるのにも理屈があるような気がしますね、クー・デターはドロ

ボウじゃないのだと……」

「そうさ、まさにそのとおりさ。クー・デターも反乱もドロボウではない、堂々たるものであるべきだ。電光石火、パアーッとやって成功したところへ朝日がサーッとのぼってくる、そういうふうでなければならんと、おれはおもうんだよ。そうじゃないか！」

「隊長は赤穂浪士の快挙について、おっしゃっていらっしゃる！」

「吉良邸への討ち入りが何時だったか、くわしくは知らないが、めでたく吉良上野介《きらこうずけのすけ》の首を切りおとして亡君浅野長矩《ぼうくんあさのながのり》の怨みをはらし、血染めの白鉢巻きの晴れ姿、一同うちそろって高輪《たかなわ》の泉岳寺へと向かうところにサーッと朝日、こうでなければ絵にもクー・デターにもならない」

「そうです、そのとおりです！」

「この時間の歩兵連隊の出動、どうかんがえたって遅すぎらア」

「遅すぎるというか、早すぎるというのか……」

「すぎる、すぎますよ」

ケンゴ隊長と若山ケンペイ、完全に意見が一致した。意見の一致を確認したら、こんどは妙な気分になった。妙な気分で、ふたり、顔を見合わせる。

（8）

ケンゴ隊長とケンシ隊員、おれたちふたり、なぜ、こんな妙な気分になったのか、わからない。わからないから、ますます気分がわるい。

「おい、しっかりしてくれよ。もしも、これがクー・デターではないとすると……」

「クー・デターでなければ、われわれケンペイ隊の出る幕はないのです」

「そのとおりなんだよ」

これ以上はない、明快で、かつ深刻な状況。

とつぜん、廊下のむこうの部屋で奇怪な物音、ひとか、けものの叫び声のようである。

「おいッ」

「はいッ」

駈けだしたケンシこと若山ケンペイのほうがケンゴ隊長よりしっかりしている。

「なんだ、あれは？」

「ピアノのひと、うなされているんです、『♪ナンノ掟があるものか』を夢のなかで弾いているんですね」

「そうか。いや、あいつの気持ちもわかるなア。一日じゅう『♪ナンノ掟があるものか』の伴奏をやらされて、これがまだ十日以上もつづくっていうんだから」

「なにがなにやら、わからなくなっちゃったな」

隊長のまえではいささか無礼な若山ケンペイの言葉づかいだが、いまや気弱なケンゴ隊長、若山ケンペイの無礼を咎める余裕はない。

〽**ダン・ディディ・ディディディン・ジジ・タンタン**
ためいきをつくような、ケンシのハミング。

「歩兵連隊の連中は、そういうふうに、つまり〽ジジ・タンタンなんて唄いながら行進しているのか？」

「いいえ、これはハミングですよ。じっさいには……あの、隊長、ここで唄っても、いいんですかア？」

「いいともさ。歌でも聴かなくっちゃ、たまらない気分だもの」

威勢はいい歌なんですがね、と若山ケンペイは、まるで自分がつくった歌でもあるかのように謙遜して、

〽汨羅《べキラ》の淵に　波さわぎ
巫山《フザン》の夢は　みだれ飛ぶ
混濁《こんだく》の世に　われたてば
義憤《ぎふん》にもえて　血潮わく

ぜんぶで十節の「♪青年の歌」を、若山ケンペイは照れかえった風情で唄いだしたが、途中から自分の声に酔ってる様子になり、唄いおわったときには軽い興奮の気分さえうかべていた。

「威勢がいいに違いはないが、楽しくはない歌でしょう？」

「むずかしい文句がおおくて、紙に書かなけりゃ覚えられない。とにかく威勢はいいや。しかしおまえ、つまらない歌だというわりには、ずいぶん気分を出して唄っていたじゃないか」

図星をさされた、といった表情の若山ケンペイが説明にかかる。

「自分でもおかしな気持ちなのですよ。隊長にさそわれてケンペイ隊ごっこの仲間にはいるまでは、いやな歌だなあとおもっていました。それが、ニセ・ケンペイになってからというもの、なにか唄う

となると、すぐにこの歌が出てくるんです、〽ダン・ディディ・ディディディン・ジジ・タンタン……」

もういい、やめてくれというようにケンゴ隊長は手をおおきく振る。

「三上卓《たかし》というひとの作詞作曲で『♪青年日本の歌』というんだそうですが、『♪昭和維新の歌』の別名もあるとか……」

「昭和維新、か。それにしては、だよ、第三節の〽ああ、ひと栄え、国ほろぶ、の文句はまずいじゃないか」

「とんでもない、ここにこそこの歌の精神あり、というものじゃないんでしょうか。これがまずいなんていってしまうと……」

「いやいや、おれはだね、藤原資徳の一味がこの文句を聴いたならばと、仮定の状況を想定して心配している。あいつら、非国民の集まりだからね、『民が栄えて国がほろぶ、おお、そりゃ結構じゃありませんか』なんていう意見を誘発するような結果になりかねない、つまり、ヤブにヘビじゃないかと……」

なおもケンゴ隊長は額に手をあて、なにかかんがえているようだったが、

「ああ、芭蕉だ！」

「ばしょう……？」

「松尾芭蕉だよ、『おくのほそ道』。『国破れて山河あり、城春《じょう》にして草青みたり』という有名な文句がある、あれにそっくり。もともとは杜甫の『春望』だがね」

「ばしょうというのは、『古池や、蛙飛こむ水のおと』という俳句をつくった、あのひとのことですか？」

「そうさ」

「そうですか……」

若山ケンペイは芭蕉よりも俳句よりも、まだ「♪青年日本の歌」のほうに興味があるから、

「リズムはマーチ、行進には似合いです」

「クー・デターをやろうというのに、こんな歌なんか唄ってちゃ……ああっ、おい、ケンシ！」

「隊長！」

おお、そうだよ、そうだろう、そうなんですよ、そうでなくって、どうする──心中に万歳をさけぶケンゴ隊長とケンシこと若山ケンペイ。

「クー・デターなんかじゃ、ないんだ！」

「歌合戦だ！　八千人の女の大群と歩兵連隊の歌合戦だ！」

「山階逸男のやつめ、おれを出し抜こうとは！」

「そういえば、山階相談役の顔が見えませんね。ほかの重役連中はグッスリ眠りこけているのに」

「大山ケンペイをうたぐって、わるいことしたな。おい、若山ケンペイよ、大山ケンペイにあやまっておいてくれよ。そうだよ、そうさ、大山ケンペイが偵察に行ったとき、歩兵連隊では、その、威勢がいいばっかりの歌、〽ジジ・タンタンの稽古をやっていたんだ。だから大山ケンペイは、これは反乱ではないと判断した。あいつは、完璧に任務をはたしたんだよ」

「浅草へ急いだのも、それでわかります。歌の名人のサワという女が出てくると、女の大群の威勢が

あがって歩兵に分がわるくなる、だから、はやいうちにサワの身柄を拘束しておこうという作戦なんでしょう」

「そこまではかんがえなかったが、おまえのいうとおりだ。さすが大山ケンペイ、打つべき手は打っておるな」

ケンゴ隊長は腕をくんで、

「しかしだなア、なにからなにまでゴチャゴチャばかり、この先、いったい、どうなるんだ？」

(9)

状況がゴチャゴチャ、これから先がどうなるのか、ケンゴ隊長はわれながら、さっぱり判断がつかない。

まずは京都の法皇雅仁さまが、おせっかいにも昭和の東京に密使を派遣してきた。今様歌を唄わせて人心を正しくする、やわらかくする、とかなんとか理屈をつけて。

ヘーン、余計なことを、しやがる。

人心なんか、どうなってもかまわん。

世がキューンと治まっていさえすればいいわけだから、法皇雅仁さまの密使は弾圧する。

ヤマト・レコード相談役の山階逸男とかいう男、法皇雅仁に恨みがあるとか、ないとか、鎌倉の源頼朝を決起させるとか、させないとか、わけのわからんことをいっているが、味方にして損はないとみたから提携して、法皇雅仁さまの密使の藤原資徳一派の女どもを〈狩り出す作戦〉をたて、実行した。

八千人もの女の大群がおしよせたのはおどろきだが、このなかに藤原資徳一派の女がまぎれこむ可能性は高い、あきらめることはない、最後までテストをやればいいんだとケンゴ隊長は決心したが、山階逸男は堪忍袋の緒を切ったらしい。歩兵連隊と連携をつけ、女の大群との歌合戦にもちこみ、唄い負かして解散においこむ作戦にきりかえたようだ。

スカーッとしたものがケンゴ隊長の頭を通過した。状況が鮮明に把握された。

「山階のやつ、やっぱり地方人、たかが八千の女の大群におそれをなして歩兵連隊に支援を依頼するとは、なア」

「堂々たるところがない」

「しかも、おれをうらぎった」

「隊長ッ、うらぎられたままで、ほうっておくのですか？」

「冗談じゃない。うらぎられたら応戦する、じゃないと、やられちゃうぞ！」

「では……！」

「若山ケンペイ、出動だッ」

「出動、承知いたしました！」

ケンシこと若山ケンペイが、ダダダダーッと階段をかけおり、三階から二階の踊り場、背中の上からケンゴ隊長が、

「若山ケンペイ、止まれ！」

「はあッ」

「正直なところを答えろ、いいなッ」

「正直にお答えいたします」

「歩兵連隊が唄っている『〽ディディ・ディディディン』と、『♪ナンノ掟があるものか』や『♪もどれないのかナ』と、歌としてはどっちが上出来なのか、正直に答えろ!」

若山ケンペイはグウッと詰まる。

「詰まるな、こわがるな、時間がないんだ!」

「……」

「たのむよウ、若山ケンペイ、おねがいだ、いってくれ!」

「隊長はそれほどまで……もうしあげます。『♪ナンノ掟があるものか』や『♪もどれないのかナ』には笑いと哀しみと、そのほかにも楽しさ、親しみ、暖かさといったものが全部そろっています。歩兵連隊が愛唱する『♪青年日本の歌』は肩肘はった威勢、緊張感はありますが、笑いも哀しみも暖かみも、ヒトが懐かしいと感じるものは、なーんにもありません!」

「そうか。よく、いった!」

「それで、どうなります?」

「気になって仕方がないんだ、不安に胸が締めつけられる……」

(10)

雪は降る。

八千人の女の大群はビルを包囲して群れて、唄っている。

真夜中、しかも雪、歌声は遠くまで、鮮明に響いてつたわる。

歩兵たちは、こちらでは二十人ほどの小隊、あちらでは単独、女たちに歌の合戦を挑む。

〽**汨羅《ベキラ》の淵に　波さわぎ**
　巫山《フザン》の雲は　みだれとぶ

挑戦された女たちは「♪ナンノ掟があるものか」や「♪もどれないのかナ」や「♪波よ聞いてよ」はもちろん、知ってるかぎりの流行歌で応戦する。

「予想どおり、あきらかに差が出ている」

眼光するどく山階逸男がつぶやく。

女が歩兵を圧倒している。歌としての出来はともかく、声や節まわしではもともと勝負にならないから、歌の合戦にはなっていない。だが、山階逸男は失望してはいない。失望どころか、狙いはピッタリ、そういわんばかりに目を光らせて見守っている。

山階逸男が「差が出ている」という、その「差」とはなんのことだ?

「だめよッ」

兵士が女にいたずらをしかけたみたいだが、そうではなくて、

「だめなのよ、あんた、そんなに興奮すれば音程が外れちゃうでしょ。ふつうのように、いままでとおなじで、たっぷりとした気分で唄えばいいのよ」

「そうなのよ。このひと……あら、あたしまだ、このひとの名前しらないんだけど……このひとのい

うとおりよ。ヘイタイさんだからといって唄い方がまずくていいというわけにはいかないでしょ。しずかに、ふつうに唄うのがいちばんいいのよ」

なーるほど、この女、くさいぞ、一応の見当をつけておいて山階逸男は別の女に近づく。

〽焼いて食おうと——ヒーイッ——音程を外してしまう女がいる。

これはちがう、藤原資徳一派の歌唄いがこんなへたな唄い方をするはずはないとつきはなして、また別の女のそばに寄る。

山階逸男は執拗な性格、藤原資徳の一派の女が歌合戦に参加しないはずはない、かならずまぎれこんでいると確信している。

新人歌手発掘の歌唱テスト作戦、藤原資徳一派の女はかならず応募してくると見当をつけたのだが、せいぜい五百人とふんでいたのが八千人の大群に膨張してしまって、どうにもこうにも処置がつかなくなった。

歌合戦による誘い出し作戦にきりかえた。近衛連隊や歩兵連隊に出動してもらい、女の大群に歌合戦を仕掛けた。

女の大群と兵士たちが正面からぶっつかって、入り乱れ、歌の合戦。ふだんの調子を外してしまう女、あくまでも自分の音階をまもって唄う女、ふたつにわかれる。

後のほうの女のなかに、かならずまぎれこんでいる、にっくき非国民、藤原資徳一派の女が！

(11)

万世橋にちかい銀行の裏手のオデン屋、ケンゴ隊長と若山ケンペイがオデンをむしゃむしゃとやっている。京からやってきた多々丸とナミヨが有楽町のガード下ではじめたオデン屋とは別のオデン屋である。部下の若山ケンペイとのあいだに、これまでになかった親近感がうまれた。

ケンゴ隊長は、竹串のタコのほかにコップ酒をおごってやっても損にならないような気分にさえなっているが、勤務ちゅうの立場を配慮して竹串のタコのオデンだけに抑制している。勤務がおわり次第、コップ酒を追加する予定。

「このタコ、硬いけど、タコは硬いのがいい、歯ごたえがある」

タコの硬さについてうんちくをかたむけるケンゴ隊長だが、ケンシこと若山ケンペイは返事をしない。タコよりももっと大事なことが気になっているから、それについてケンゴ隊長の言葉をききたい。

オデン屋にはいるまえに、歌合戦の現場をあるいた。

ケンゴ隊長は「フーム、フーン」とうなずきながら、あっちこっちと場所をかえて歌合戦を観戦し、オデン屋に足をはこびながら、

「なるほどね。こうして目のまえで比較して聴いておると、くやしいが、『♪青年日本の歌』はだめだな、太刀打ちできない感じ」

「唄うというよりは叫ぶ歌ですからね。ところで隊長、さっき、気になって仕方がないとおっしゃった、あれは？」

そのとたんにケンゴ隊長は険しい表情、オデン屋めざして早足になり、串のタコにかぶりついて、「硬

いけど、やわらかいよりは歯ごたえがある」というまで、ギューッと口をつぐんでいた。

タコを仲介にしてケンゴ隊長が和解をもうしこんでおいでになったとおもわれる。

そこで若山ケンペイ、竹串のタコを一口やってから、「およそ食べ物というものは、やわらかいよりは硬いほうが味わいがありますよね」ぐらいの返事をしておき、それからおもむろに、「ねえ、隊長、さっきの、あれは？」というふうにもってゆくのが順当だろう。

若山ケンペイがタコの串に手をのばしたのが合図になり、

「歩兵が負けるよ。あんな歌で、なにが歌合戦だ！」

「ええ、それは……」

若山ケンペイの気分は釈然としている。歩兵の負け、わかりきったことだ。

ついさっきも、ふたりのまえで、

「どうしたのよ、ヘイタイさーん。その、おかしな歌を、もっともっと唄いなさいよ、さけびなさいよ」

「おかしな歌でも、唄ってはいけない理由はないのですから、さあ、唄いなさい」

挑発され、気をとりなおした兵士たちは、

〽昭和維新の　春の空
　正義にむすぶ　ますらおが
唄ってはいるが、おわりまで唄いきる元気はない。

気のいい女が多い。なんとかして兵士の歌を聴いてあげようと思うが、兵士の歌声は彼女たちの耳にはとどいても胸の奥まではとどかないし、かといって、雪雲をつきぬけて天空かなたに昇ってゆく勢いもなく、はらはらと雪の地面に落ちて積もるばかりだ。

歌声の死骸である。昭和十一年二月二十五日の夜の東京の築地のあたりの地面には、兵士たちの歌声の累々たる死骸のうえに雪がつもり、そのうえにまた歌声の死骸、そしてまた雪の積層状態になっていた。

そういうわけだから歌合戦の結末は知れている。

それなのにケンゴ隊長、オデン屋にひっこんでからもまだ兵士の敗戦を気にしているらしく、ケンシこと若山ケンペイには不思議でならない。

「歩兵の負け……それが、どうかしましたか?」

「皇軍《こうぐん》に敗戦はない、敗れるよりは死ねとおしえられている兵士が負ける、すると、どうなるかね?」

「アアッ……!」

「兵士は実弾をわたされている。それが心配なんだ、おれは」

「最後はクー・デターということに……」

「こんな場面で実弾ぶっぱなしてもクー・デターなんていえるものじゃないが、単純な兵士もすくなくないからね、歌で負けたら鉄砲で勝負ッ、となりかねない」

(12)

藤原資徳と登利丸、獅子丸は有楽町のガード下で雪を避けている。

歌合戦は有楽町あたりでも展開されている。

歩兵が唄う「♪青年日本の歌」には肝もつぶれる想い。

「歌詞の筋としては、この世が乱れているから正しく改める、ということになっていますな」

「世を正しくする、なんていうのは天や神の仕事だからね、ヒトは神に祈らなければならない。だがこの兵士たちは、天や神に祈る気持ちがまるでないままに唄っているんだ。顔が真っ赤になっているのは、神の代わりを人間がやるんだという、りきみのせいだろうね」

「元気いっぱいに大声で唄えばいいんだと、それだけで訓練されているのじゃないかな」

「なお、わるいよ。元気とか大声とか、唄うにはいちばん邪魔なもの。だって、歌は切望なんだからね。元気なら唄う必要なんてないじゃないか」

「すると、この女たちは元気ではない……と？」

登利丸には少々意外な獅子丸の見解であるようだ。

「これを元気というなら、まちがってるね。彼女たちは、すくなくとも昼間は元気じゃない、しあわせでもない。だから、こうやって歌を唄いにあつまってるのさ。雪が降るのに、帰ろうともせず」

獅子丸の見解が登利丸を感動させた。登利丸が肩をおとし、フーッとふかいためいきをついたので、わかる。

「ヘイタイさんだって悲しかろうに、それなのに悲しい歌を唄えない、これはもっと悲しいことなんだな」

「悲しいこころを、威勢のいい、傲慢な歌でごまかしている。こころにはごまかしが効くからね、残酷だ」

　歌の合戦に負けた兵士は肩から銃をおろし、かなしそうに地面を見つめる。

　それをそのままにしておく女たちではない。

「そんなつまらない歌はやめて、ねえ、『♪もどれないのかナ』とか『♪上海リル』、『♪二人は若い』とか、たのしい歌を唄いましょうよ、あたしたちといっしょに！」

「そうよッ。ねえ、知っているんでしょ！」

「知ってはいるんです、でも、唄えないんです」

「アッラ、マ、どうして、なぜ？」

「グンジンは勇敢でなければならない、からであります」

「でもサ、あんたたちはヘイタイさんでしょう、ヘイタイさんとグンジンさんはちがうじゃないの？」

　するどい質問に兵士はたじたじとなる。

「それはそうなんですが、グンジン勅諭《ちょくゆ》はあるがヘイタイ勅諭はない、したがってヘイタイはグンジンの一種と見なされるべきであると……」

　グンジン勅諭とかヘイタイ勅諭なんていうのが出てきたから、こんどは女たちがたじたじとなった。

「そんなむずかしいこといわないで、さあ、唄いましょ」

「あたしたちといっしょじゃ、いや、とでもいうの！」

「とんでもない……のであります」

「いやでないなら、さあ、いっしょに唄うのよ！」
二、三人の女がグイッとつめよった。
わかい、というより、まだほんの子供の顔の兵士がすっかりおびえてしまい、

「こっちに寄らないでください、おねがいです！」

叫んで、地面から銃をもちあげ、にぎりしめ、近寄る女の顔に食いつくように両眼をギョロリ、

「ああ、ネエチャーン！」

「そういうおまえは、ああッ、邦太郎！」

「ネエチャーン！」

「邦太郎、どうしておまえが、こんなところに……？」

ネエチャンが、ぶっつかるように邦太郎に抱きついた衝撃なのか、邦太郎の、驚愕にわななく指があやまって引金を引いてしまったのか、
ダアーン——

降る雪——深夜——そして、あたり一面、ゴマを煎るような発射音。一瞬、しずまりかえった。沈黙の一瞬が永久につづくのを、だれもが祈った。

これでいい、このほかには、何も起こってくれるな！

雪よ、もっと降れ。降って、降って、すべてを凍らせろ！

歌の合戦に負けてこわばっていた兵士たちの表情に赤みがもどり、ほがらかで、健康な表情になる。

「ケンゴ隊長ッ、われわれは、いったい、どうすればいいのでありましょうか？」

「いまは、なにもしない。みているだけ」

「いいんですかア?」

「八千人の女の大群は自然に解散になる、歩兵は連隊宿舎にかえる、それでおわり。われらの出番はそのあと、いそがしくなるぞ、超過勤務手当を出せるかもしれんな」

「超過勤務手当……本当ですか?」

「出せる、だろう」

「勤務の内容は?」

「まだ、わからん。たのしみに待つんだな」

「超過勤務手当が出るなんて、信じられないなあ!」

　幸福の予感に感激する若山ケンペイの横を、弾を撃ち尽くした歩兵の小隊が退却してゆく。

(13)

「藤原さま、ここから姿を消した歌好きの女たちは、明日からは唄わなくなるのではないでしょうか?」

　藤原資徳と登利丸、獅子丸は数寄屋橋のほうへあるく。

　夜はまだふかい、雪は降る。

「心配にはおよぶまい。そもそも、大勢であつまって唄うのは自然ではないんだからね。ひとりで、しずかに、熱いこころをこめて唄うのが歌というものさ」

「登利丸よ。藤原さまのおっしゃるのは、おれにはよくわかる。京の宮廷で、えらそうな顔をした連中をまえに和琴を弾いていたころのおれは、ひとりで琴を弾いていられるところがあったなら、どこへなりとも飛んでゆくのにと、あこがれていたんだからな」

「それはそれとして、今様唄いはそうはいかんぞ。ひとまえでなくては稼ぎにならぬ」

「今様唄いは稼ぎだからな……あれッ、なんだ、あれは?」

雪あかりを透かすように獅子丸が腰をかがめる。藤原資徳も登利丸も獅子丸の視線の行方を追った。八千人の女の大群は散ったが、去らず、つめたい雪のうえにうずくまって朝になるのを待つ数も百や二百ではない。うずくまる女の顔を、ひとりずつ点検するようにのぞいている男がいる。物取りではなさそうだが、といって、知人を探すにしては荒っぽい。あたりにひとのうごきがないだけに、男のうごきは目立つ。

三人は雪を蹴り、足をはやめて男にちかづいた。気がついて、男がふりむく。

「山階逸男!」

「しばらくだったな、相良俊輔《さがらとしすけ》よ。獅子丸などと名を変えて、いつも藤原資徳といっしょ、まことにオミキドックリ」

「わかったぞ。歩兵連隊を出動させたのは、おまえだ!」

「わかっているなら、なんにもいうな。あっちへ、ゆけ!」

「ホホウ、おまえが山階逸男か、みたような顔だ。ヤマト・レコードの新人歌手募集はどうかね、うまくいっているかな、ホホッ。いや、これは失礼、まろは藤原資徳」

「おれは登利丸」

「知ってるよ、へたな人形まわしで稼ぐ、あわれなる登利丸。法皇雅仁さまの手先だそうだ」

「山階とかいったな、むだだよ。おまえが狙う今様唄いの女が、こんなところにあらわれるはずはない」

「むだらしいな」

あくびを連発、目をこすりながら出てきたのは林・梅田・四方のヤマト・レコード重役連中。

「なにかあったのでしょうか。ババーンとうるさい音がしたのは、あれは、なんでしたかなあ?」

「やはりわたしのいうとおりですよ。あれはバクダン・アラレですよ。ねえ相談役さま、バクダン・アラレでしょう?　塩気が利いていて、いける味」

「家内の店でも売っていますよ。うちでは問屋から仕入れますが」

「そのお店は『ハナエちゃんの店』というのじゃありませんか?」

藤原資徳には、こういう残酷なところがある。公家に特有の、残酷をたのしむ性格。

四方修二は貴族とは縁がないから、藤原資徳の残酷な言葉にはなにも感じるものがない。

「われわれが何もしないのに、女の大群は解散したのですなあ」

「この雪ですからね、いつまでも続くはずはないとおもっていましたよ。これでゆっくり寝られるわけだ、ねえ、山階相談役さま……おやッ、相談役さまが見えない」

「こまりますなあ。新人歌手募集のテストを中止しなくてはならないのに、発案者の相談役さまが行方をくらましては……」

林重役の吐息が寒気に白く凍る。山階逸男にひっかきまわされた感じのヤマト・レコードの前途をおもえば、林重役の吐息も無理はない。

山階逸男の行く先、それはもちろん浅草、カフェー黒竜江。

サワよ、どうした?

無事に逃げたのか、サワよ!

十一ノ章　♪空にゃ今日も　アドバルーン

（1）

浅草へ、浅草へ

ケンサンこと大山ケンペイは女の小隊にとりかこまれ、「♪さくらさくら」を唄いながら、浅草めざしてすすむ。

女の小隊にはナミヨがまぎれこんで、いざというときにはサワを救出する作戦。

そのあとから山階逸男《やましなはやお》がゆく。逸男は黒竜江のサワの存在を確認してはいないが、カフェー黒竜江に行けばなにかつかめると確信している。「狩り出し」に失敗したので、こんどはカフェー黒竜江で「網を張る」作戦にきりかえた。逸男は執念ぶかい。

そのあとをヤマト・レコードの重役連中がゆく。相談役の山階逸男にそそのかされ、あるいは脅迫されて、「藤原資徳一派の狩り出し」をやったものの、もともと気がすすまなかった。レコードをつくらないのに新人歌手募集のテストをやる虚偽がいやだというのではない。こんなことばかりやっていて、レコードの製作販売からとおざかってしまうのが不安だ。レコードを作って売るのが根っから好きな連中なのだ。

八千人の女の大群に包囲された、あの、なんともいえない気の重さ。わけがわからないが、ともかくも女の大群は消えた。いまさら会社にもどって、ソファーで寝る気はしない。

雪――いいですね、結構ですね――雪、大雪――

〽ゆきやこんこん、あられやこんこん――

いっそのこと、浅草へくりだして騒ごうじゃないか、会社をつくるときに行った、名前はおぼえていないが、なんとかいうカフェー、あそこへでも行こうや！

なんとなく、そう、初心がなつかしくなって、浅草めざしてすすむ。

そのあとから、

「大山ケンペイを支援しなくてはなりませんよ、隊長」

「ここにはもう、なにもおこらないだろう。行くかね、浅草へ、カフェー黒竜江へ！」

ケンゴ隊長とケンシこと若山ケンペイも浅草へ足をむける。

そのあとを藤原資徳・登利丸・獅子丸がすすむ。歩兵連隊は浅草には出動しない、歌好きの女たちは五人、十人とかたまり、存分に唄っている。

カフェー黒竜江は、こんなおそい、しかも雪の夜だというのに店をあけている。

カフェー黒竜江がちかづくと、大山ケンペイをとりかこんでいる女たちの唄う歌が「♪サワよ逃げるな、逃げてはならん」に変わった。

「君たち、それを唄うのはやめてくれ！」

大山ケンペイが女たちに哀願する。

カフェー黒竜江が目のまえだというのに、

〽サワよ　逃げるな　逃げてはならん
　ぼくはケンペイ　はりきるケンペイ

こんな歌を唄いながら行進してゆけば、サワは逃げてしまう。

「あーら、これはいい歌なのよ。『♪サワよ逃げるな、逃げてはならん』というのは大山ケンペイさんの、サワさんにたいするこころからの気持ちなんでしょ。だからサ、あたしたちがこころの底から唄えば、みんなの気持ちがきっとサワさんにとどいて、逃げずに待っているわよ！」

理屈はそうなる——？

「だがね、芝居でも小説でも、『逃げるな！』といえば犯人はかならず逃げてしまうんだよ」

「芝居は芝居にまかせておけばいいの、これは現実なんだから」

「そうなのよ。あたしたちが唄うのは大山ケンペイさんを援助したいという、あたしたちの愛情なのよ」

「愛情ですかア……」

大山ケンペイの当惑をはねかえす勢いの「♪サワよ逃げるな、逃げてはならん」の大合唱もろとも、カフェー黒竜江になだれこむ。

（2）

カフェー黒竜江——

女給は唄い、酔い、男の客は酔い、唄う。適当に陽気で適当に賑やかな雰囲気。

ケンサンこと大山ケンペイは女たちの列から一歩ふみだし、

「藤原資徳の一味、サワを逮捕する。神妙にしたまえ！」

「すてき！」

勇姿、大山ケンペイにふさわしいのは、この言葉である。

大山ケンペイは調子にのって、

「逮捕容疑は秩序紊乱《びんらん》、風俗潰乱《かいらん》、そのほかである。すなわち、当局の許可をうけぬ歌をはやらせた罪である。したがって、人心をまどわせた罪もかさなる」と、ますます恰好がいい。

男の客はこそこそと出ていった。女給たちも、はじめのうちはおどろいていたが、大山ケンペイの姿が恰好がいいだけで威圧感のないのを見抜いてからは、

「おもしろいわね。さあ、あたしがサワよ、逮捕しなさい！」

「なにをおっしゃるの、サワはあたしなのよ」

「ケンペイさん、だまされないでね。あたしのほかに、サワがいるはず、ないでしょ」

大山ケンペイ、たちまち当惑困惑。

サワを逮捕せよと命令されているのに、サワの顔を知らない。

「そんなに多くのサワがいるはずはない、サワはひとりである」

「だからさア、その、たったひとりのサワがあたしなのよッ」

あたしヨ、あたしなんだヨ――女たちは口々にいって大山ケンペイにつめよる。正確にいうと、築

地からいっしょにやってきた女たちが大山ケンペイをまもるようにとりかこみ、それをカフェー黒竜江の女給たちが包囲する位置関係である。

「チョイト、あんたたち、大山ケンペイさんをいじめると、あたしたちが承知しないんだからね」

「そっちこそ、なによ。逮捕する犯人の顔も知らないケンペイなんかにくっついて、へッ、ちゃんちゃらおかしいっていうのは、そっちでしょ！」

　また、はじまっちゃった。大山ケンペイは、ただもうウロウロするばかり、さっきまでのいい恰好はどこへやら。

（3）

「大山ケンペイ、いかがでありますか？」

　とびこんできたのはケンシこと若山ケンペイとケンゴ隊長、この様子を一目みて、

「おいッ、若山ケンペイ、出口をかためろ、だれも外へ出すな！」

「はいッ」

「あーら、このふたりは大山ケンペイさんの味方らしいわ。あたしたちも協力しましょうよ」

「名案！」

　表も裏も、二階への上がり口も完全に閉ざされた。

　カフェー黒竜江の一階フロアーは密室状態になった。

　トーン――これはケンゴ隊長が、これから堂々たる宣言をするぞという合図に、サーベルを床に突

いた音である。

「このなかにかならずサワがいる。逃げようとするのがサワだ、藤原資徳の一味のものだ、法皇雅仁《まさひと》さまの歌声密使だ」

ケンゴ隊長もサワの顔を知らないんだ、これはおどろいた。しかし、さすがはケンゴ隊長、「このなかにサワがいる。にげようとするのがサワである」と、状況把握は正確をきわめている。

そこへ、ドアをきしませてはいってきたヤマト・レコード相談役の山階逸男。

「ウフフ、隊長さん、築地では失敗したが、どうやら、ここでは成功しそうな具合ですなア、藤原資徳一派の狩り出し作戦……」

「ええッ、相談役さま、まだ、おやりになるのですか、あれを?」

うんざりしていうのは、ちょうど到着したヤマト・レコード重役連中。

藤原資徳たちの三人が姿をあらわし、異様な光景の意味する危険に気づいて逃げようとしたが、すでに出口をかためられていて、出られない。進入は可能だが出るに出られない、カフェー黒竜江は蟻地獄の状況になった。

「歌を唄わせてサワを狩り出そうとしても、そうはさせぬ!」

藤原資徳に対抗、山階逸男が憎々しい顔と声とで反論する。

「おまえの考えは手にとるようにお見通しだよ。サワがわざとへたに唄う、そうすれば今様唄いだとわかりはしない……おまえはこういいたいわけだ」

山階逸男はニターッと笑う。

おさえようとしてもおさえきれない勝利の予感に、笑いをこらえきれない。

「藤原資徳、おまえにはサワの、というよりは今様唄《いまようた》いの女の誇りというものが、わかっておらん。いまここで逮捕されるのがイヤだといってへたに唄うぐらいなら、逮捕されたほうがずーっとまし、それが誇りなんだ。そうだろう、登利丸さんとやら？」

図星を衝かれ、登利丸は唇をかむ。そのとおりなんだ、山階逸男のいうのに間違いはない。

――ここは生命と安全が優先だ。へたに唄って、身分を悟られないようにする。

指示しても、サワが承知するはずがない。頭は承知したつもりでも、きたえた身体が承知しない。藤原資徳はなにかいおうとして、グーッと言葉につまる。獅子丸は、

「コノオーッ、山階の山猫野郎！」

さけんでとびかかろうとしたが、その胸にピタリ、ケンゴ隊長がすばやくピストルの狙いをつけて、撃鉄を起こした。そこへまた、ギィーッと錆《さ》びた音、ひらいたドアからクサカベミヨコとケンニことか宍戸六平太が登場。秋葉原のニセ・ケンペイ隊本部から築地に行ってみると、誰もいない、なんにもない。それならばとミヨコはなつかしの浅草めざして走り、それを宍戸ケンペイが追いかけてきたのだろう。

ミヨコはハアハアと息をはずませ、黒貂《くろてん》のコートに降りかかった雪がキラキラとかがやく。

昭和十一年二月二十五日の夜から降り始め、時計が二十六日になっても、まだ降っている雪だ。

「歌のテスト、ここでやるんでしょ。山階さん、いいこと、『♪ナンノ掟があるものか』や『♪もどれないのかナ』を吹きこむのはぜったいに、あたし、クサカベミヨコなんですからね。ほかの女には

わたしませんよ！」

　梅田重役は口をポカーンとあけていたが、それだけでは感情発露が弱いと考えたらしく、

「アアーッ、もうなんでもいい！　あたしゃ、ただ、レコードをつくって売りたいだけなんだッ」

　さけぶついでに、髪の毛をむしゃむしゃとむしった。

（4）

　ケンサンこと大山ケンペイといっしょに築地から行進してきた女たちが、カフェー黒竜江のなかによびこまれた。

「まあ、これが営業用のチコンキなのね。いかにも本物のチコンキっていう感じが出ているわ！」

「カフェーって、きれいね。あたし、お父さんにいって、カフェーづとめにかわろうかな」

　はじめてカフェーというものに触れた女ばかりだから、ひとしきりカフェーに関する感想が披露された。

　しかし、彼女たちがカフェー黒竜江によびこまれた理由はもちろん別のところにある。

「みんなで、ここで唄うんだってさ」

「また歌の合戦？」

「こんどは兵隊さんとの歌合戦じゃなくて、勝ち抜き戦らしいわよ」

「それじゃ、築地のビルでやってるテストとおなじじゃないの」

「でもさア、あそこの男のひと、ピストルふりまわして脅してるのよ。こんなところじゃ、あたし、

唄いたくないな」

ピストルという言葉が耳にはいったケンゴ隊長は、くるりと女たちのほうをふりかえり、

「きみたちは人質なんだ。サワがおとなしく名乗って出れば、きみたちは唄うまでもないんだよ。わかったろう、サワよ、いまのうちに名乗って出てこーい！」

クサカベミヨコは怪訝な表情、なによ、これは、はなしがちがうじゃないの！　そばのケンニこと宍戸ケンペイに不審な顔つきをむけるが、反応がないから、大山ケンペイにたずねる。

大山ケンペイの答えるのにフムフムとうなずいていたがミヨコに耳打ちする。ミヨコの顔にサーッと朱の色がさした。

「サワが、なによ！」

激しすぎてきこえにくいミヨコの言葉をわかりやすいようにいいかえれば――あの歌をうまく唄えるのはサワじゃなくてクサカベミヨコである、ウソだというならテストしてみればいい、即座にわかることだ。

ケンゴ隊長とヤマト・レコード相談役の山階逸男が顔をみあわせ、ニヤリとしたのは無言のうちに意見が一致したからにちがいない。

「藤原資徳よ、どうするかね。おまえが、サワはこの女だと指さすだけで、この場は静かに……」

おもおもしく恰好つけた山階逸男の言葉、それをさえぎって藤原資徳が、

「好きなようにすればよろしい。すなわち……」

「うるさい！」

ドッカーン——ケンゴ隊長がピストルを一発、天井にむかってぶっぱなすと、

「さあ、みんな、ひとりずつ唄うんだ！」

ケンゴ隊長がつきつけたピストルにおびえ、おもわず一歩さがった女たちのなかから、透き通る声があがった、まぎれこんでいるナミヨである。

（5）

「ネーエ、大山ケンペイさん……」

「はーい。ぼくは、ここですよ」

「ケンペイは『♪ナンノ掟があるものか』や『♪もどれないのかナ』や『♪波よ聞いてよ』のような歌を唄ってはならない……たしか、そうだったわね」

「そういう指示が出ております」

「唄ってはいけない歌なら、それを他人に唄わせるのもいけない、そういう理屈になるでしょう?」

「そういう理屈です。理屈は理論ともいいます」

ケンゴ隊長は呆気にとられ、ケンサンこと大山ケンペイとナミヨを交互に見ていたが、

「ばかやろめ！」とさけび、ピストルの柄で大山ケンペイの横っつらをなぐりつけた。

「秘密をべらべらとしゃべってしまいやがって！」

「でも、隊長。これが秘密であるとは、大山ケンペイ、おしえられてはいないのであります」

ケンゴ隊長は苦々しい表情になったが、それもすぐに爽快な顔つきにかわった。苦境をきりぬける

名案がうかんだにちがいないのだ。ほんとうにケンゴはしつっこい。

「山階相談役、あんたはケンペイじゃないから、自由だ。このピストルを貸すから、おもうぞんぶんにやってくれ」

なるほど、ケンゴの名案というのがこれであったか。

ところが、である、こんどは山階逸男の表情が爽快にならない。

「さあ、思いきって！」

山階逸男はケンゴ隊長のほうに、モゾモゾとむきなおり、

「おれは権力をつかった経験がない、なにしろ正真正銘の最下級公家なんだからね。やってくれといわれても、方法がわからない」

「なにをいうんだ、権力の行使なんていうものは、おまえ、人間の本能の初歩だぞ、さあ、やるぞと決心したときにはもうすでに権力の何たるか、いかにして権力を行使すればいいのか、すかーっとわかっているんだ！」

「本能はいいとしても、権力のほうは、だめだなア」

ケンゴ隊長はなおもあきらめず、権力行使がどんなに気分のいいものであるか、人間と生まれて権力をつかわずに死ぬのはいかに無益無意味であるのかを説いたが、山階逸男はただ「いや、おれは駄目だよ、おれは権力というものをつかった体験がないんだ」と、ケンゴ隊長の誘いを迷惑におもう心境をかくさない。

「あのー、それならば……」

梅田重役が何かいいかけたのを、林重役と技術部長の四方修二があわててひときめる。

「おいっ、そっちに何か名案があるんじゃないのか。あるなら、はやく提案すべし！」

山階逸男とケンゴ隊長がほとんど同時にさけぶ。ヤマト・レコードの重役連中にこの苦境をきりぬける名案があるのなら、このさいである、なんでもいいなりになってしまおうという気持ちの姿勢になっているのがわかる。

「名案なんか、この梅田重役の頭からうまれるわけがないんですよ」と林重役。

「梅田重役は、はやくレコードをつくって売り出したい、そうしなければヤマト・レコードはつぶれてしまう、そういいたいだけなんです。ねえ、梅田さん、そうですね」と四方修二。

四方修二が梅田重役の発言を封じるやりかたはなかなか暴力的である。

相手はピストルをちらつかせて脅しているのだから、ここで下手にうごくと怪我をしますよ、なんていう雰囲気をみせながら、そのじつ、うしろから肩を抱くようにみせつつ、掌で梅田重役の口をがっちりと押さえつけ、猿ぐつわをかませている。

空いているほうの片手で、梅田重役の耳をおもいっきり強くひっぱりながら、ケンゴ隊長や山階逸男にはきこえない声で、「一言もしゃべるんじゃありませんよ」と吹きこんでいる。そろそろこのあたりで山階逸男やケンペイ隊との提携関係を解消しなければ会社が潰れてしまうと、四方修二はまじめにかんがえているのである。

「今夜はすばらしい夜になったわねえ！」

クサカベミヨコが、こころのそこから嬉しそうな顔で、いう。

「テストなんか、する必要はなかったのよ。レコード界のトップ歌手はクサカベミヨコだってことが、これではっきりしたわけね。あたし、ほんとうにうれしいの」

カフェーの明かりで見るクサカベミヨコ、なるほど美しい。自信に満ちて、寄せられる視線にギラギラした笑顔でこたえている、というか、視線をはねっかえしているというか。

「すごいッ。クサカベミヨコさんの、こんなに近くにいられるなんて、あたし、夢見ているんじゃないかしら！」

ナミヨの芝居もたいしたもの。

「ネーエ、みなさん、ミヨコさんにサインをねだっちゃいましょうよ！」

「うわー、それがいいいい。ねえ、ミヨコさーん、あたしたちの願いとわがまま、ゆるしていただけますわね」

「もち、よ。今夜は特別、ルージュでサインしてあげましょ」

キャーッという歓声のなかで、

「ルージュって、なんだ？」

「おまえが知らぬものを、おれが知ってるわけがない」

獅子丸は機嫌がわるい。

「口紅さ」と藤原資徳がおしえてやる。

「口紅のサインが、そんなにうれしいことなのかね？」

「らしいね。おれは、気味が悪いけど」

登利丸と獅子丸がブツブツいってるあいだに、ミヨコは上機嫌でサインをしてやっている。

「ええっと、『歌声よいつまでも。昭和十一年二月二十五日の雪の夜の思い出に。クサカベミヨコ』、どう、いい文句でしょ」

「もう二月二十六日だよ」

「もうすぐ朝ね」

ミヨコはますます上機嫌。

「隊長ッ、重大報告でありますッ」

（6）

雪まみれの姿で登場したのはケンイチこと安岡ケンペイである。気づいた登利丸、あわてて獅子丸のうしろに、かくれる。

「安岡ケンペイ。なんだ、重大報告とは？」

「歩兵連隊が反乱をおこしました。首相官邸や警視庁、そのほか重要施設を占拠しつつあります。報告、おわりッ」

「まさか。歩兵連隊は歌の練習をやっていたんだ、反乱なんかおこすはずがない！」

ケンサンこと大山ケンペイは叫ぶ。大山ケンペイが「はずはない！」と叫んでも、この場の雰囲気は安岡ケンペイに味方する。

頭から顔から、全身に雪をかぶった安岡ケンペイがウソの報告をするはずはないと、みんなはおもってしまう。雪は白く真実も白い、雪は真実の親類だといった幻想があるから、安岡ケンペイには有利、大山ケンペイには不利、気の毒な状況だ。

ケンゴ隊長はカフェー黒竜江自慢の大型柱時計をじいーっとにらんでいたが、

「クー・デターをおこすには適当な時間ではあるな。安岡ケンペイの報告は真実をつたえているかもしれぬ」

大山ケンペイにとっては致命的な隊長の一言だ。

「ぼくを信じてくださらないのですか、隊長ッ」

絶望の声を最後に、大山ケンペイはその場に卒倒した。

「キャーッ、大山ケンペイさーん、しっかりしてエ！」

女たちがかけよる、そのすきにナミヨはすばやく二階にかけあがり、サワの身のまわりのものをかきあつめ、クルクルッとまるめて風呂敷包みにして降りてくると、バタバタとあわただしく大山ケンペイのそばに駆け寄った。あたしの大山ケンペイさんだよ、ほかの女の手には触らせないよとでもいうように耳に口をあてて、

「大山さーん、なにか、いいたいこと、あるんでしょ？」

大山ケンペイの唇がちょっとうごく。

「なーに？　もっとはっきりいってちょうだいッ」

ナミヨが大山ケンペイの口許に耳をよせると、

「あーら、大山ケンペイさんは歌を唄っていらっしゃる！」

ナミヨのいうとおり、大山ケンペイは目をつぶったまま、ちいさな声で唄っていた。

〽汨羅《ベキラ》の淵に　波さわぎ

巫山《フザン》の雲は　みだれとぶ

混濁《こんだく》の世に　われたてば

義憤《ぎふん》にもえて　血潮わくウ

気をうしなったまま、大山ケンペイは唄っていた。ひくいが、はっきりした声である。

「こりゃ、いけるぞ！」と梅田重役が歓喜の声をあげる。

「いい歌とはいえないが、その点にかえって商品価値はあるかもしれない」と林重役。

「単音節のくりかえし、現在の日本の録音技術にはもってこいの歌ですよ」と技術担当重役の四方修二。

（7）

グンブが反乱、となればさっさと現場にかけつけるのがケンペイの任務のはずだが、どういうわけか、ケンゴ隊長、

「いいかあッ、みんなよっくきけよ、おれはまだ、サワの逮捕をあきらめてはいないんだからな！」

たかだかと宣言した。執念ぶかいのはいいとしても、この時になってもまだ、サワの逮捕なんていうテーマにこだわっていて、いいものだろうか？

敵とはいえ、藤原資徳としてもそのあたりのことが気にかかるらしく、

「さっさと千代田の城にかけつけて上司の指示をあおがなくていいのか？　怠慢の罰をうけても、おれは知らんぞ」

「余計な口出し、やめてくれ！」

「隊長さーん。ここよ､元気をふるって頑張るのよ。失敗しても平気なのよ、あたしのレコードはじゃんじゃん出るし、ミヨコにやしなってもらうのがイヤなら、ケンニ（宍戸ケンペイ）さんの故郷の江差に行って、ニシンをとってくらせばいいんだからね！」

「ありがとう、ミヨコよ。おれはおまえに、ひどいことばかりやったのに、それをうらみもせず、そんな優しいことをいってくれるなんて。おれは、おれは……」

　ケンゴ隊長は泣き声になり、涙も出ている。

　ブルブルッと顔をふるって涙をはらい、

「今日から、『♪ナンノ掟があるものか』『♪もどれないのかナ』『♪波よ聞いてよ』以上の三曲を唄うのは厳禁とする。どうしても唄いたいというやつは唄ってもかまわんが、そのときは、いいか、そいつをサワとみなして逮捕する。安寧秩序を破壊する不逞のやからとして裁判にかけるから、覚悟しろよ！」

「名案ですッ、隊長。反乱兵士と同様の罪ですね！」

「そうとも。安岡ケンペイ、おまえ、なかなか頭がいいではないか」

「あーら、隊長さん。それじゃ、あたしが、クサカベミヨコが、『♪ナンノ掟があるものか』なんかをレコードに吹きこむのも悪いことなんですか、ひどいわよッ」

ついさっきはミヨコの親切に感激して涙をながしたばかりのケンゴ隊長だが、といって、情と業務とをゴチャマゼにする男ではない、安寧秩序の破壊にたいしては断固として禁止するのである。いくらミヨコが抗議しても、こればっかりはゆずれない。

「安岡ケンペイよ、反乱兵士どもは何か歌を唄ってはいなかったか?」

「ああ、そういえば……しかし、あれが歌といえるのでしょうか、〽ディンディダ・ディディディン・ディンディダダダン……ぼくは〽おとっつぁんのためなーらエーンヤコーラのほうが歌としての完成度が高いとおもうのですが」

「だまれ、おまえの好みをきいているのではない。さーっ、いそがしくなるぞ!」

ドッカーン——ケンゴ隊長はまたまた一発、天井にぶっぱなした。景気づけの一発のつもりらしい。

(8)

ケンゴ隊長の目はキラキラとかがやき、唇のはしっこに泡さえ吹いているのは、これからやる大演説の、予想される大反響に、はやくも自分で興奮しているからだ。

「反乱軍は歩兵の第一連隊と第三連隊、それに近衛歩兵連隊、兵力合計は約千四百、これくらいで権力を奪取できるはずはない。重要施設を二、三日のあいだ占拠するのが精一杯だろう。それにもかかわらず、かれらは決起した、なぜだ?」

ケンペイ隊員はこたえない、こたえるべき知識がない。女たちはこたえない、反乱なんかに興味がない。

「かれらは歌を唄っているそうだ……〽ディンディダ・ディディディン・ディンディダダダン。かれらは築地の歌合戦で負けたが、負けたままでひっこむのはゆるされるものではない。ゆえにかれらは復讐のために決起した。千代田のお城を中心とする官庁街を占拠し、たんなるクー・デターとおもわせておいて……いいか、藤原資徳よ、サワよ、よっくきけよ……『♪ナンノ掟があるものか』『♪もどれないのかナ』『♪波よ聞いてよ』など、このけしからぬ歌の全面禁止作戦を展開するつもりなんだな。たとえ鼻唄だろうと、ハモングだろうと……」

「お言葉ですが、ハモングではなくてハミングであります！」

「大山ケンペイの発言は僭越《せんえつ》の罪に相当するが、このさいである、特別に許可する……その、ハミングであろうと、唄うものをかたっぱしから検挙する。われわれケンペイは単なるクーデターは防止しなければならないが、クー・デターとみせかけての不良歌謡撲滅作戦は断固として支持するものである！」

「とすると、隊長、あの〽汨羅《ベキラ》の淵に、を支持することになるのでありますか？」

ケンシこと若山ケンペイが渋い顔つきでたずねたのは、ケンゴ隊長がかならずしも「♪青年日本の歌」には感心していないのを知っているからだ。

「結果として、そうなる。まあ、仕方がないよ」

「結果として……ああ、そうですか」

「さあ、諸君。不信と逡巡とに訣別して、目標にむかってすすもうではないか。けしからん歌を唄うものを発見し、摘発し、かたっぱしから牢屋にぶちこむ。いそがしくなるぞ。もちろん超過勤務手当については、おれが、うまくそろばんをはじいてやる、一か月もすればケンペイ・ゴッコ隊はカネモチ隊だ」

「ぼくはチコンキが買いたかったんですよ、隊長！」

「安岡ケンペイ。チコンキは上等の舶来、レコードはヤマト・レコードのラーベルをどっさりだ！」

利益誘導の罪にあたるのではないかな、梅田重役が、だれにいうともなく、つぶやいた。


「吹雪だ！」

カフェー黒竜江のドアが風にあおられてバタンバタンと音をたてている。

「はやくかえらないと、閉じこめられちゃうよッ」

それをきっかけに、女たちは出てゆく。

「ちょっと待った、このままお別れするのも名残おしいから……」

ケンゴ隊長は首をかしげてかんがえる様子だったが、様子だけではなくて本当にかんがえていたらしく、

「ケンペイ全員、整列せよ！」

ドアのまえに部下全員をならべて立たせ、

「女の方々がすべてサワさんだということにして、サワさんにお別れの挨拶をする、わかったか！」

「隊長、よくわかりましたッ」

ひとりずつ、女たちが出てゆく。そのひとりひとりに、五人のニセ・ケンペイが、

「さようなら、サワさん。また会いましょうね。『♪ナンノ掟があるものか』を唄うと、このぼくが逮捕しなくてはならないから、唄ってはいけませんよ」

「サワさん、お元気で……」

「サワさん、こんど会ったら『♪上海リル』を唄ってくださーい」

　調子にのった女は、

「ウフフ、じつは、あたしがサワなのよ。でも、『♪もどれないのかナ』を唄ってはいけないというのは、ほんとうに残念だわね」

「仕方がないんです、サワさん、お元気で」

「達者でね、サワさん」

　クサカベミヨコはこの場に残り、ケンペイの横にすっくと立ち、最後に出てゆく女にむかって、

「もしかすると、あんたがサワさんなのかもしれないんだわ。歌の勝負ができなかったのは残念だけど、いつか、きっと、チャンスはあるとおもうわ」

「フフフ、そうよ、あたしがサワなのよ。ミヨコさん、ええ、いつか歌の勝負ができるのをたのしみにしています。さようなら」

　ドッカーン――ケンゴ隊長がぶっぱなし、カフェー黒竜江の場に幕をおろした。

（9）
　ニセ・ケンペイ諸君はいそがしい。寝てる間も、めしを食う時間もない。

それでもケンペイ諸君は文句もいわず、つかれた様子もみせずにはりきっている。

歩兵連隊による政府重要施設の占拠はながくはつづかないとわかっているから、そのあいだにひとりでも多くの禁令違反者を摘発しようと奮闘している。超過勤務手当の件も非公式ながら諒解されたといううわさもあり、はりきらざるをえない状況になっている。

「おいッ、コラ、おまえはいま、なんといったか？」

「はあ。わたしはただ、『そのアジの干物を三枚』と」

「いかん、いかん。アジという言葉をつかってはいかん。それはおまえ、『♪ナンノ掟があるものか』の第三節の文句ではないか、唄ってはならんのだ」

「唄ってなんかいませんよ。おさかなのアジを注文しただけじゃありませんか！」

「注文でも、いかん。『ソレを三枚』でじゅうぶんに意味はつうじる」

「横暴だ！」

「なんといわれても、そのこと自体を犯罪容疑とはせぬが、アジというのはいかん」

「すると宍戸ケンペイさん、クジラ取りといってもいけないわけ……？」

ケンニこと宍戸六平太とクサカベミヨコは晴れて夫婦となり、錦糸町の魚屋の二階の間借りでくらしはじめた。その魚屋の亭主が質問したのである。

「もちろんですよ。クジラ取りなんてけしからん言葉じゃなくても、捕鯨という立派な言葉があるんだからね。おじさん、気をつけてくれないと、おれとミヨコの立場がまずくなるんだからね」

反乱部隊は政府重要施設の占拠に多忙をきわめ、反乱の本来の目的たる——とケンゴ隊長がおもいこんでいる——不良歌謡禁止には手がまわらない。総員がたった五人しかいないニセ・ケンペイ隊が連日連夜の超過勤務に目をまわしているのは、このためだ。

反乱については新聞もラジオもほとんど報道しないが、口から口へとつたわって、

「あの歌、唄っちゃいけないんだとさサ。政府の取締りがゆるいから歩兵連隊が怒って、反乱になったんだってね」

「いい歌なのに、ねえ」

「シイーッ。あんた、そんなこと、たとえ頭や胸でおもっても、口に出しちゃ、だめよ。ケンペイさんに連れてゆかれて、おしまいになっちゃうんだから」

五人のニセ・ケンペイが取り締まるだけならたいしたことにもならないが、歩兵連隊のクーデターが重みを効かせている。

二月二十六日、二十七日——時間がたつにつれて東京の街から「♪ナンノ掟があるものか」「♪もどれないのかナ」「♪波よ聞いてよ」のメロディは消えた。

「ねえ、うちにもあの歌のレコードがあったんじゃないかしら。はやいうちに捨ててしまわないと……」

修二の妻で駄菓子屋を営むアヤが四方修二にいう。

「レコード?」

「そうよ。『♪ナンノ掟があるものか』とか『♪もどれないのかナ』とか、さ」

エーットー――修二はしばらく首をひねっていたが、

「なにをいってる。捨てるも捨てないも、あの歌のレコードなんか、あるわけ、ないんだよ」

「だって、どうして?」

「どうもこうもない。そもそも、あの歌はレコードには吹きこまれていないからさ」

「へーえ。そうだったの、知らなかったね。あんなにはやったのに、レコードになっていなかったなんて、あたし、信じられないよ」

アヤにいわれて、修二も信じられない気分。

(10)

「どうも……やられましたな」

「やられた、ね」

「歩兵連隊の反乱と、これと、そもそも関係はないのでしょう?」

「たかが歌だよ、歌を禁止するために反乱を起こすなんて、きいたことがない」

「しかし、ケンゴ隊長はおもいこんでいる」

「おもいこんだ強み……それにやられた」

「サワたちは、どうしているかね?」

「安全なところに避難しております。ほとぼりがさめれば、また唄いだすでしょう。ただひとつ……」

「だれか、女の子が？」

「トキコが行方不明です」

「トキコ……サーカス団にいた……」

「検束されたのでは？」

「まさかとはおもうんだがね、千代田のお城に手をまわして、しらべてみよう」

トキコが検束された事実はない、これはたしかなことだと判明したが、トキコから音羽の家に連絡はない。

（11）

「♪青年日本の歌」の歌をレコードに吹きこむヤマト・レコードの事業企画は挫折した。反乱軍の愛唱歌をレコードにするなど、とんでもないと叱責されてしまったのだ。

ヤマト・レコードの出資者であり、相談役でもある山階逸男は、箱根の関所でカフェー黒竜江の宣伝マッチをひろったときに道をまちがえたらしいといいだし、もういちどやりなおすからと、ヤマト・レコードに辞表を出した。

幹部連中は慰留したが、

「フフフ、諸君がほしいのはわたしのカネでしょう。心配にはおよばない、あれは無償で提供するから、まあ、せいぜい稼いでくれたまえ」

「これから、どちらへ?」

「まず、箱根の関所へ。そこから先が、どうなるかな」

「伊豆ではありませんか。源頼朝がながされたのは伊豆の韮山《にらやま》ですよ、韮山の蛭《ひる》ヶ小島、説明板がたっていますから、すぐにわかります。ちかくには、伊豆代官の江川太郎左衛門がつくった反射炉なども……」

「反射炉……軍事施設だ、みのがせぬ!」

山階逸男の目がきらりと光った。

(12)

二月二十九日の朝——

「アヤさん、はやくはやく、ラジオつけて!」

「テイコさん、どうしたの。あんたのとこのラジオは?」

「安物はだめだね、ガーガーピーピーで、なにを言ってるんだか、まるっきりきこえない」

「なにか、あったの?」

「あった、らしいのよ」

ここのラジオはアメリカ製だ。アヤがスウィッチをいれると真空管があったまって、

「天皇陛下の勅命が発せられたのである……あくまでも抵抗したならば勅命に反することになって賊

名をおびねばならぬ……天皇陛下に背《そむ》き奉《たてまつ》り、逆賊としての悪名を永久にうける様《よう》なことがあってはならぬ。今からでも決しておそくないから……」

「ヘイタイさんが気の毒だわ」

「逆賊になる、なんていわれて、ほんとにねえ」

「反乱がおさまったら、あれは、どうなるんだろう?」

「あれ、って?」

「あの歌を唄ってはいけない、唄えば逮捕するっていう、あれよ」

「そうねえ。どうなるかわからないけど、唄わないほうがいいんだろうね。歌ぐらいで逮捕されちゃ、間尺《ましゃく》にあわないものね」

(13)

おなじ二十九日、東京の空にアドバルーンがあがった。

「勅命下る。軍旗に手向かふな」

市民がアドバルーンを見上げる空に、飛行機が飛んできて、ビラをまいた。

「一、下士官、兵に告ぐ。今からでも遅くないから原隊へ帰れ」

「二、抵抗する者は全部逆賊だから射殺する」

「三、お前達の父母兄弟は国賊となるのを皆泣いて居るぞ」

ヒラヒラとビラがおちてくる。

「おいッ、あれをみろ！」

「どこを？」

「あのアドバルーンだ、アドバルーンのロープをみろッ」

「ロープ、ロープ……ああッ、だれか、つかまっている！」

「人間だ、女の子だ！」

「藤原さま、あれはトキコです！」

「しずかに、しずかに……たしかにトキコだ！」

「なにか、いってる！」

「唄ってるんだ！」

「とうとう、トキコの出番！」

藤原資徳がいえば、

「ここ一番というときに、トキコは出てきました」

サワが感動に胸を熱くしたしるし、うわずった声で応じる。

「自分のちからで、自分の出番をつかみました」

資徳とサワのあいだには、東京から拉致してきた少女たちのうち、トキコの声の筋が芳《かんば》しくないという認識の一致があった。資徳の失敗、それはいうまでもない。

トキコはトキコで、自分の出番がやってこないのに焦り、屈辱の想いがあったにちがいなく、ひとり離れた場所からライバルたちの派手な活躍をみるだけ、サワも資徳も気づいてはいたが、手をかしてやろうという気分にはならなかった。

それが、どうだ。最後の、そのまた最後の日の早朝、ついにトキコは自分にしかできないかたちで晴れの場に姿をあらわした。

アドバルーンのロープをにぎりしめ、上へ、上へとのぼって、「軍旗に手向ふな」のうちの「軍旗」の二文字を背で隠そうとしている。サーカスの娘としてそだった経験が、いま、こういうふうに役立つとは、自分でも意外な展開にちがいない。

だが、だが……。


風にゆれるアドバルーンのロープにつかまって、上に上に、よじのぼりながら、トキコは唄っている。

〽ナンノ掟が　あるものか
　玉のさかずき　まわせよ　まわれ
　呑んで呑ませて　呑ませて呑んで
　グイッと干そうと　舐めようと
　ナンノ掟が　あるものか

風に邪魔され、トキコの歌声は途切れるが、みているものの耳にははっきりと聴こえている。この三日というもの、いちども公然と唄われたことのない「♪ナンノ掟があるものか」だ。

トキコを見上げるひと――ヒト――人。

だれも黙っている。しかし、胸のなかで、みんな唄っている。

〽焼いて食おうと　食うまいと
ナンノ掟が　あるものか！

トキコといっしょに、声をあわせて唄っている。

不安な予感に胸をいためながら、トキコといっしょに、声をあわせて唄っている。

その筋が放置しておくはずはない。銃弾一発、たったそれだけで、トキコの胸に穴があいて血がほとばしる。

「登利丸よ、チャンスはただ一度だけ」

「承知しております」

「藤原さま、登利丸の腕に、すべてを賭けましょう」

「登利丸の吹矢《ふきや》の腕に……！」

キラリ――登利丸の口から一本の光の矢がはしって、ロープを切断した。

「ああッ、アドバルーンが！」

ロープを切られたアドバルーンは寒風にふきまくられ、あっというまに天空たかく飛びさってゆく。

トキコは、飛びさるアドバルーンにつかまっている。

トキコが、口をあけて唄っているのがみえる。

唄いながら、天の彼方に、トキコは消えた。

（14）

京の法住寺殿。

法皇雅仁《まさひと》は藤原資徳からの書状を読みおわった。

「やられたようだな。獅子丸がつくってサワに流行らせた昭和の今様歌は消えてしまったということだ」

法皇雅仁の横から、乙前《おとまえ》がしずかに口をそえる。

「それでも、東京の者が歌を唄うのをやめたわけではありますまい」

「それは、そのとおり。いま東京で流行のレコードは『♪あゝそれなのに』だそうだ」

法皇雅仁は、そら、これがと、楽譜を乙前に手渡した。

乙前は楽譜をみて、

「おもしろそうな……この、アドバルーンというのをみたい」

「資徳がかえってきて、アドバルーンをつくろうといいだすにきまっている」

「これから、どうなさります」

「乙前におしえてもらった今様の歌と曲と、唄うときの心得とを書物にして昭和の時代に送りつける、これが次善の策かと、かんがえておる。どうかね?」

「けっこうでございましょう。ですが……」

乙前の躊躇の様子に、雅仁は不安の色をあらわした。

「書物ということになりますと、われらの出る幕ではございませんな」

「いやいや、昭和の東京とかぎるものではあるまい」

「治天《ちてん》の君《きみ》さまに、そのようにいっていただければ、栗王丸にも励みとなりましょう」

法皇雅仁は安心した様子。巻紙をひらき、端のところに『梁塵秘抄・巻二』と書いて、

「りょうじんひしょう、と読む」

乙前の食い入るような視線、その意味を察する雅仁がゆっくりと語る。

——むかしむかし、唐の国に虞公《ぐこう》、韓娥《かんが》という唱歌の名人がいた。ふたりが唄うと、歌の心が屋根裏の梁《はり》につもった塵《ちり》に伝わり、塵はふうわりと舞い上がって空をただよい、三年のあと、元の場にふうわりと舞い落ちる。

「虞公、韓娥の技にあやかりたい気持をこめて『梁塵秘抄《りょうじんひしょう》』と名づける」

「よろしゅうございましょう。で、わたくしは、どんな役をいたせば……」

「わが師よ……」

乙前は放浪の芸人の身の上、その乙前を法皇雅仁は「我が師」とよび、みずからを乙前の門弟として位置づけている。

「すでに、おわかりのはず、と推察しております」

「わたくしから、申せと?」

「無礼ながら」

「ならば、申しましょう、わたくし乙前は女王蜂になります。女王蜂になって、何百人、何千人のサワやハナエ、登利丸や獅子丸、多々丸を産みます。彼女、彼らを……」

「人心乱れる東国へ送るのは……」

「おそれながら、東国ばかりではございませぬ」

「人心が乱れる国ならば、どこへでも？」

「治天の君さまの聖なるお役目」

(15)

十か月すぎて、東京の空には何本ものアドバルーンがひるがえっている。

あれを買え――これをみろ――初恋の味カルピス――お歳暮大売出し。

しかし、東京市民の多くは、ふと、アドバルーンの広告文字に女の子が乗っているような錯覚にとらわれ、それが錯覚にすぎないのを知ると、まわりにひとのいないのを確認してから、そーっと唄う――

〽ナンノ掟があるものかアー

(16)

春がおわり、夏が来て、終わり、秋も更《ふ》けた十一月、日活多摩川撮影所の映画「うちの女房にゃ髭がある」が封切られた。原作は和田邦坊《くにぼう》のユーモア小説「俺の女房にゃ髭がある」、監督は千葉泰樹、脚本は笠原良三、俳優は杉狂児・星玲子・山本礼三郎など。主題歌「♪うちの女房にゃ髭がある」がテイチクのレコードになって売りだされた。作詞は星野貞志《ていし》、作曲は古賀政男、歌手は映画に出演した杉狂児と芸者歌手の美ち奴《みやっこ》、評判はよかったが、つづいて売りだされた二番目の主題歌「♪あゝそれなのに」は大ヒット、五十万枚が売れた。作詞は星野貞志、作曲は古賀政男、美ち奴がひとりで唄った。

「うちの女房にゃ髭がある」

①　何か言おうと　思っても
　　女房にゃ何だか　言えません
　　そこでついつい　うそを言う
　（女）なんですあなた
　（男）いや、別に、僕は、その、あの
　　パピプペ――――　パピプペポ
　　うちの女房にゃ髭がある（②〜④略）

「あゝそれなのに」

①　空にゃ今日も　アドバルーン
　　さぞかし会社で　今頃は
　　おいそがしいと　思うたに

あゝそれなのに　それなのに
ねえ　おこるのは　おこるのは
あったりまえでしょう（②〜④略）

ふたつの主題歌の作詞者の星野貞志はサトウハチローの変名であった。この時期、ハチローはポリドール・レコードとの専属関係が切れていなかったから変名を使ったのだろうが、それが星野貞志となったについては映画で主演した「星野玲子の—テイシ—亭主—貞志」を装ったのではないかという推測もなりたつ。


「美ち奴の『♪あゝそれなのに』が売れているんでしょう。どうしてヤマト・レコードから出さなかったのよ？」

「そんなことをいったって、おまえ……」

レコード会社の競争は激烈……そんなことをアヤにはなしても仕方がないから、四方修二はくちごもる。アヤも、ふかくはきかない。

「テイコさんがいってたわ。美ち奴は浅草の黒竜江というカフェーの女給で、本名はサワ。あの、『♪ナンノ掟があるものか』を流行《はや》らせたのは、このサワだっていう噂があるそうよ」

「ふーん。噂があるのか」

二月二十六日の朝のカフェー黒竜江——ケンペイの挨拶をうけて出ていった女たち、あのなかにサワがいた。あの女のうちの、だれが、サワだったのだろう。

「いまごろ、どうしているのかなあ、その、サワという女は?」

「だから、噂になっているのよ。美ち奴という歌手になって、天のむこうに飛んでいったアドバルーンのことを『♪あゝそれなのに』の歌にして唄ったんだって……」（大尾《たいび》）

引用歌詞　出典一覧

「今様歌」『梁塵秘抄』（日本古典文学大系、岩波書店）
「紅屋の娘」『日本流行歌史　戦前編』（古茂田信雄、矢沢保、島田芳文、横沢千秋編、社会思想社）
「神田小唄」『日本流行歌史　戦前編』（前掲）
「ソーラン節」『歌謡曲のすべて』（浅野純、後藤豊編、全音楽譜出版社）
「出船」『日本流行歌史　戦前編』（前掲）
「青葉の笛」『日本歌唱集』（『日本の詩歌　別巻』中央公論社）
「しづや、しづ……」『義経記』（日本古典文学大系、岩波書店）
「さくら　さくら」『日本歌唱集』（前掲）
「昭和維新の歌（『青年日本の歌』）」『軍歌と戦時歌謡集』（八巻明彦編、全音楽譜出版社）
「うちの女房にゃ髭がある」『日本流行歌史　戦前編』（前掲）
「あゝそれなのに」『日本流行歌史　戦前編』（前掲）

エピローグ

「双葉山、勝ったんだろうね……？」

三十二年前の正月ごろ、三菱鉛筆で書いた冒頭、四方アヤのこの一語は一度も変わったことがない。

発端から途中経過、そしてラストまで、からだのなかに、物語のおよそは成形されていたのだろう。

鉛筆からワープロへ変わって執筆速度が増したのをいいことに、ほかの作品執筆の合間を縫って加筆訂正するのが楽しくなり、ほとんどの章が百回ちかく訂正されて、ついに今回の活字版刊行の時がやってきた。

法皇が期待をかけた青年将校たちのクーデターは失敗し、東京の空に高々と掲げられたアドバルーンの「勅命下る、軍旗に刃向かふな」の文字によって「逆賊・国賊」となる恐れありとの恐怖に追いこまれた。

今様唄いの娘トキコは、そうはさせじと、アドバルーンのロープを握って上へ、上へと攀《よ》じのぼり、「勅命下る」の文字を背で隠そうとしたが、その前にグンブに射殺されるおそれがある。

青墓傀儡《あおはかくぐつ》の忍術使いの登利丸が得意の吹矢でロープ切断に成功したから、トキコはアドバルーンにぶら下がったまま、天へ天へと登って、やがて消えた。

平安京にもどった資徳から「負けました」と報告をうけた法皇は「負けたな」と、ただ一言。

だが、これぐらいで諦める、柔な法皇ではない。

「もどってくるよ」

「はあ……?」

「トキコさ。東京の空から東京の地面に舞い降りてくる、こぬはずがない、強気のトキコだ」

それに備えるのがワレラの役目と法皇は宣言して、「上巻」から「中巻」へとつながります。

読者のみなさまと、作者のわたしがひとやすみしているあいだに、法皇は根本からの戦略再編成に没頭しているにちがいないのです。

八十一歳の誕生日を二十五日後にひかえて

二〇一九年九月五日

高野　澄

あとがき

後白河法皇をヒーロー、青墓傀儡《あおはかくぐつ》の今様歌手をヒロインにして幻想歴史小説が書けないだろうか？　著述業者になって十五年ばかり、自信がついたのか、冒険したい気分におそわれた。いや、法皇と今様唄いのリーダーの乙前《おとまえ》に教唆されたというのが正しいか。

教唆の元の、そのまた元は詩人の大和田建樹が作詞した小学唱歌「青葉の笛」の二番である。出会いはわたしが国民学校二年のころか、上級生が唄っていたのを覚えた。

更《ふ》くる夜半に　門《かど》を敲《たた》き
わが師に託せし　言《こと》の葉あわれ
今わの際まで　持ちし箙《えびら》に
残れるは「花よ　今宵」の歌

このカギ括弧「　」の意味がわからなかった。平叙文に会話を挟むときに「　」で括るのは知っていたが、話し言葉でもない「花よ　今宵」が「　」で括ってある事情がわからなかった。

良い気分でしきりに唄っていたのが国民学校の二年か三年、やがて中学校の三年で関口モトヒロ先生に漢字熟語「すいこう―推敲」の意味を教えていただき、中国唐代の詩人賈島《かとう》の「僧は推す月下の門」「僧は敲く月下の門」の故事に由来すると知ったときは立命館大学の大学院に籍をおき、明けても暮れても『平家物語』に読み耽っていた時期だから、平忠度《たいらのただのり》が壇ノ浦から京都の烏丸五条（いまは松原通）の歌の師の藤原俊成《ふじわらのしゅんぜい》の屋敷を、深夜ひそかに訪れ、暇乞いかたがた、自作の歌の一首なりとも千載和歌集に採用していただきたいと願い、死地めざして去ってゆく訣別の場につながった。

ゆきくれて　木の下かげを宿とせば
　花や今宵のあるじならまし

大和田建樹は忠度の遺作に「　　」記号を挟んで引き出して小学唱歌に取り込み、忠度と近代現代の社会とのつながりを濃厚なものにしようとして成功したと、わたしは思う。

同志社大学の映画概論の講義をききたい、それだけが目標で関東の農村から京都へ出てきたわたしである。映画の製作や興行、出演などには興味も関心もないのは変わらないが、『平家物語』への関心は変わった。烏丸五条の俊成の住いの跡は平家一族や忠度とわたしを堅くつないではなさない。

俊成と忠度が対面した跡地にたつ俊成社が破壊寸前になっているのを黙視できず、京都新聞に惨状を投書したところ、まもなく修復されて嬉しかった。

いまは新しいビルディングに組み込まれ、窮屈だが、破壊のおそれがなくなったのを幸いとしたい。忠度が『平家物語』に登場する場は少ないが、後白河法皇は出ずっ張りだ。言いたいのに言えなかった言葉も少なくないはず。そこで法皇に質問したのが「言い残したこと、なにか、ございませんか？」だ。法皇はぐいっと身をのりだし、みなさまがお読みになったとおりに、おっしゃった。

わたしはただ、記録したにとどまります。

私設のブログで公開した『王朝活劇　歌の声』だが、NHK出版編集局長のころから懇意にしていただいた人文書館の道川文夫さんの目にとまり、後続の二冊と合わせて連作三冊が出版されるはこびとなりました。幸運、感謝の言葉もありません。

二〇一九年九月九日　　　　　　　　　高野　澄

高野 澄 …たかの・きよし…

1938 年、埼玉県坂戸市生まれ。

同志社大学文学部社会学科卒業。新聞学を専攻。

立命館大学大学院史学科修士課程修了。専攻は、日本近代史。

立命館大学助手を経て、著述専業、歴史研究家・作家に。

これまでの刊行著作は百十冊。

主な著書

『徳川慶喜　近代日本の演出者』（NHK ブックス）、

『麒麟、蹄を研ぐ　家康・秀忠・家光とその時代』（NHK 出版）、

『武芸者で候　武蔵外伝』（NHK 出版）、

『風狂のひと 辻潤　尺八と宇宙の音とダダの海』（人文書館）、

『オイッチニーのサン 「日本映画の父」マキノ省三ものがたり』（PHP 研究所）、

『京都の謎（シリーズ）』（祥伝社）、『文学でめぐる京都』（岩波ジュニア新書）

（復刊タイトル『古典と名作で歩く本物の京都』）、『大杉 栄』（清水書院）など。

連作 後白河法皇 上

王朝活劇　歌の声

発行　二〇一九年九月三十日　初版第一刷発行
著者　高野 澄
発行者　道川文夫
発行所　人文書館
〒一五一-〇〇六四
東京都渋谷区上原一丁目四七番五号
電話　〇三-五四五三-二〇〇一（編集）
〇三-五四五三-二〇一一（営業）
電送　〇三-五四五三-二〇〇四
http://www.zinbun-shokan.co.jp
印刷・製本　株式会社 報光社

ISBN 978-4-903174-40-2
Printed in Japan

＊「戦後の原点」とは何だったのか。

昭和天皇と田島道治と吉田茂―初代宮内庁長官の「日記」と「文書」から　加藤恭子 著

「すべからく、民主主義の本旨に徹し、国際の信義を守る」昭和史第一級の田島家資料をして、語らしむ。衝撃の昭和史資料『昭和天皇「謝罪詔勅草稿」［憂心灼クガ如シ。朕ノ不徳ナル、深ク天下ニ愧ズ］』の発見者、加藤恭子が宮内庁初代長官・田島道治が書き遺した未発表の貴重な田島家資料を加えて読み解き、昭和天皇の〝真のお気持ち〟を伝える。昭和二十七年三月二十三日付、講和条約発効と憲法五周年記念式典での「おことば案」をめぐって［…悔恨悲痛、寝食爲めに安からぬものがあります］など、天皇の真情を国民に伝えたいと願う田島長官と、それに対する吉田首相の提案する表現などをめぐる動きなどを丹念に描いた記録。

四六判上製二六四頁　定価二七〇〇円

＊「思想の生活者」のドラマトゥルギー

風狂のひと 辻潤―尺八と宇宙の音とダダの海　高野 澄 著

享楽せよ！「個」を生きよ！　みんな、自分の好きなように生きるがいい。「自我」の哲学――自分は自分として。超時代的自由主義者の生涯を見よ！　社会が閉塞している、混沌とした、この時代だからこそ。人生享楽、弱者の途であっても。あいつらの手は借りないぜ！　命をあおって己れを生きるのだ！　詩人、思想家、文学者、ダダイスト、ニヒリスト、放浪者、稀有な自由人の突き詰めた思想と行動に迫る。

四六判上製三九二頁　定価四一〇四円

＊米山俊直の最終講義

「日本」とはなにか―文明の時間と文化の時間　米山俊直 著

「今、ここ」あるいは生活世界の時間を基盤とした人類学のフィールド的思考と、数千年の時間の経過を想像する文明学的発想とを、人びとの生活の営為を機軸にして総合的に論ずるユニークな実験である。人類史における都市性の始源について、自身が調査した東部ザイールの山村の定期市と五五〇〇年前の三内丸山遺跡にみられる生活痕とを重ね合わせながら興味深い想像が導き出される。微細な文化変容と悠久の時代の文明史が独特の世界を築き上げた秀逸な日本論。

四六判上製二八八頁　定価二七〇〇円

＊〈生きて在る〉ということへの理解のために。

生命［いのち］の哲学―〈生きる〉とは何かということ　小林道憲 著

政治も経済も揺らぎ続け、生の危うさを孕む「不安な時代」をどう生きるのか。文明の歪み著しい「異様な時代」を、どのように生きるべきか。今こそ生命［いのち］を大事にする生［せい］の哲学が求められている。生きとし生けるものは、宇宙の根源的生命の場に、生かされて生きている。ヘーゲル精神現象学を見定め、現代文明の批判的考察を通して、それを包み越える生命論的世界観が提示される。

四六判上製二五六頁　定価二五九二円

定価は消費税込です。（二〇一九年九月現在）